中国社会科学院院长学术基金资助

·中国社会科学院民俗学研究书系·

朝戈金　主编

古典南戏研究
乡村、宗族、市场之中的剧本变异

Studies on Traditional Chinese Southern-Style Drama:
Textual Variation between Countryside, Clan Hall and Marketplace

[日]田仲一成 | 著　吴真 | 校

中国社会科学出版社

图书在版编目(CIP)数据

古典南戏研究:乡村、宗族、市场之中的剧本变异/[日]田仲一成著.
—北京:中国社会科学出版社,2012.11
(中国社会科学院民俗学研究书系)
ISBN 978-7-5161-1641-8

Ⅰ.①古… Ⅱ.①田… Ⅲ.①南戏—戏剧文学—文学研究
Ⅳ.①I207.37

中国版本图书馆 CIP 数据核字(2012)第 251259 号

出 版 人	赵剑英
责任编辑	张　林
责任校对	单远举
责任印制	戴　宽

出　　版	中国社会科学出版社
社　　址	北京鼓楼西大街甲 158 号(邮编 100720)
网　　址	http://www.csspw.cn
	中文域名:中国社科网　　010-64070619
发 行 部	010-84083685
门 市 部	010-84029450
经　　销	新华书店及其他书店
印　　刷	北京市大兴区新魏印刷厂
装　　订	廊坊市广阳区广增装订厂
版　　次	2012 年 11 月第 1 版
印　　次	2012 年 11 月第 1 次印刷
开　　本	710×1000　1/16
印　　张	18.75
字　　数	317 千字
定　　价	52.00 元

凡购买中国社会科学出版社图书,如有质量问题请与本社联系调换
电话:010-64009791
版权所有　侵权必究

"中国社会科学院民俗学研究书系"编委会

主　编　朝戈金
编　委　卓新平　刘魁立　金　泽　吕　微　施爱东
　　　　　巴莫曲布嫫　叶　涛　尹虎彬

总　序

自英国学者威廉·汤姆斯（W. J. Thoms）于19世纪中叶首创"民俗"（folk-lore）一词以来，国际民俗学形成了逾160年的学术传统。作为现代学科意义上的中国民俗学肇始于"五四"新文化运动，90多年来的发展几起几落，其中数度元气大伤。从20世纪80年代开始，这一学科方得以逐步恢复。近年来，随着国际社会和中国政府对非物质文化遗产（其学理依据正是民俗和民俗学）保护工作的重视和倡导，民俗学研究及其学术共同体在民族文化振兴和国家文化发展战略中，都正在发挥越来越重要的作用。

中国社会科学院曾经是中国民俗学开拓者顾颉刚、容肇祖等人长期工作的机构，近年来又出现了一批较为活跃和有影响力的学者，他们大都处于学术黄金年龄，成果迭出，质量颇高，只是受既有学科分工和各研究所学术方向的制约，他们的研究成果没有能形成规模效应。为了部分改变这种局面，经跨所民俗学者多次充分讨论，大家都迫切希望以"中国民俗学前沿研究"为主题，申请"院长学术基金"的资助，以系列出版物的方式，集中展示以我院学者为主的民俗学研究队伍的晚近学术成果。

这样一组著作，计划命名为"中国社会科学院民俗学研究书系"。

从内容方面说，这套书意在优先支持我院民俗学者就民俗学发展的重要问题进行深入讨论的成果，也特别鼓励田野研究报告、译著、论文集及珍贵资料辑刊等。经过大致摸底，我们计划近期先推出下面几类著作：优秀的专著和田野研究成果；具有前瞻性、创新性、代表性的民俗学译著；以及通过以书代刊的形式，每年择选优秀的论文结集出版，拟定名为《中国民俗学》（*Journal of China Folkloristics*）。

那么，为什么要专门整合这样一套书呢？从学科建设和发展的角度考虑，我们觉得，民俗学研究力量一直相对分散，未能充分形成集约效应，未能与平行学科保持有效而良好的互动，学界优秀的研究成果，也较少被本学科之外的学术领域所关注、进而引用和借鉴。其次，我国民俗学至今还没有一种学刊是国家级的或准国家级的核心刊物。全国社会科学刊物几乎都没有固定开设民俗学专栏或专题。与其他人文和社会科学的国家级学刊繁荣的情形相比较，学科刊物的缺失，极大地制约了民俗学研究成果的发表，限定了民俗学成果的宣传、推广和影响力的发挥，严重阻碍了民俗学科学术梯队的顺利建设。再者，如何与国际民俗学研究领域接轨，进而实现学术的本土化和研究范式的更新和转换，也是目前困扰学界的一大难题。因此，通过项目的组织运作，将欧美百年来民俗学研究学术史、经典著述、理论和方法乃至教学理念和典型教案引入我国，乃是引领国内相关学科发展方向的前瞻之举，必将产生深远影响。最后，近些年来，国内外非物质文化遗产保护工作的大力推进，也频频推动国家文化政策的制定和实施中的适时调整，这就需要民俗学提供相应的学理依据和实践检验，并随时就我国民俗文化资源应用方面的诸多弊端，给出批评和建议。

从工作思路的角度考虑，"中国社会科学院民俗学研究书系"着眼于国际、国内民俗学界的最新理论成果的整合、介绍、分析、评议和田野检验，集中推精品、推优品，有效地集合学术梯队，突破研究所和学科片的樊篱，强化学科发展的主导意识。

我们期待着为期三年的第一期目标实现后，再行设计第二期规划，以利我院的民俗学研究实力和学科影响保持良好的增长势头，确保我院的民俗学传统在代际学者之间不断传承和光大。本套书系的撰稿人，将主要来自民族文学研究所、文学研究所、世界宗教研究所和民族学与人类学研究所的民俗学者们。

在此，我代表该书系的编辑委员会，感谢中国社会科学院文史哲学部和院科研局对这个项目的支持，感谢"院长学术基金"的资助。

朝戈金

序

  今年夏天，田仲一成教授在京讲学期间，屈驾来访，邀我为其用时三十五年完成的力作《古典南戏研究》作序。坦白地讲，近年参与《中华大典》之《戏曲卷》的编写工作，对于中国古代戏剧发展中的问题，颇多困惑。对于一些问题，只想再思索思索。为这样一部倾心研究中国古代戏剧的学术著作写序，对我来说，真的很艰难。但我也没有理由违拗田仲教授的好意。

  田仲教授在20世纪已发表五部关于中国古代戏剧的著作，不仅在日本，在中国已颇具影响力。回忆第一次见面，正是在他的《中国演剧史》在中国出版之前，来京办理相关事情的时候，他特意来到寒舍。两人年龄相近，谈起青年时的追求，治学中的感受，有很多共同语言。当时曾谈及研究中国古代戏剧的前辈。不记得怎样就说到了子书先生（孙楷第先生，1898—1986）。子书先生有一段时间不愉快，很怀念早年在北京师范大学的日子。逝世后，他的遗愿是葬在北师大校园，但受各方面条件的限制，很难如愿。最后与学校商议的结果：将骨灰埋在一棵雪松下，没有留下任何的痕迹。我们一起到松下拜谒了子书先生，并在松前合影。那是1999年夏天。通过接触，我深感田仲教授是一位以诚信待人的人，也是很勤奋、谦逊的人。

  此次见面，我们又说起青年时期的事情。田仲教授长我一岁，是我的学长。20世纪50年代初，我们都正年轻，热情很高。他喜欢中国的新文艺，喜欢赵树理的作品；恰恰我当年也热衷于新文艺，也爱读赵树理的文字，因在北京参加大众文艺创作研究会，写作快板诗，还曾经得到过赵树理先生的指导。田仲教授接受家庭的建议，1951年考入东京大学法学部，后因兴趣仍在文学，进入东京大学文学部研究院，又因研究中国古典戏剧，而进入中国古代文学领域。1950年，我就读于辅仁大学国文系，1952年合校后，进入北京师范大学中文系，因攻读中国古代文学研究生，而进入中国古代戏曲领域，因整理元代文献，进入古籍整理的行列。从初识到这次见面，已经十二三年。回忆起来，太多感慨。我们都已进入八十的门槛，他说这可能是他的最后一部书了，也是一生用力最多的一部书。虽然互相鼓励，互道珍重，但也深知时间不饶人，学术还是天下的公器，自己只能做一些自己能做的事。

我们青年时代兴趣相同，中年以后又进入相同领域；所不同的是：田仲教授很早就确立以乡村祭祀的视点考察中国古代戏剧，注重田野考察，而在处理文献资料时，仍是用古典文献学的方法。由此，我首先想到的是：中日两国一些学人，在中国古代戏剧研究方面，有着很深的友谊和良好的互动关系。仅从我在北京师范大学所了解的师长，子书先生、钟麟先生（王古鲁先生，1901—1958），他们都曾经到日本访书，钟麟先生还翻译青木正儿先生的《中国近世戏曲史》。日本京都大学的吉川幸次郎先生生前曾多次来北师大讲学、赠书。近二十年内，田仲教授多次来校讲学；北海道大学中野美代子教授曾拟来京参加相关会议，后因故未能成行，还为学术会议寄来文章；京都大学金文京教授也多次来北师大参加会议。不同国家学人的友谊和学术探讨可以促进学术的发展。在文化交流日趋频繁的21世纪，平等、友善的往来，包括接受和论辩，相互促进，都是十分有益的。

田仲教授自述，他是站在欧美、日本的民俗戏剧学的传统上开始研究中国戏剧的。他因上大学首先学习法制史、制度史，根据他的考察，他认为：戏剧在乡村里，不但是娱乐的手段，而且是一种制度，乡村父老们把它看作重要的规矩。因此，他推断，乡村演剧既然是村落制度之一部分，其记录一定在村落行政文书中。所以他的注意力就集中到公牍、案例、族谱、会馆志、地方志等等之上。在这些文献里，他得到了相关的资料。1968年出版过《清代地方剧资料集》一书。1978年以后，他开始田野考察。此后，每四年出一本书：《中国祭祀演剧研究》（1981年，东京大学出版会）、《中国的宗族与演剧》（1985年，东京大学出版会）、《中国乡村演剧研究》（1989年，东京大学出版会）、《中国巫系演剧研究》（1993年，东京大学出版会）。而《中国演剧史》（1998年，东京大学出版会）是在前四本书的基础上,摄取其要而形成的。以后,又著有《明清的戏曲——江南宗族社会的表象》(2000年)、《中国地方戏剧研究——元明南戏向东南沿海地区的传播》(2006年)。田仲教授在中国戏剧领域的学术成就,主要集中在他对中国民间社会的"祭祀戏剧"的田野考察与研究,尤其是那些与地方宗族组织祭祀密切相关的戏剧演出。李治安教授在《中国基层社会秩序演变轨迹述略》(《基层社会与国家权力研究丛书》总序,天津古籍出版社2009年版)一文中认为,中国古代,"地方官府权力下移或对基层社会转为非直接支配","正是经历乡官到乡役,士人从庙堂回归地方,以敬宗、收族、赡族为重心的宗族复兴这三个转变,宋元明清基层社会新秩序才得以重新构建"。"士绅等地方精英,以敬宗、收族、赡族为重心的新宗族势力,充任了上述新秩序的社会支柱。"20世纪二三十年代,宗族问题已进入中国学人的视野。80年代以后,宗族研究出现活跃的局面。祭祀戏剧的研究,近些年来也有所开展。应该说,田仲一成教授的研究,无论从民俗学的角度,社会学的角度,抑或戏剧学的角度,都很有启发意义。

田仲一成教授到中国大陆二十余次,到台湾、香港去了五十余次,进行田野考察。拍摄胶卷,有十万张左右;七八十年代,用小电影摄像机,90年代,用录像机拍摄很多影像资料;文字资料做了十万张左右的卡片。三十多年来,为了撰写《古典南戏研究》,比对各个系统《琵琶记》、《荆钗记》、《白兔记》、《拜月记》、《杀狗记》的不同版本。这样严肃、认真、刻苦,和长期坚持的工作精神,非常值得学习。

在中外无数学人的努力下,学术会进步。各国戏剧都有自己的特点。中国戏剧在长期发展的过程中,形成自己的体系。在融通境外学术话语、学术资源的情况下,系统整理民族戏剧遗产,推进中国戏剧理论的进展,应该是可以期待的。

谢谢田仲教授。是为序。

李修生

2012年6月16日

稀见本书影

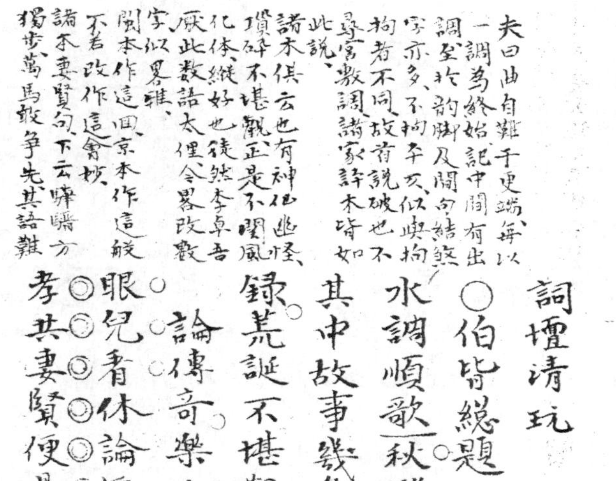

詞壇清玩　　槃邁碩人增改定本

○伯皆總題

水調歌頭秋燈明翠幕夜案覽芸編今来古往

其中故事幾多般少甚佳人才子更有幽情怪

錄荒誕不堪觀原於風化無關看縱好也徒然

論傳奇樂人易動人難知音君子這會另作

眼兒看休論插科打諢也不尋宮數調只看子

孝共妻賢便是綱常大事間情敢爭喧

夫曰曲自難于更端每以一調為終始記中間有出調至於韵脚及閒句結煞字亦多不拘本文似與拘拘者不同故前說破也不尋宮數調諸家評本皆如此說

諸本俱云也有神仙幽怪瑣碎不堪觀正是不關風化体縱好也徒然李卓吾厭此数語太俚今畧改數字似畧雅

閩本作這回京本作這般不若改作這會妙

諸本要賢句下云驊騮方獨步萬馬敢爭先其語難

图 1　《琵琶记》词坛清玩本（抄本），日本东京大学文学部藏

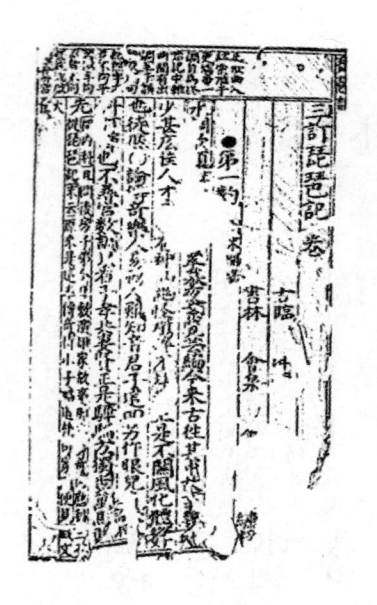

图 2 《琵琶记》闽本系：余会泉本，日本山口大学栖息堂文库藏

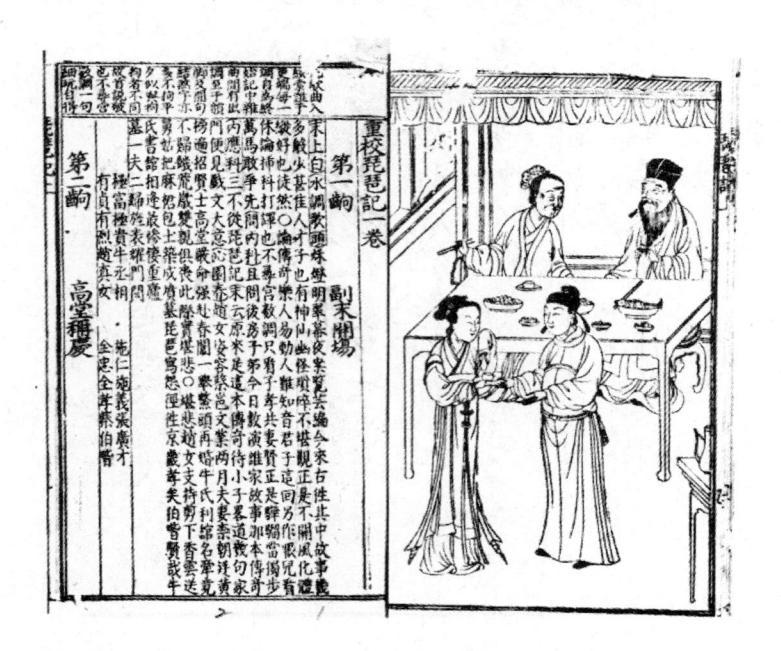

图 3 《琵琶记》闽本系：集义堂本，日本蓬左文库藏

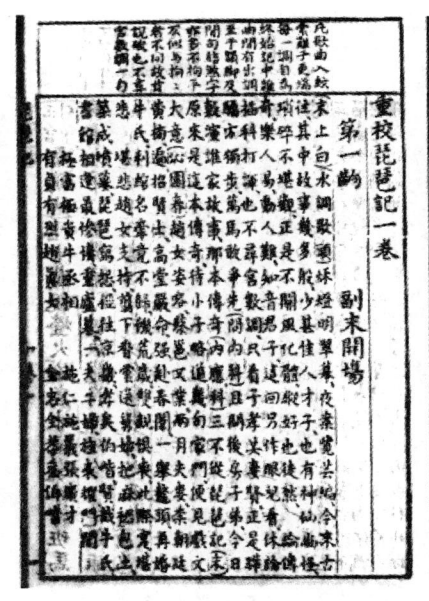

图 4 《琵琶记》闽本系：继志斋本，日本内阁文库藏

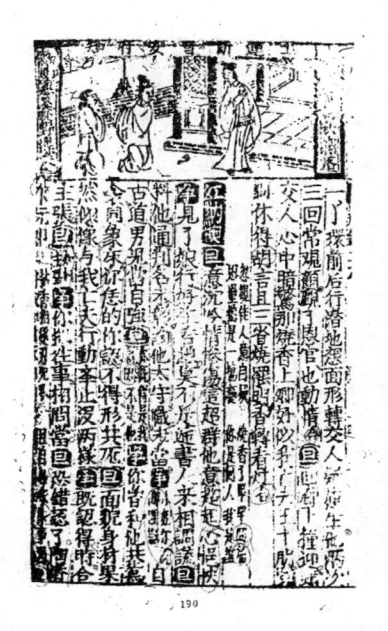

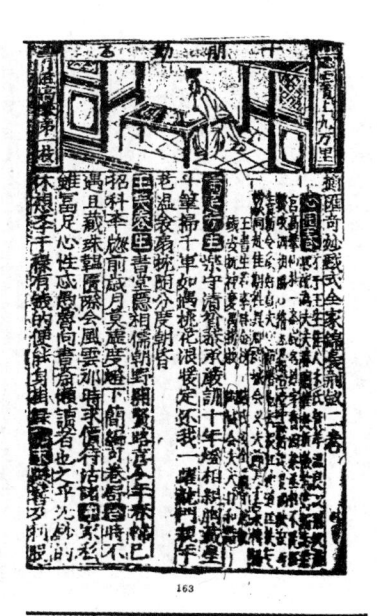

图 5 《荆钗记》古本系：风月锦囊本，台北学生书局《善本戏曲丛刊》所收

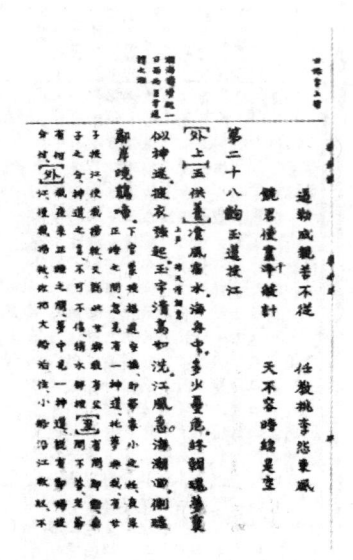

图6 《荆钗记》闽本系：世德堂本抄本，日本京都大学文学部藏

图7 《荆钗记》闽本系：叶氏茂林本，日本内阁文库藏

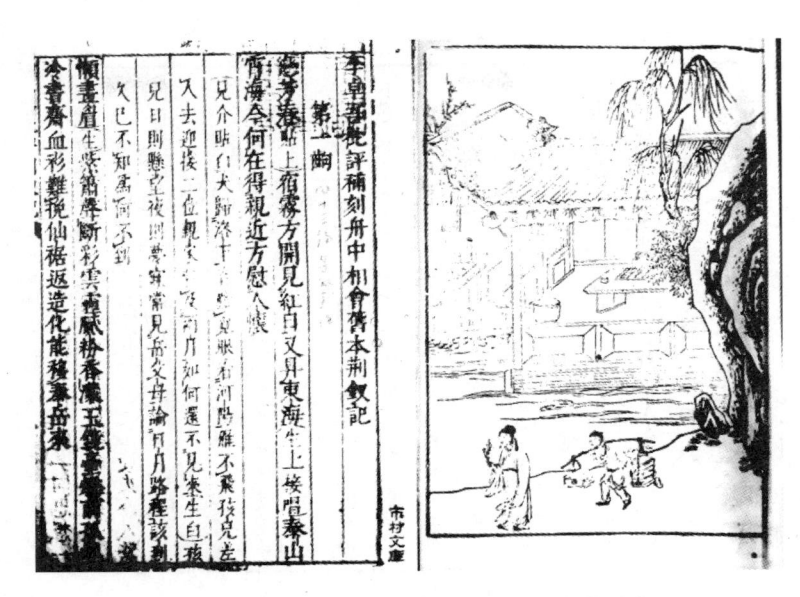

图8 《荆钗记》舟中相会本系：容与堂补刻本，
日本日比谷图书馆市村文库藏

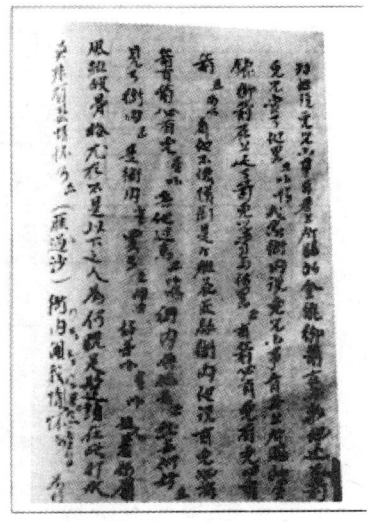

图9 《白兔记》演出本系：清抄曲本，日本东京大学东洋
文化研究所双红堂文库藏

图10 《拜月亭记》闽本系：凌延喜本，武进涉园本，
日本京都大学文学部藏

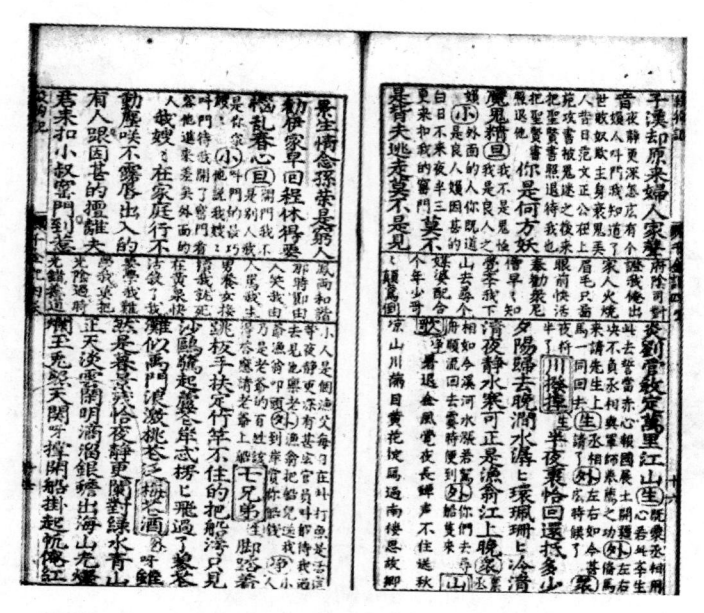

图11 《杀狗记》徽本系：《词林一枝》卷49"破窑取弟"，日本内阁文库藏

图 12a 　《西厢记》古本系：中国书店藏元刻《文献通考》纸背所存残叶
（吴晓铃教授惠赠，参阅本书附录）

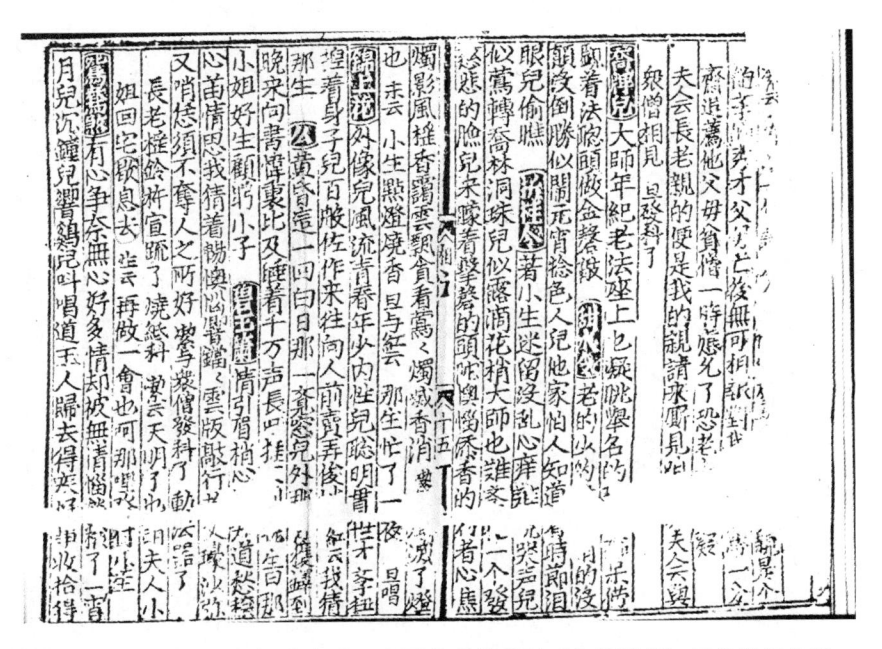

图版 12b 　《西厢记》古本系：中国书店藏元刻《文献通考》纸背所存残叶
（吴晓铃教授惠赠，参阅本书附录）

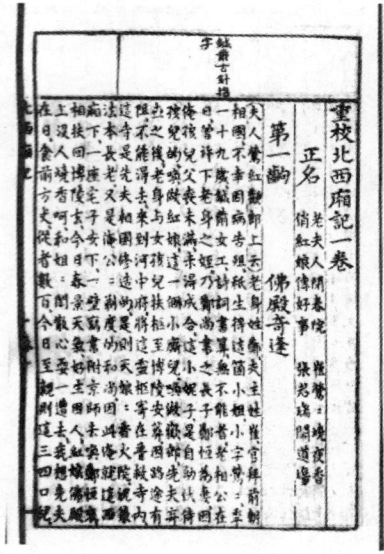

图13 《西厢记》闽本系：《重校北西厢记》，日本内阁文库藏

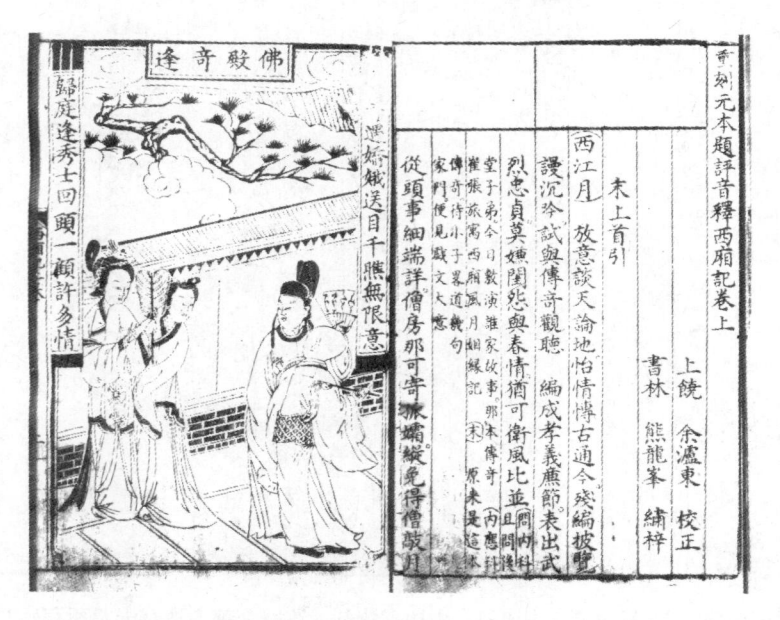

图14 《西厢记》准古本：余泸东本《西厢记》，日本内阁文库藏

目 录

导读 南戏发展的背景——以徽州为例················(1)
  引 言 明清徽州社会的祭祀戏剧················(1)
  第一节 乡村戏剧的基础························(2)
  第二节 宗族戏剧的分化·······················(16)
  第三节 市场戏剧的展开·······················(21)
  第四节 小结··································(29)

第一章 《琵琶记》剧本的分化与流传···················(31)
  引 言 作品、上演记录、剧本等概述···············(31)
  第一节 乡村剧本(古本)的性质··················(40)
  第二节 宗族剧本(闽本、京本)的性质············(58)
  第三节 市场剧本(徽本、弋阳腔本)的性质········(75)
  第四节 地方戏剧本(弋阳腔本)的展开···········(97)
  第五节 徽弋调剧本的传播——潮州出土明本《琵琶记》·······(102)
  第六节 小结·································(116)

第二章 《荆钗记》剧本的分化与流传··················(120)
  引 言 作品、上演记录、剧本等概述··············(120)
  第一节 乡村剧本(古本)的性质·················(127)
  第二节 宗族剧本(闽本、京本)的性质···········(131)
  第三节 市场剧本(徽本)的性质·················(144)

第四节　地方剧本（弋阳腔本）的形成……………………（149）
　　第五节　小结………………………………………………（149）

第三章　《白兔记》剧本的分化与流传………………………（155）
　　引　言　作品、上演记录及剧本概述………………………（155）
　　第一节　古本到京本的变迁…………………………………（160）
　　第二节　清代吴越曲本中的成化本宾白……………………（177）
　　第三节　小结………………………………………………（180）

第四章　《拜月亭记》剧本的分化与流传……………………（181）
　　引　言　作品、上演记录及剧本概述………………………（181）
　　第一节　古本到闽本、京本的变迁…………………………（186）
　　第二节　闽本到徽本、弋阳腔的变迁………………………（196）
　　第三节　小结………………………………………………（200）

第五章　《杀狗记》剧本的分化与流传………………………（201）
　　引　言　作品、上演记录、剧本等概述……………………（201）
　　第一节　从古本到闽本、京本的变迁………………………（205）
　　第二节　从古本到徽本、弋阳腔本的变迁…………………（217）
　　第三节　小结………………………………………………（221）

结章　中国戏剧史的共时论……………………………………（223）

附录　南戏化北《西厢记》剧本的分化与流传………………（228）
　　引　言　作品、上演记录、剧本等概述……………………（228）
　　第一节　乡村剧本（古本）的性质…………………………（236）
　　第二节　宗族剧本（闽本、京本）的性质…………………（240）
　　第三节　拟古本到折中京本的变迁…………………………（252）
　　第四节　市场剧本（徽本、弋阳腔本）的性质……………（259）
　　第五节　小结………………………………………………（271）

后记……………………………………………………………（276）

导 读

南戏发展的背景——以徽州为例

引言 明清徽州社会的祭祀戏剧

在江南地区，从宋元时代一直到明清时代，以《琵琶记》、《荆钗记》、《白兔记》、《拜月记》、《杀狗记》等为代表的所谓"南戏"极为流行。这类南戏是老百姓所喜欢的，而且基本上是从乡村祭祀组织的土壤产生的。南戏一直跟乡村祭祀离不开，其一部分虽在城市的剧场里表演，但其大部分是在乡村祭祀环境中演出的。因此，如果要阐明从宋元到明清的南戏发展过程的话，我们与其关注江南地方城市的娱乐性表演，不如更关注跟农村内部的祭祀仪礼结合起来表演的情况。

明清农村社会的基层部分，是由宗族、乡村、市场这三层单位组成的。就是说，几个宗族集合，组成一个乡村；几个乡村集合，组成一个市场。由此观点，本书依靠记录较为丰富的徽州地区的资料，试图讨论以下问题。

（1）宋元到明代初期之间，徽州乡村单位被称为"社"，而且其祭祀被称为"社祭"，乡村祭祀戏剧（社戏）在这类社祭之中发达起来。那么，这类社戏如何在乡村自治组织的地方制度中营运呢？而且这时期的南戏有什么特色呢？

（2）进入明代中期，随着社祭的衰落，徽州地区宗族家堂里逐渐流行演出戏剧，这类宗族戏剧建立在什么宗族组织上呢？应对新环境，南戏变成什么形态呢？

（3）明代中期以后，徽州乡村社会的市场越来越发达，市场之中，由商户工匠农民地主组成的市场戏剧出现并发展起来。对应这环境，南戏形态又有怎么样的变化？

下面，我们逐一追究这三个问题，希望进一步阐明南戏从宋元到明清的历史变化发展的过程①。

第一节 乡村戏剧的基础

明代徽州乡村戏剧大多数在"社"或"里社"的环境中演出。比如安徽歙县人方弘静写于嘉靖年间《吴孺人安氏墓志铭》（《素园存稿》卷12）所云如下。

> 里社酾会，优人为吕文正微时状。孺人谓伯高，"世言相女刘女，固也。彼甘吕生之贫，荼而饴矣。即为巢为鷇窟，无不可也。而何其词之苦也。"伯高感其言。

这反映了里社演出南戏《破窑记》吕蒙正的故事，即丞相女刘氏跟丈夫一起住在破窑的故事。徽州这一带，里社演出戏剧的例子不少，而且以大姓为主而组成社祭组织的例子也为数不少。比如，徽州婺源县江湾有江氏村，其社祭组织是由江氏六派子孙组成，六年一轮，值年经管。万历年刊《溪南江氏家谱》所收《江潭春正月半社祭头首租例》所云如下。②

> 进贤尉江敌卜居于湾，因姓称其乡，曰江湾。族以渐繁，锡厥土姓，因更号社，曰江湾义兴大社。（中略）乃量江族系产，拆为六轮，循环社祭。礼用九献，侑歌登亨，其来久矣。六轮初以阄定。
>
> 辰戌年一轮，太三公，太四公支孙也。

---

① 乡村戏剧、宗族戏剧、市场戏剧这三种划分，不但在明清戏剧，而且在宋、元杂剧也可以看到。甚至于傩戏，也可以划分为这三种，即，乡傩（乡村）、堂傩（宗族）、市傩（市场）。关于此，请参阅拙作《中国戏剧史》中文版（布和译，吴真校译，北京大学出版社2011年版）第3章（第70—103页），第4章（第104—148页）。

② 《溪南江氏家谱》不分卷，明万历年间刊本，东京大学东洋文化研究所藏。

巳亥年二轮，建十六公支孙也。
子午年三轮，复七公支孙也。
五未年四轮，璇十一公支孙也。
寅申年五轮，建十公支孙也。
卯酉年六轮，建廿二公支孙也。
隆庆六年八月十五议：各输四十一都取租，佃膳主，烹鸡，计十三饷。田佃凡九，屋佃凡四。其屋仍宋元之旧，是必荫护之者。

据此可知，这江湾社的社祭组织是由该族六个支派每六年一次轮流营运。各支派备有田产和商屋的族产，从佃户9户或商户4户收取的租米及租钱充当经费。举行祭祀时，向社神献酒九献，祭品定为烹煮的公鸡，同时奉上歌唱跳舞。宗族资产甚为丰富，但社屋庙宇格局装饰不加修改，保存宋元以来的旧貌。这六个支派轮流承担值年之务，看来非常稳定。其组织继承元代的社制，进入明代更为制度完备。

婺源社祭的仪式似乎没有表演戏剧。但有些徽州大族在社祭之中演出戏剧。下面讨论这类例子。徽州休宁县西边山区的茗洲吴氏村，据其族谱《茗洲吴氏家记》，①先揭示吴氏世系图，如图导—1。

这一族在中唐以前，住在江西浮梁，唐代末期为了避开黄巢之乱，迁徙到休宁县凤凰山，南宋十七世祖元龙登第进士，等到元代十九世祖祥（荣七公），更迁徙到茗洲。之后吴氏子孙繁荣，祠堂林立，明代已经有奉祀开基祖荣七公祥以下直系六代的大宗祠，称为敦化堂（清代改称为葆和堂），其下面有五房五堂（分祠），春房为联辉堂，夏房为时阜堂，秋房为遂成堂，冬房为钟庆堂，闰房为振休堂。族人多有出外作贾，赢利不少，子孙繁衍，因此进入清代，祠堂分枝更多，计有全璧堂、储熙堂、法乾堂、得全堂、世经堂、日永堂、兴仁堂、启贤堂等。

茗洲吴氏的社叫做祈宁社，社祭由社户营运，社户起初为数不多，后来增加了不少。社祭每年春秋举行两次。其社户组织，可分为5期。

第1期（1447—1470）：7户（Ⅱ、Ⅲ、Ⅳ、Ⅴ、Ⅶ、Ⅷ、Ⅸ、Ⅹ）轮流。3年1次当值。秩序稳定。

---

① 吴子玉辑《茗洲吴氏家记》（万历间抄本，东京大学东洋文化研究所藏）。

4　古典南戏研究

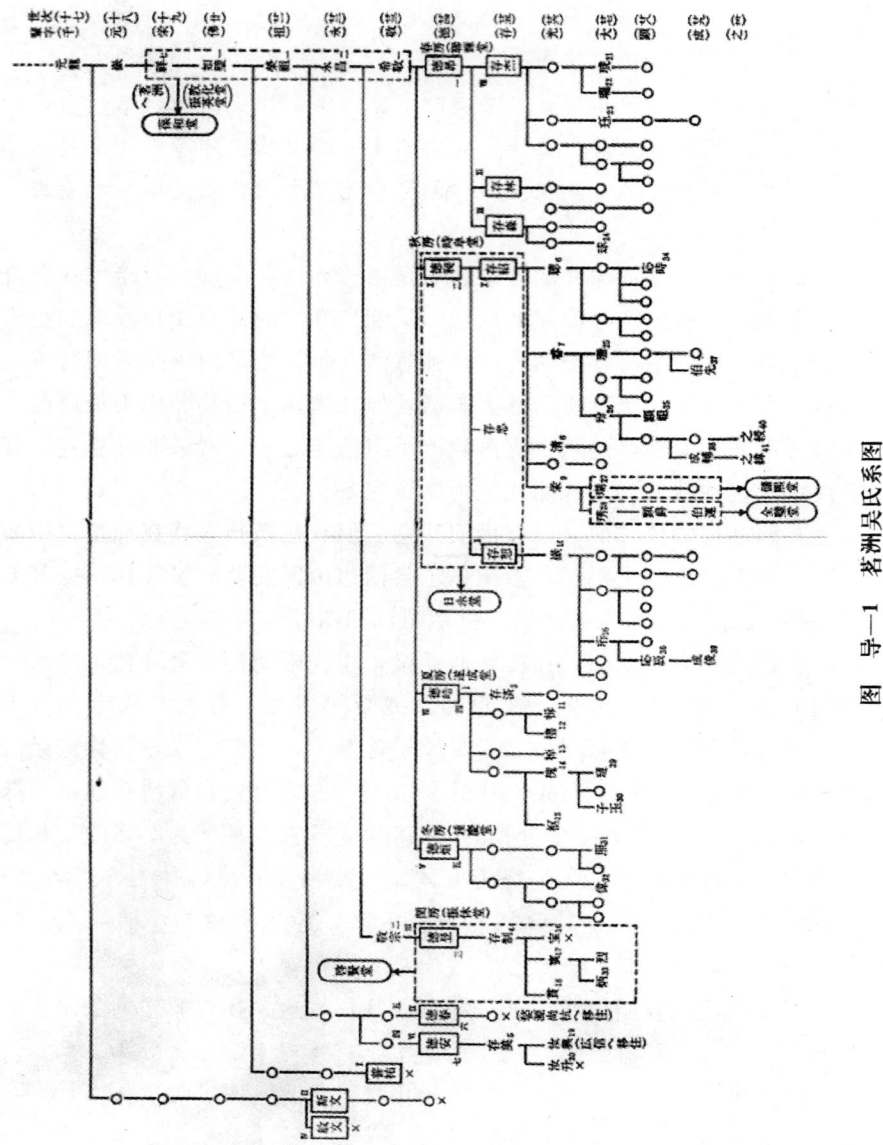

图 导—1　苕洲吴氏系图

第 2 期（1473—1501）：9 户（Ⅱ、Ⅲ、Ⅴ、Ⅵ、Ⅶ、Ⅷ、Ⅹ、Ⅺ、Ⅻ）轮流。5 年 1 次当值。秩序稳定。

第 3 期（1501—1525）：11 户（Ⅱ、Ⅲ、Ⅴ、Ⅵ、Ⅶ、Ⅷ、Ⅺ、Ⅻ、ⅩⅢ、ⅩⅣ、ⅩⅤ）轮流，5 年 1 次当值。兄弟、伯侄共同承值的例子出现，虽然秩序稳定，有些呈分裂之势。

第 4 期 a（1526—1550）：兄弟、伯侄分户，社户增多 2 倍，共 29 户。15 年 1 次当值。组织变为散漫。

第 4 期 b（1550—1567）：春秋分户。社户分化更有增加之势。

第 5 期（1568—1585）：社户更一层分化，组织实际上崩坏。

可见，社祭组织在明代前期可以说稳定，但进入中期开始摇动，等到嘉靖以后，终于崩坏。

原来茗洲吴氏在每十年编造一次赋役黄册时，充当里长或里佐，承担极大的地方社会责任。《茗洲吴氏家记·社会记》之中，可以抽出有关记录，如表导—1。

表 导—1 茗洲吴氏里役年表

年	季	黄册编造	里役	黄册、里役关系记录	社首
景泰二年（1451）	秋	第 8 次编造开始	?		德皓
景泰三年（1452）		第 8 次编造完了	?		存杰
景泰六年（1455）	秋			富人出谷赈济。我族输谷十石给赈。吴权友行、李记寿行、李永善行、胡音保行、康保儿、汪小乞、汪四住、徐永兆行等。我里一百石，犹不敷赡，贫人有鬻儿女自活者。	存绍
天顺五年（1461）	秋	第 9 次编造开始			德皓、存济
天顺六年（1462）	春	第 9 次编造完了	（里长）（存绍）吴功仁	同图李庭让，值北京富户诉，李庭先，与俱我族组存绍公，主解。	存杰

续表

年	季	黄册编造	里役	黄册、里役关系记录	社首
成化七年 (1471)	秋	第10次编造开始	(里佐)？(存林)吴功俊		德皓
成化八年 (1472)	春	第10次编造完了	(里佐)？(存林)吴功俊	郡丞黄公巡行各县，起造义仓，是时兼黄籍之役。	存济、存林
成化九年 (1473)	春	第10次编造完了	(里佐)？(存林)吴功俊	功俊公有里长之役，值令君陈公清政，里长易于趣功。	存绍
成化十七年 (1481)	秋	第11次编造开始	(里佐)？(存林)吴功进		聪
成化十八年 (1482)	秋	第11次编造完了	(里佐)？(存林)吴功进	(八月)初一日吴功进任里役。	斯文
弘治四年 (1491)	秋	第12次编造开始	(里佐)？(存林)吴功进	流口吴敏与李鼎构争火佃。方武宁来贺节，先后相斗殴。敏死具告察院。我族以里排，因之劳扰。	存诚
弘治五年 (1492)	春	第12次编造完了	(里佐)？(存林)吴功进		德□
弘治六年 (1493)	秋		(里佐)？(存林)吴功进	○去年造黄册，本都归并其人拨凑各图，兵(户)部奏行勘合，天下查造军民。洪武十四年起，弘治五年止，十二眼册。各乡查理，难以造报。○吴功进里役，以吴李讼未竟案，甚被烦燠。	良兄弟
弘治十四年 (1501)	秋	第13次编造开始	(里长)汪远	(春)鱼梁坑祖墓荫木被半。即汪产义盗砍一株，投之里长汪远，吴灿复具告县。	洪兄弟
弘治十五年 (1502)	春	第13次编造完了	?		存诚
正德六年 (1511)	秋	第14次编造开始	?		植

续表

年	季	黄册编造	里役	黄册、里役关系记录	社首
正德七年（1512）	春	第14次编造完了	（里佐）?（俭）吴如节		存诚
正德八年（1513）	春		（里佐）?（俭）吴如节	族吴如节充里役，吴公达户充总甲，甚苦之。	模
正德十六年（1521）	秋	第15次编造开始	（里长）（岳）吴如高	吴如高里役。	烈
嘉靖元年（1522）	春	第15次编造完了	（里长）（岳）吴如高	族有黄籍之役。	植
嘉靖十年（1532）	秋	第16次编造开始	（里长）（岳）吴如高	吴如高里役，督黄籍。	植
嘉靖十一年（1533）	春	第16次编造完了	（里长）（岳）吴如高	族有通水路、改门墙之役。	珀
嘉靖二十年（1541）	秋	第17次编造开始	（里长）（岳）吴如高	如高值里役。又金廿一年税长。廷户亦金税长。	
嘉靖二十一年（1542）	春	第17次编造完了	（里长）（岳）吴如高	如高户黄籍之役。	炳
嘉靖二十四年（1545）	秋		（里佐）（植）吴如立	吴如立当里役。会县派给官银百两。买谷输半流仓。助费四十二两。里佐重困。	瑚、□
嘉靖三十年（1551）	秋	第18次编造开始	?		元贵
嘉靖三十一年（1551）	春	第18次编造完了	（里佐）（册）吴朝重	吴朝重户有佐役。	（原欠）
嘉靖四十年（1561）	秋	第19次编造开始	（里佐）（册）吴朝重	吴朝重攒黄籍。	琪
嘉靖四十一年（1562）	春	第19次编造完了	（里佐）（册）吴朝重	朝重户签兵收头。甚劳费。	应禄
嘉靖四十三年（1564）	秋		（里长）（伟）吴子克	伟户里役。	元贵（元德代）
隆庆五年（1571）	秋	第20次编造开始			原欠

续表

年	季	黄册编造	里役	黄册、里役关系记录	社首
隆庆六年（1572）	春	第20次编造完了	?		原欠
万历九年（1581）	秋	第21次编造开始	?	制诏天下，八□清理疆□，谓之清丈。溪口仓出谷赈。	原欠
万历十年（1582）	春	第21次编造完了	?	曾令君作清丈条规。冬月曾令君巡行郊野，由石田、溪口、山后抵冯村，过流口。遣胥皂致一谒刺于子玉清丈我里事宜。	原欠
万历十二年（1584）	春	一条鞭法开始		始行一条鞭之法。	元夫

第9次至第21次一共有13次编造黄册时，吴氏充当里长或里佐，承担编造的责任。一个里是由10个甲组成的，每一个甲由一个里长户及10个甲首户组成，里长户一般是甲内最富裕之户。第1甲至第10甲，轮流承担里内值年的公事（上交税粮，编纂黄州）。这样的制度之下，吴氏每十年一次承值里内公事时，其里长户每次充当里长或里佐，由此见之，吴氏一定是排列在第一甲或第二甲的领导地位。而且徽州乡村大多数为单姓大族聚居，因此我推想，每个里甲是以同族为主而组织的。那么，其他9个里甲是什么姓氏呢？关于此事，《社会记》景泰六年（1455）的记载有参考之处，其所云如下。

富人出谷赈济。我族输谷十石给赈。吴权友行、李记寿行、李永善行、胡音保行、康保儿、汪小乞、汪四住、徐永兆行等。我里一百石，犹不敷赡，贫人有鬻儿女自活者。

这是此年里内逢荒，官方向每里要求出谷赈济，每里一百石。每里由10个行组成，每行平等承担10石。理论上应该有10个行，这里只有9个行，某一个行记载脱落。这10个行很可能相当于里甲制度的里单位。由于里是由10个里甲组成的平时征纳税粮的组织，征收临时性的赈济费。

据此，可以推测如下结构。

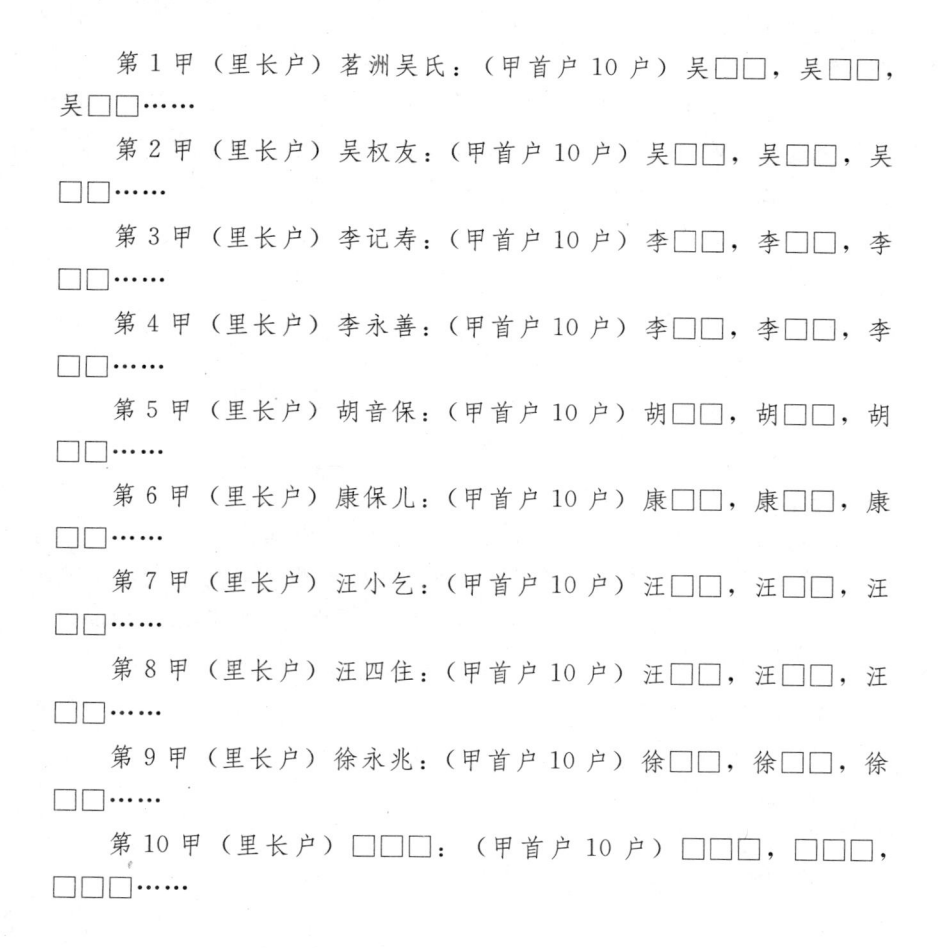

　　第1甲（里长户）茗洲吴氏：（甲首户10户）吴□□，吴□□，吴□□……

　　第2甲（里长户）吴权友：（甲首户10户）吴□□，吴□□，吴□□……

　　第3甲（里长户）李记寿：（甲首户10户）李□□，李□□，李□□……

　　第4甲（里长户）李永善：（甲首户10户）李□□，李□□，李□□……

　　第5甲（里长户）胡音保：（甲首户10户）胡□□，胡□□，胡□□……

　　第6甲（里长户）康保儿：（甲首户10户）康□□，康□□，康□□……

　　第7甲（里长户）汪小乞：（甲首户10户）汪□□，汪□□，汪□□……

　　第8甲（里长户）汪四住：（甲首户10户）汪□□，汪□□，汪□□……

　　第9甲（里长户）徐永兆：（甲首户10户）徐□□，徐□□，徐□□……

　　第10甲（里长户）□□□：（甲首户10户）□□□，□□□，□□□……

明代吴氏社户在第1期至第3期的百余年间，一直保持10户前后的数量，相应于里甲户数规定的10—11户。可以推想，社祭社户组织与里甲制度互相补充，因此非常稳定①。但第4期以后，社户增加到29户，就远超里甲制度的户数，从而丧失里甲的制度支持。以后社户越来越多，统一组织趋向于崩坏。与此同时，明代中后期，里甲制度衰落下去，嘉靖以后，里甲制维持不下去，一条鞭法开始施行，随之，宋元以

---

① 这反映出每个里甲由一个宗族组成。参见铃木博之《明代徽州府的族产与户名》，《东洋学报》第71卷第1・2号，1964年。

来以社户为中心的社祭组织就消亡了。此后，社祭就逐渐由以里长为代表的大地主阶层所掌握，其经费有时按丁科派，有时按亩科派，越来越不稳定了。

那么，社祭的轮替怎样影响乡村戏剧呢？下面研讨这个问题。茗洲吴氏原来爱好戏剧，其社祭常常演出戏剧。家谱《茗洲吴氏家记》卷7《家典记》记载：

戒靡费

吾族喜搬演戏文，不免时屈举赢，诚为靡费。自今，惟禁园笋，并保禾苗及酬愿等戏，则听演。余自寿诞戏，尽革去。

只照新例出银，备常储，实为不赀。视艳一晚之观，而无济于日用者，孰损孰益，必有能辨之。

据此可知，这一族每年支用其常备的贮储以演出戏剧。对于这一传统，《家典记》的作者（吴子玉，1520—1591）批评其为靡费，反映出明末宗族父老对于当时社戏的看法。吴子玉似乎把社戏按照重要性加以分类排列，分类如下。

A. 乡村社祭戏剧
（1）禁园笋戏剧
（2）保禾苗戏剧
（3）酬愿戏剧
B. 宗族家庭戏剧——寿诞戏剧

这里 A 类是明代前期以来一直由社户营运的社祭系统的戏剧，父老们认为这类戏剧是乡村农业生产不可或缺的活动，极为尊重；又认为 B 类是一种奢侈，采取抑制的态度。但从作者的口吻来看，我们可以看到，当时前者 A 类趋向于衰落，后者 B 类趋向于隆重。作者警惕后者的繁荣。关于这情形，下面逐一分析。

一 乡村社祭戏剧

对于这类乡村戏剧，吴氏一直很重视，因此早就组织社户制度，维持其营运。明代前半期，社户为数不多，至多不超过 10 户，轮流当值极为稳定，容易发挥其功能。但 1530 年以后，社户开始分裂为 30 户，等到

1570年，更为增加，轮流当值停滞，最后1584年社户甚至于消失了。之后，社祭只由大地主家族随意营运，社祭难免于衰落的趋向。《家典记》的立文似乎采取保护的态度，根据戏剧重要性加以等级排列的保护。其内容如下。

（一）禁园笋戏剧

"禁止园笋"这个词是将明代日用百科全书里所见两种禁约合并的称谓，就是兼指《禁盗田园瓜果菜蔬约》及《禁盗笋竹约》。吴氏一族订立这类乡村禁约时，将乡民集合在社庙，在社神面前盟誓遵守，届时屠宰猪羊，宴会喝酒，时常表演戏剧。《茗洲吴氏家记·社会记》之中，有些例子如下。

　　○成化十一年（1475）二月九日戊子（春社）条：吴氏二门为看守竹木合约。

这里没有演戏的记录，但徽州多有立合约时演戏的记载。比如，茗洲附近的流口村黄氏《家用收支帐》[①]，录有该族每逢戏剧演出而捐款，乡村举行戏剧的经费按人丁或田地科派，如下。

　　○雍正十二年（1774）二月十四日，［捐］一钱六分。两门重派。<u>演戏，禁止挖蕨</u>。按亩四厘。
　　○乾隆八年（1783）十一月初四，［捐］一钱。<u>做戏，禁挖蕨</u>。

这类戏剧是乡村共立禁止乡民随意挖蕨的合同，为了坚固盟誓而向社神奉上的戏剧。其他也有类似的禁戏。如下。

　　○乾隆六年（1741）六月初九日，［捐］一钱。输众。<u>做戏，禁虎</u>。
　　○乾隆六年（1741）七月十八日，输众。<u>熬药射虎</u>。

这是老虎出没于乡域，为了射杀老虎，乡民组织起射虎队，并集合于

[①] 《徽州千年契约文书》清·民国编第8卷。

社庙，向神奉上演戏以祈保佑，同时加强团结。还有一类如下。

○乾隆八年十一月廿三日，［捐］六分。做戏，禁猪瘟。

这是猪瘟流行时，乡村将乡民集合在社庙，立合约，禁止放出病猪或密匿病猪等，可知也是在神前演戏以盟誓。

可见乡村订合同时，无不演出戏剧。这类戏剧被叫做"禁戏"。而且违反禁约者应该向神奉上戏剧而赔罪，这叫做"罚戏"。徽州歙县有例子，如下。

○乾隆四年序钞本《受祉堂续修大程村支谱·公捐祠归条规》一，盗砍来龙水口树木，并挖松明，<u>罚戏一本</u>。如恃强违拗，公呈究治。

（二）保禾苗戏剧

保禾苗这一个词指什么，从上下文中看不出来。至少有两种解释可以成立。一种解释是禁止在田地里放养家畜、践踏损坏田苗的乡村规约的缔结仪式。另一种解释是为成熟的禾苗免于灾害而恳求神灵保佑的仪式。前者在明代日用百科书里所录的乡约体例之中常见，所以这里"保禾苗"属于此类的可能性较大。但《茗洲吴氏家记·社会记》里，却看不见其例子。因此，我们不得不认为，所谓"保禾苗"属于后者，比如伴随着祈雨驱蝗或中元建醮等仪式同时进行。

○黟锦溪口庙，周王忽著机祥，<u>农民为禾苗</u>，各乡迎请。我社同磣源、塘田四社迎奉，<u>扮演角抵之戏酬送。苗果秀。</u>

这里可见，为了禾苗，临时演出角抵之戏（带面具的傩戏）。这是临时的保禾苗的戏剧，但正常季节祭祀也有保禾苗的仪式。如下。

○景泰三年（1455）秋，六月二十日，安苗福饮。酒不如法，罚社首文升，数外加酒，各一浮。

○弘治十三年（1550），六月二十日，重定安苗福饮。

据此，似乎每年六月二十日举行"安苗福饮"，大约是二十四气节中的大暑，是禾苗生长的重要时期。乡民很担心期间会有水旱之灾，因此宴会以求神保佑。这里没写演戏之事，但据上面《家典记》所言，可能有时演戏。《社会记》之中，祈雨祈晴驱蝗等为了保禾苗举行仪式的其他例子，并不少见，这也可以说是属于"保禾苗"。威胁禾苗的原因大多数为自然灾害，其危害范围超过一个乡村，因此"保禾苗"仪式也需要同时举行于广大地域，时常跟近邻村落联合而作，如下。

　　○景泰五年（1454）秋，夏涨泼，秋亢旱，九社议于我里吴仙洞，祈雨。
　　○天顺三年（1459）秋，九社议，祷于境之吴仙洞。后赈雨觉多。
　　○成化三年（1467）秋，旱，祷于境之汪王［汪越国公庙］，得雨。

吴仙洞是道观，汪越国公庙是该地区的大庙，都是有条件演出戏剧的场地。这里上演的可称为"保禾苗"的戏剧。

（三）酬愿戏剧

酬愿这个词的涵义有些复杂。面临灾害，乡民向神许愿，如果能够庇佑避灾的话，必作还愿祭祀，奉上祭品和戏剧。这样想法在所有乡村的祭祀之中极为普遍，春节元宵的祭祀和中元建醮都是属于此类。通观《茗洲吴氏家记·家典记》和《黄氏家用收支帐》，可以举例如下。

1. 鬼头戏

鬼头戏是带面具赶鬼的傩戏，属酬愿戏之一种。吴氏《家典记》与《黄氏家用收支帐》都有记载。如下。

　　○正统十四年（1449），社中议，首春行傩人，婺源州香头角抵之戏，皆春秋社首酿米物，与诸行傩者，遂为例。

上文的香头这个词很可能是鬼头之误。其意思说，每年春节，婺源县的行傩人（专演傩戏而巡游各地的行业性艺人）来茗洲表演傩戏（戴鬼头面具表演角抵之戏），其经费由社户公产开支，交付给傩人，之后成为定例。这是为了感谢社神过去一年保佑之恩而作的，是代表性的酬愿戏。下面也是相同的例子。

　　○嘉靖二十六年（1547）春社日条：族于河滩上搭层台，<u>胡戏赛神</u>。

这里所谓"胡戏"也指"鬼头角抵之戏"而言，是属于春节还愿的傩戏。

流口《黄氏家用收支帐》也有许多还愿戏的记载。首先举示鬼头戏的例子。

　　○雍正十一年（1773）四月二十一日，［捐］二钱七分二厘，<u>做鬼头戏</u>。按丁九厘，本家并母八丁。
　　○乾隆六年（1781）四月十八日，［捐］六分四厘，<u>做鬼头戏</u>。

这里鬼头戏可以推测为上面所说的鬼头戏角抵之戏或胡戏。

2. 愿戏

《黄氏家用收支帐》有如下的记载。

　　○乾隆元年（1776）某日，五钱八分，愿戏。

愿戏是获得神灵庇佑以后，乡民奉上还愿的戏剧，一般捐钱较多，规模较大。

3. 人丁戏

《黄氏家用收支帐》有如下的记载。

　　○乾隆七年（1782）年二月十一日，捐一钱五分三厘，派做人丁戏，每丁一分七钱，本家九丁。
　　○乾隆八年二月十八日，捐一钱六分二厘，人丁戏，本家九丁，捐出一分八厘。

这里人丁戏是按人丁摊派经费的愿戏，为乡村最为正式的戏剧，比如春秋社祭等。

4. 鬼戏

《黄氏家用收支帐》录有好几个"鬼戏"的记载。鬼戏在演出性质上跟鬼头戏不一样，属于目连戏，就是为了超度孤魂而表演的。乡民认为横死者的孤魂是产生灾害之原因，为了克服灾害，首先应该超度孤魂。因此为免除面临灾害的危险，乡村时常演出这类目连戏，先许下演戏的愿望，然后奉上目连戏。比如流口、茗洲附近的环沙村在民国时期曾演出目连戏，许愿的表文有如下的记载①。

> 今者，环沙族内，人事屡见沧桑；富社村中，大局屡延变动。散财源而囊空橐乏，损壮丁而户少口稀，似此情形，闻者莫不色骇。……弟子等善功是念，施财力于冥府孤魂，兹经合族磋商，公同议决，许目连而赈济，保人口以平安。……

可见，这里目连戏是作为许愿戏表演的。那么，《黄氏家用收支帐》里所看到的"鬼戏"也很可能都是属于这类许愿戏的。其例子如下。

○雍正十二年三月十四日，[捐]四分八厘，派作鬼戏，按丁八厘，本家六丁。
○雍正十三年五月某日，[捐]八分，鬼戏一会。
○乾隆元年五月某日，[捐]八分，鬼戏一会。
○乾隆元年五月某日，[捐]八分，又法功鬼戏一会。
○乾隆二年四月某日，[捐]八分，鬼戏一会。
○乾隆二年六月某日，[捐]八分，鬼戏一会。

《黄氏家用收支帐》之中，其他有"会戏"、"做戏"、"顶红班戏"、"火烛戏"等记载。这类记载没有表明其表演目的，因此无法探求其性质。

---

① 陈琪、张小平、章望南：《徽州古戏台——花雨弥天妙歌舞》，辽宁人民出版社2002年版，第125页以下。

但有的是属于鬼戏，有的是属于鬼头戏或愿戏，终究是属于酬愿戏的系统。

还有一事值得注意，就是明代到清代的祭祀戏剧的组织问题。据明代吴氏《家典记》，明代前半期，乡村祭祀戏剧是在社户制度上营运的，其财政基础跟宗族公产结合起来，非常稳定。不过，据清代家用收支账本，乡村各种戏剧的财政无不依靠按丁科派，或按亩科派而筹备，每次向乡民征收经费，公共财政基础似乎极为薄弱，缺乏稳定性。由此观之，徽州的乡村戏剧，从明代到清代，难免出现衰落下去的趋势。

第二节　宗族戏剧的分化

上面吴氏《家典记》所说，除了禁园笋、保禾苗、酬愿戏之外，"余自寿诞戏，尽革去。"这句话是什么意思呢？可以猜想，就是编撰《家典记》（明代万历二年）时，乡村集体戏剧越来越衰落下来，与此相反，富裕家族为了寿诞而演出戏剧的机会越来越多。父老们认为，这是属于浪费奢侈，应该加以控制。这样的趋向很可能是明代中期以后出现的。因为明代嘉靖以前吴氏社祭的社户制度极为稳定，以社祭为核心的乡村戏剧也极为稳定，当时家族很少演出戏剧。但嘉靖年间以后，社户轮值的制度开始崩坏，社祭由大地主或大商人家族单独出钱承担的机会越来越多，从而大家族离开社祭组织，自己庆祝祖先或父老寿诞而请戏班的机会也逐步增加。这里反映出当时乡村社会内部结构的变化。

《家典记》之中，有《降诞日称觞于堂》一条，记载如下。

　　族男子年三十及四十岁者有输赀例。三十者输银一钱。四十者输二钱。自五旬已上以至百岁者，其所输之赀，亦当与寿等。如五旬者出银五钱。六旬者六钱。七旬者七钱。八旬者八钱。九旬者九钱。百岁者一两。

　　视其年高下而轻重之。掌岁办之家，则具觞榼，率族之众，吉服登堂，称觞祝贺。其寿者，所应输之赀，随付众入箧。

　　族之妇，自三旬已上者，所输赀，视男子等第减其半。

由此可知，吴氏族人从 30 岁开始，就可以在祠堂集合族人作寿诞祭祀，有时表演戏剧，其时，寿者应该向公产交纳对应自己年龄规定的赀金。上面所提的乡村戏剧（禁园笋，保禾苗，酬愿等戏）在社庙里演出，与此相对，这寿诞戏在祠堂演出，可见其涵义之中，有向祖先感谢其保佑的意义。从这一点来说，这类寿诞戏也属于祭祀戏剧之一种。届时族内男子可以到祠内观赏，也可以说属于宗族戏剧。

这里值得注意的是，三四十岁那么年轻就开始做寿诞戏的事实。这反映出茗洲吴氏的富裕。其实，吴氏族中有很多商人或士人，他们出外赚钱返回家乡，因此会有很多富家具备出资演戏的经济条件。上面的吴氏世系图（图导—1）上，可以看到这类商人或士人的例子。下面用阿拉伯数字排列这一类人物。

〇24 世祖

1 德皓（社户，1416—1453），公年俞壮，能力贾，累赀九百。日至千金，不贸田产，年三十八而殁，而金散矣。（卷6，家传记）

〇25 世祖

2 存恕（社户，1431—1512），尝贩木湖阴。（卷6，家传记）

〇26 世

7 睿（社户，1459—1535），壮年挟巨资，游江湖。壮岁客毗陵。（卷5，登名策记）

8 清（社户，1465—1545），及长专力于商，数累巨资。（卷6，家传记）

9 荣（社户，1478—1538），客于毗陵，赀起而甚俭约。（卷6，家传记）

10 岳（社户，1460—1532），年四十，客毗陵，以父春秋高，弃去。（卷6，家传记）

14 槐（社户，1489—1527），大母病，公与先君皆客海昌，忽心动趣归。（卷6，家传记）

15 枢（社户，1491—1568），买木货于海昌。（卷6，家传记）

〇27 世

26 玢（社户，1504—158?），徽俗尚贾，君生其间，因亦为贾。挟重赀贾毗陵，遂家焉。（卷11，吴嶔《寿茗洲先生秩序》。吴之鹏

《寿茗洲吴君八十序》）

　　27 琇（社户，字朝美，1506—1567），[父荣] 客于毗陵，赀起而俭约，朝美遵教，<u>一于俭约而赀益起</u>。（卷6，家传记）

　　22 琏（社户，1505—1545），年十五，<u>即贾于浙</u>。

○28 世

　　26 应辰（社户，1515—1585），年十五，走都会，<u>为小贾</u>。（卷11，黄金色《赠斗野吴仲君序》）

○29 世

　　39 成俊（社户，字孟千，1547—16??），父应辰<u>以贾事授于孟千</u>。（同前）

　　如此，24世至29世，即15世纪至17世纪的两百年间，吴氏出现很多出外客商。大多数族人客商于常州毗陵，其他也有客于浙江、海昌等。而且他们之中的社户不少，就是说，有势力的族人大多数是商人，他们不一定常住茗洲。

　　出外的族人之中，除了商人之外，也有士人。士人也依靠本族做客商的财力而力图荣达于外地，材料整理如下。

　　　　○26 世

　　6 聪（社户，1452—1531），郡学生，以贡任嘉兴丞。（卷4，世系记）

　　　　○27 世

　　22 玒（1482—1518），国学生，与兄同殁于常州孟河。（卷5，登名策记）

　　21 琥（社户，1476—1518）殁于常州孟河。（卷5，登名策记）

　　25 珊（1503—1555）与族弟玒以春秋同游邑庠。同籍国学。后玒客死，而辰州参军。（卷6，家传记）

　　27 瑚（1504—?）以掾佐给事诠部。（卷5，登名策记）

　　30 子玉（社户，1520—1591）以贡应天训导，升国博。（卷5，登名策记）

　　31 照（1500—1563），邑庠生。（卷5，登名策记）

　　32 伟（社户，1515—1569）以贡助教衢郡，升桂东教谕。（卷5，

登名策记）
  37 伯先（1553—?），邑庠生。（卷4，世系记）
  38 成辅（?—?），常郡增广生。（卷4，世系记）
  40 之缓（?—?），武进庠生。（卷4，世系记）
  41 之纬（?—?），武进庠生。（卷4，世系记）

  据此，族人出外做官，以休宁和常州（武进）为多，有茗洲人科举学籍的常州，也是商人活动的地区。其他有到南京、衢州、徽州郡城、辰州等地求功名的士人，也似乎是依靠商人开拓的背景。
  另外有分辨不出士或商的外出族人例子，如下。

○25 世
3 存济（社户，1440—1488）殁于毗陵。（卷6，家传记）
4 存制（社户，?—1490）死于常州东门外。（卷5，登名策记）
5 存美（1451—?），嘉靖间殁于广信。（卷5，登名策记）
○26 世
11 楫（社户，1476—?）殁于外。（卷5，登名策记）
12 橹（社户，1482—1540）死于芜州。（卷5，登名策记）
13 棹（社户，1482—1561）殁于杭州。（卷5，登名策记）
16 宝（1476—?）殁于外。（卷5，登名策记）
17 宾（1481—?）殁于外。（卷5，登名策记）
18 贯（1483—?）殁于外。（卷5，登名策记）
19 汝兴（1486—?）殁于广信。（卷5，登名策记）
20 汝升（1491—?）殁于广信。（卷5，登名策记）
○27 世
33 炳（社户，1509—1573）殁于常州。（卷5，登名策记）
34 应时（1499—1545）殁于江宁镇。（卷5，登名策记）

  由此可见，茗洲吴氏在常州设有商业和官途的据点，族人挟功名和商资回馈家乡茗洲，社户也依靠这类利益得以维持社祭。外出族人可能不住在本地，只负责出钱而已。族人30岁已可开始演出寿诞戏，其经济基础正在于此类士商阶层的活动。而且这类活动从26世祖以后进入高潮时期，相应的宗族戏剧在明代中期（16世纪）以后急速发展的原因也在于此。

另外值得注意的，是社祭资产与大宗祠资产的一种冲突关系。《家典记·春秋祈社》所云如下。

> 先祭而后专。社，旧分两社，其事宜，俱详两社簿牒中。如族人一应输银数。今一并入众箧，不许两社复有征取。

这里，两社和众箧是对立的。两社是春社资产和秋社资产，众箧是大宗祠葆和堂的资产。这里规定说，族人承担社祭值年时，其经费银两本来向社产纳入，但从今以后，银两应该向葆和堂祠产纳入，不可以纳入于社产。这规定说得太简，其意思之所在不大明白，但可以猜想，社产的经理因为社户越来越多，管理不善，或不能赢利，所以祠产的精英经理代替社产的粗笨经理而自任经管。社祭背后说不定有借贷不妥、亏本浪费之嫌。关于此事，《家典记·予借》也有云如下。

> 众堂之贮已入两社者，不复究矣。
> 今新立贮法，设无少钱母，不能以主子钱息也。酌议予借族人，量力应出。
> 俾日后遇喜庆诞子事，照数扣消。然只听本银算除，加利息消扣。

这里所谓"众堂"是前面的"众箧"，是大宗祠葆和堂的资产。可见社产不足够开支祭祀费用时，从大宗祠资产之中，抽出一部分以补充。这规定说，这类贷款不用追还，可见社产和祠产之间，有祠产帮助社产的关系。但社产的财政越来越恶化，社祭及其戏剧难免越来越衰落下去。与此相反，祠产的财政越来越充实，宗族寿诞或生子时演出戏剧越来越隆重。

流口村《黄氏家用收支帐》也有记载，如下。

> 乾隆八年（1783）四月初八，一分，我病急，母许鬼头戏一本。

这是黄氏家庭向神许下，如蒙保佑一定邀请傩人演出傩戏的愿望。这里已经出钱，可见病人如愿病愈，遂向神奉上傩戏。这也是宗族戏剧的一种。

从上面的例子来看，徽州大族在明代中期以后，社祭戏剧趋于消沉，宗族戏剧逐渐扩大。

第三节 市场戏剧的展开

除了上述乡村戏剧及宗族戏剧之外，徽州地区亦有在集市演出的戏剧，就是市场戏剧。

比如，嘉靖五年序的《徽州府志》卷2《风俗志》有云，如下。

> 二月二十八日，歙、休之民，舁汪越国之像而游，云以诞日为上寿，设俳优狄鞮胡舞假面之戏。飞纤垂髾，偏诸革鞜，仪卫前导，旗旄成行，震于乡井，以为奇隽。

汪公，名华，隋末在徽州建吴国，未久奉表归唐。华以偏僻崛起歙州，东击宣州而南下睦、婺、饶，保五州之民，以安居乐者十余年。因此，以歙县为主的徽州地区有很多汪越国公庙宇，神诞日乡民举行大规模的游行活动，其间演出傩戏傩舞等。祁门县也有汪公庙，同治《祁门县志》卷5《风俗》有云如下。

> 上元夜，庙宇张灯，或扮龙灯，钲鼓游于里巷，以庆元宵。十八日，祀越国汪公，有演剧者。

汪公庙祭祀组织的规模，远远超过上面介绍的茗洲社祭的水平。比如，茗洲附近盆地有溪口乡，这里有一座汪越国公庙。南京大学历史系资料室所藏徽州文书里面有些关于此庙宇祭祀组织的记录，叫做《祝圣会簿》。日本庆应大学研究生涩谷裕子女士曾发表过有关论文做详细的分析[①]。兹据这篇论文介绍明代末期（崇祯年间）到清代中期（乾隆年间）

---

① 涩谷裕子：《明清时代徽州江南农村社会中的祭祀组织——介绍〈祝圣会簿〉》（一）、（二），庆应大学《史学》第59卷1～3号，1990年。

汪公庙的情况。

一 神像出游

溪口乡汪公庙《祝圣会簿》万历三十年合议，有云如下。

> 抄存起始。出游合议，以便后考。
> 住居十三都三图，里长吴天庆，保长汪宗公，及士农工商各户人等议。
> 为祝会事。窃以，田禾丰整，人丁茂盛，全信神灵护佑。是以各村各乡，立会敬神祭祀，巡游田间，邀神欢娱之意。今本都本图，上自上庄，下至下岭，俱属越国汪公、九相公、胡元帅[①]名下所辖。向虽立会祭祀，未举出游之典。
> 今议：奉神出游，春祈祝会，必要人力扶持、钱财给用。议得<u>士商之家出钱</u>，修坐辇，各件用度。<u>农工之家出力</u>。上下村司帝辇相辇，上庄司帅辇。各执各事，共祝年谷丰□［登］，祭人民乐业。人喜神欢，自然福录永赖。如有不敬事肃奉者，神必降祸其家。□［据］此立议，各直遵照。
> 万历三十年岁在壬子春
>   主议　里长　吴天庆
>   见议　保长　汪宗公
>   依议　上村、下村、上庄各户

（涩谷（一）p. 106 引）

这里主神为汪越国公，陪祀神为九相公及胡元帅。会簿写定于万历三十年（1610），据此可知万历三十年以前已经存在其祭祀的核心部分。等到万历三十年订立这合议，出游才开始。<u>士商出钱，农工出力，彼此补充</u>，商工包括在内，那么，这祭祀组织一定是在以市场为核心的广大地域上成立的。神像出游，环村而行，十日至十三日是白天出游，十四十五日为夜间点灯出游。具体的情况，《祝圣会簿》康熙十三年合议有云，如下。

---

① 九相公、胡元帅不具何人。关于胡元帅，清刘汝骥《陶甓公牍》之《法制科·祁门民情之习惯》（宣统元年调查）有云："正月上旬，迎元帅坛，行儺演剧。"大致是所谓"胡元帅"。

一议，各户插灯，必随神鱼贯而行，以便头首点名。如违，罚叁分。

一议，在会众户，必要齐集点名。如有客外，先浼人答应，如点名不到者，罚银叁分。

一议，十四、十五夜，神圣出游上殿。必须上下首监轿随行。不得隐灯后灯，亵慢神圣。如违，罚叁分。

一议，神圣出游上殿，抬轿之人，必要照古例，上至青山下□，点名。下至八公桥。如违，罚抬轿之人，五分。（涩谷（一）p.109引）

这里提到的是夜游的规定，十四夜和十五夜"出游上殿"，意思是从殿里下山出游后，回来再上山登殿。这里殿名缺记，但后面有关于玉山祖殿受灾而暂停会戏的记述，据此猜想，奉祀汪公的庙宇叫做"玉山祖殿"，由子孙汪氏在玉山上建立。（十四十五两次夜间出巡，在会众户之中有"客外"，这个词就是"客于外地的商人"，可知这地区也有很多出外经商的本地人。他们又出钱又出力。）有关巡游的地点，这里所说，上至青山，下至八公桥。《祝圣会簿》也说如下。

○康熙三十六年（1697）议，汪帝夜游圣轿，必要抬至源口。元帅轿，必要抬至八公桥。不遵者，公议罚银一分入会。（涩谷（一）p.110引）

抬到河桥而止，可知沿河水而行。时逢元宵，天上有月亮，执灯游行，河水上反射月光和灯光，越来越亮，更为好走。可以想像，十四夜是向上游出巡后回殿，十五夜则为向下游出巡后回殿。

但雍正以后，游神似乎加有日游，《祝圣会簿》有如下的记载。

○雍正五年（1727）：初十后，逢晴出游。十四十五夜游，并祭神。算帐做会。每日只鸣锣三遍通知，不必旧例遍数。

○嘉庆十六年（1811）

一议，奉神出巡，定期初十日，如雨逢，无误。

> 一议，奉神夜游，定期十四十五夜，风雨不改。（涩谷（一）p. 110 引）

除了十四至十五夜游之外，初十开始做日游，可能做到十三日。日游可能是对应远方乡村的要求而施行，一共有5次出巡，但以十四十五为中心。供仪也在这两天举行。

二 演戏

十五夜，神轿回玉山殿以后，在神前演出戏剧。《祝圣会簿》崇祯十三年（1640）条下有云如下。

> 合会众议：本村祝明圣会各户，遵前规例，格守无议。<u>迩来会戏，亦守前规</u>。自今而后，尤恐新春雨雪阻期。众议，<u>凡戏子，若到天色晴，即在台上搬演。若雨雪，不能外演的，议堂中搬演</u>，以便会首之家。众会户同批。（涩谷（一）p. 116 引）

据此可知，天晴时，在庙宇正殿外空地上搭成戏台演出，下雨雪时，在正殿议堂中演戏。玉山殿，有时叫做玉山祖殿，由汪氏用为祠堂，可能里面建有"议事堂"。演出日期为正月十五，也有现实意义。十四日以前，乡民斋戒吃素，等到十五夜开斋，才可以吃肉，至此神人共同看戏同乐了。《祝圣会簿》康熙十三年（1674）条下，又云如下。

> 祝明圣会，其来远矣。<u>古例演戏乙台，每夜供仪四两□□</u>。顺治年间，钱粮赢余，是以增至乙斤。乃于康熙十一年，因会内钱粮不敷，致免神戏。窃思，演戏原以敬神之古例也，不减供仪，而免神戏，是会户之徒口腹而慢神圣。实兹议供仪，<u>十四日，素仪照旧。十五日</u>，每户熟肉半斤，熟鱼半斤，<u>演戏乙台</u>后，谷七十砠与做会之家。余谷照旧例算价入会，下首领去生息。（涩谷（一）p. 118 引）

十四日的素仪，是吃斋的意思。十五日向每户分配熟肉和熟鱼，是分胙以及开斋的意思。这里演戏也被看作向神奉上的供品之一，受到格外的重视，演戏一定是晚上开演，演到凌晨。康熙年间之后，有时节省供仪，但持续遵守演戏的规矩。每次演戏之后尚存经费 70 砠谷，可见款额也不少。《祝圣会簿》康熙十七年（1678）也云如下。

  众会户公议，迩年因钱粮加派浩繁，以致会内银数不敷支用。将十四日、十五日供仪概免，除<u>七拾砠与做会之家演戏壹台</u>外，其余自为仍照前例。

据此可知，其戏价以 70 砠为标准，但以后增加到 100 砠。《祝圣会簿》康熙四十二年公议有云，如下。

  众会户公议，加谷三十砠，并前共谷一百砠，与做会之家，<u>演戏两台敬神，永为定例</u>。（涩谷（一）p.116 引）

可知神前演戏越来越被重视了。以后虽然演戏两台的传统一直继承下去，但其演出的条件，随着环境的变化而难免有改变。比如《祝圣会簿》乾隆四十年（1775）合议所云，如下。

  乾隆二十二年丁丑，玉山殿被灾，庙像俱毁。二十四年，缘停会戏，以资建庙。经今两轮各会一周，公议，原照前例，应行演戏两台敬神。但原例，戏不过正月十三（当作五）日。斯时班少价昂，难于办理。今议，定期二月之内，不□（疑为超字）过三月初一为则。如有过期，仍照例议罚以警怠慢。（涩谷（一）p.116 引）

这里虽然维持演戏两台，但其时戏价高昂，权宜改为二月之内演出。然而经过 40 年到了嘉庆年，日期不得不更拖延到三月半了。《祝圣会簿》嘉庆十六年合议，所云如下。

  越国汪公、九相公、胡元帅之神，起自明朝迄今四百余年，实赖神佑。窃上庄帅轿，自乾隆五十年起，不服神化，以致会内连年空虚。各会公议停演。于嘉庆十六年正月，做会算帐，会内盈丰，是以复议，奉神出巡，共祝年丰。……复议规条，开列于后。
  神戏两台，定期不过三月半。各户公议，禁止夜戏，免虑事端，

必须同上下首，看戏定班。(涩谷（一）p.117引)

三　祭祀组织

汪越国公祭祀的社会基础比乡村社祭更为广泛，轮流承担祭祀的单位叫做会首，虽然主要是由汪公子孙汪氏一族组成，但另外本地有势力的宗族吴氏王氏等两个宗族也参加。

涩谷氏论文整理其轮流，如表导—2。

这里可见，轮流当值的会首户，明末有18户，进入清初，无法当值的会首增加，结果康熙末年，其总数减少到一半。到雍正以后，维持8—9户。明代末期到清代中期这177年中，会首组织较为稳定。上面所说的茗洲吴氏社祭社户组织，明代中期嘉靖以后，由于社户由兄弟伯侄平等继承，总数迅速地增加，很快到达30户甚至50户之多，明代末期逐步崩坏。与此相对，祝圣会的会首户，170年之间保持户名不变，可知各户由同一的同族支派组成，而且第1代会首个人死去以后，其下一代的支派子孙仍旧用第1代会首（祖先）的名义来共同继承其会首户的地位。比如，2汪嘉庆，3汪永隆，4汪敏仁，6汪复礼，7吴祖兆，10吴芳茂，12吴祖成，13汪宗公，14汪光启等9人，崇祯十一年至顺治十一年当值会首，都是明末清初的人。但轮流表上，一直到嘉庆时期这170年之间，持续当值会首户，那么，康熙末年第5轮以后，会首姓名不会是实名，只是代表各户的名义而已。这样的办法可以预防会首户的分裂，令会首的总数不致增加。据此，会首组织可说相当稳定了。汪公庙的祭祀，参与的人极多，士商工农都参加，组织容易崩坏，但是明末以来一直到清末，两百年之长，祭祀组织得以维持下来，其原因就在这"户名不改"的制度上①。

四　观众

这里有值得注意的，就是汪公庙的庙会戏这类市场戏剧不容易控制观众以维持秩序，时常容易出现争乱。关于此事，茗洲吴氏的记录有些记载，就是《葆和堂冠婚葬祭及扫墓差遣各仆条规》中《禁立神会》有云如下。

---

① 户名不变的意义，在于大宗族通过祖先的名义纳入税粮，隐匿财富，据此保持或扩大在地方的势力，官方也无法控制。参阅片山刚《清末广东省珠江三角洲的图甲表和围绕于此的诸问题—税粮、户籍、同族—》，《史学杂志》第91编第4号，1982年。

导读 南戏发展的背景——以徽州为例

表导—2

轮	周数 会首名	1 1638—1654 崇祯十一年至顺治十一年	2 1655—1671 顺治十二年至康熙十年	3 1672—1687 康熙十一年至康熙二十六年	4 1688—1702 康熙二十七年至康熙四十一年	5 1703—1715 康熙四十二年至康熙五十四年	6 1716—1726 康熙五十五年至雍正四年	7 1727—1735 雍正五年至雍正十三年	8 1736—1744 乾隆一年至乾隆九年	9 1745—1754 乾隆十年至乾隆十九年	10 1755—1762 乾隆二十年至乾隆二十七年	11 1763—1770 乾隆二十八年至乾隆三十五年	12 1771—1778 乾隆三十六年至乾隆四十三年	13 1779—1787 乾隆四十四年至乾隆五十二年	14 1788—1796 乾隆五十三年至嘉庆元年	15 1797—1805 嘉庆二年至嘉庆十年	16 1806—1810 嘉庆十一年至嘉庆十五年
1	汪启元	○	○	○	○	×	×	×	×	×	×	×	×	×	×	×	×
2	汪嘉庆	○	○	○	○	○	○	○	○	○	○	○	○	○	○	○	○
3	汪永隆	○	○	○	○	○	○	○	○	○	○	○	○	○	○	○	○
4	汪敏仁	○	○	○	○	○	×	×	×	×	×	×	×	×	×	×	○
5	汪敦义	○	○	○	○	○	○	○	○	○	○	○	○	○	○	○	○
6	汪复礼	○	○	○	○	×	×	×	×	×	×	×	×	×	×	×	○
7	吴祖兆	○	○	○	○	○	○	○	○	○	○	○	○	○	○	○	○
8	汪明恭	○	○	○	○	×	×	×	×	×	×	×	×	×	×	×	×
9	王承初	○	○	○	○	○	○	○	○	○	○	○	○	○	○	○	○
10	吴芳茂	○	○	○	○	×	×	×	×	×	×	×	×	×	×	○	×
11	汪元相	○	○	○	○	○	×	×	×	×	×	×	×	×	×	○	×
12	吴祖成	○	○	○	○	○	○	○	○	○	○	○	○	○	○	○	×

续表

轮周数		1	2	3	4	5	6	7	8	9	10	11	12	13	14	15	16
	会首名	1638—1654 崇祯十一年至顺治十一年	1655—1671 顺治十二年至康熙十年	1672—1687 康熙十一年至康熙二十六年	1688—1702 康熙二十七年至康熙四十一年	1703—1715 康熙四十二年至康熙五十四年	1716—1726 康熙五十五年至雍正四年	1727—1735 雍正五年至雍正十三年	1736—1744 乾隆元年至乾隆九年	1745—1754 乾隆十年至乾隆十九年	1755—1762 乾隆二十年至乾隆二十七年	1763—1770 乾隆二十八年至乾隆三十五年	1771—1778 乾隆三十六年至乾隆四十三年	1779—1787 乾隆四十四年至乾隆五十二年	1788—1796 乾隆五十三年至嘉庆元年	1797—1805 嘉庆二年至嘉庆十年	1806—1810 嘉庆十一年至嘉庆十五年
13	汪宗公	○	○	○	○	○	○	○	○	○	○	○	○	○	○	○	×
14	汪光启	○	○	○	○	○	○	○	○	○	○	○	○	○	○	○	×
15	汪玄恭	○	○	×	×	×	×	×	×	×	×	×	×	×	×	×	×
16	汪守学	○	○	○	×	×	×	×	×	×	×	×	×	×	×	×	×
17	汪元熏	○	○	×	×	×	×	×	×	×	×	×	×	×	×	×	×
18	汪佑昌	×	×	×	×	○	○	○	×	×	×	×	×	×	×	×	×
户数		17	17	16	15	13	11	9	9	9	9	8	8	9	9	9	5

> 越国汪公神会，已立久远，听从其便。正月张仙人会，原止一座，后又立二座，但座数既多，必有迎神赛会，饮酒争乱之事。自今以后，姑从其便，原座不得再立。亦不得复立别样神会，故违者，取咎。饮酒狂乱者，从以"不谨"，议责。

茗洲村这类小村也参加汪公庙的神会活动。吴氏对于汪公神会，虽然承认其神灵的正统性，但企图禁止张仙庙等其他神会，理由大约在于外来的观众过多，不容易控制饮酒争乱。

同样的禁约也在上引《祝圣会簿》嘉庆十六年合议里可以看到。

> 神戏两台，定期不过三月半。各户公议，<u>禁止夜戏，免虑事端，必须同上下首，看戏定班</u>。（涩谷（一）p.117 引）

溪口玉山殿的汪越国公神会自明末以来的正月十五夜，出游结束，将神轿上殿后演出戏剧，就是夜戏，这是理所当然。但等到嘉庆十六年，忽然禁止夜戏。其想法大约这样：既然日期改到三月，演戏跟出游分离，那么白天演出日戏也无所谓了。夜戏容易引出饮酒争乱，一概禁止，最为安全。由此可知，市场戏剧经常面临外人观众扰乱滋事的问题。戏班的水平也有关系。戏班属于受雇方，虽然戏价便宜，却容易演出淫戏，引出事端。因此规条要求上期会首与下期会首，共同检查戏班而后订戏，这也反映市场戏剧的趋向。

第四节　小结

上面所述那样，徽州农村地区可以看到三种戏剧，就是乡村戏剧、宗族戏剧以及市场戏剧。这种分立，不仅在徽州，江南一带也是很普遍的。大概先有乡村戏剧，而后来等到明代中期，才有宗族戏剧及市场戏剧分立出来。

乡村戏剧是在中国农村的基层单位"社"上成立的祭祀戏剧，其历史悠久，具有宋元以来的传统，又是向神灵恳求丰收及太平奉上的供戏，可以看作农村生产活动不可或缺的一部分。

宗族戏剧是宗族富裕家庭"冠婚葬祭"生活习俗上成立的祭祀戏剧，也含有向神恳求保佑的宗教性因素，但具有一部分士商彼此联谊交流的世俗因素。明代中期以后，宗族戏剧在江南地区发达起来。

市场戏剧是几个乡村或几个宗族联合起来的祭祀戏剧，大约在以有名的市场庙宇为中心的广域地方社会上成立。在以市场为核心的广域之中，士商农工各阶层都参与而合作，其中含有向神灵祈求五谷丰收、商贾隆盛、工匠发达、加官进禄等各阶层投射的多元因素。但组织中出钱最多的是商人，所以综合起来说，商人的影响力是最大的，因此叫做"市场戏剧"。其组织形式模仿乡村戏剧，因此可以说是乡村戏剧的扩大形态或其延伸。

在徽州地区这三种戏剧之间，有彼此交流的关系，尤其三种都是依靠徽州商人出外带回家乡的财富而发展的。上面已提到，乡村戏剧的社户之中，不少是到常州杭州等城市去经商的徽商，宗族寿诞戏也是以出外徽商回乡举行的例子为多。汪公庙祝圣会里，有客外会首户延请代理人监督抬神游行，可见市场戏剧也有依靠徽商的财富而维持的因素。

第一章

《琵琶记》剧本的分化与流传

引言　作品、上演记录、剧本等概述

一　作品梗概（据陆贻典本）

《琵琶记》是元末明初的温州文人高则诚所撰。先介绍《琵琶记》的故事如下。

陈留的蔡伯皆遵从父命，把父母托付给新婚仅两月的妻子赵五娘后赴京赶考。蔡伯皆及第后，被宰相牛僧儒强迫入赘，成了其女婿。伯皆把说明事情的书信送往故乡，却受了信使的欺诈，书信并未送达。时故乡陈留郡遭遇饥荒，赵氏卖掉衣裳钏钗，为公婆供奉饮食，自己却暗地吞糠忍饥。公婆怀疑儿媳私下偷吃美食，便偷窥其食，才知道原来是糠。婆婆受惊过度而猝死，公公不久也得病而殁，只剩一人的赵氏要剪掉头发变卖，为公婆买棺，被邻人张太公得知，赠其米、布等物，助其殡葬。赵氏自己掘土筑坟，埋葬公婆于山中。孤身一人的赵氏，描绘了公婆的画像，带着它，弹着琵琶，唱着歌词，沿路乞讨，赴都寻夫。赶赴都城弥陀寺大法会的赵氏，把为追荐而带的公婆画像挂于一室，这引起了偶然访寺的丈夫伯皆的注目。在画像上认出双亲面影的伯皆，找寻画像的持有者，但没有找到，便抱着疑团带着画像回到宅邸。赵氏得知丈夫成了宰相之婿，住在相府，便扮作乞丐的样子前去寻访。牛小姐了解到赵氏是伯皆留在故乡的妻子，深为同情，留之于宅邸。第二天，赵氏进入书房，在挂于墙上的公婆画像上题诗而去。伯皆回家后，觉得奇怪，便问牛氏。牛氏说明原委，叫赵氏与伯皆见面。牛氏不顾父母的反对，把赵氏当元配来尊重，自己甘作偏房，全剧以一夫两妻的形式而团圆结局。

这故事从来被称为宣扬节妇的风教剧。但其中有神灵帮助五娘筑坟的情节，带有神秘性想法，而且男女最后在寺庙法事场合中再会，也继承男女借烧香庙宇之机邂逅的风月剧的传统。其原来的情节似乎还是站在老百姓所喜爱的心态上，可以说是代表老百姓心声的戏曲。

二　上演记录

历史上《琵琶记》上演于乡村、宗族、市场3种场域，下面逐一介绍其记录。

（一）在乡村上演的记录

作为乡村戏剧的剧目名单，兹有一个资料，就是明代末期福建莆田刊刻的类书《鳌头杂字》。这里载有挂在农村戏台上的农耕对联和戏剧对联。这些戏剧对联，既然跟农耕对联连在一起排列，颇能说明在农村祭祀戏台上表演戏剧的情况。日本内阁文库藏有两种版本，如下。

    A《新镌增补类纂摘要鳌头杂字》五卷，阙名辑，明末刊本
    B《莆曾太史汇纂鳌头琢玉杂字》三卷首一卷，明曾楚卿辑，崇祯间刊本

版本A载有农耕对联5种，戏剧对联30种，版本B似乎有错简，脱落农耕对联，只有戏剧对联38种。戏剧对联之间，两种版本彼此有出入，同一剧目的对联之间，文字不同[①]。

下面先举版本A的农耕对联，如下。

    〇禾
     蟊贼不侵禾稼，丰登人乐业；蚁诚投达神明，昭格物回春。
    〇谢土
     达庆功成，燕雀贺新安处此；高真御降，龙神护奠在方隅。
    〇祈雨
     黄犬久号哀，庶动苍天垂雨露；商羊今有见，果能平地起

---

①　关于这两种《鳌头杂字》所录的演剧对联，参阅拙作《中国戏剧史》中文版，布和译，吴真校译，北京大学出版社2011年版，第170—174页。

雷声。

跟这对联连在一起排列的戏剧对联表明戏剧一定是跟农耕仪礼配合而表演的，版本 A 及版本 B 都有记载，录有《琵琶记》的戏剧对联如下。

    A 雁杳鱼沉，勘笑亲庭悲白发；凤拘鸾制，可怜相府误青春。
    B 对勋凤闷拨虞弦，声声弹出孤鸾恨；按明月直接奏疏，字字宣扬鸟乌情。

A 表现对蔡伯皆赵五娘两人的同情，B 表现蔡伯皆的困境，可说对联趋于关注蔡伯皆的立场，没有强调赵五娘的悲哀，有些离开老百姓的看法。
（二）在宗族社会上演的记录
明代宗族向神许愿或文人在朋友小集之时，经常演出戏剧，其中有《琵琶记》，记载如下。

    ○冯梦祯《快雪堂日记》卷59：万历壬寅七月三十午，诸亲戚为鹓儿病时十保扶，今日偿愿演戏，<u>点《蔡中郎》</u>，夜半而散。
    ○冯梦祯《快雪堂日记》卷56，：［万历戊戌九月］二十，晴，早起登晓山，游榆绣园中，规则甚广，……徐生滋冒以家乐至，<u>演《蔡中郎》数出</u>，甚可观。夜半，始登舟。……
    ○李日华《蓬栊夜话》：夜投屯溪胡氏酒馆，［馆人］引余袖令视其二女，……女又摘琵琶，<u>弦唱蔡郎词</u>，断续窈袅。

可见文人赛神与应酬时，常有让家乐班子演出《琵琶记》，演出似乎以清唱为主，可见文人们欣赏其歌词之美。
（三）在市场上演的记录
明代日用百科全书之一《文林聚宝万卷星罗》（万历刊）卷37《调唇门》录有"各样新歌，新增劈破玉"。这类新歌也登载徽调散出集，可以看作市场流行的歌词大全。这里开列有关戏剧的歌词[①]，其中有关于《琵

---

① 关于这资料中所开的剧目歌谣，参阅拙作《明清的戏曲》中文版，云贵彬、王文勋译，北京广播学院出版社2004年版，第168—190页。

琶记》的歌词如下。

　　○蔡伯皆一去求名利，抛别妻儿，赵五娘受尽了苦闷，三年荒旱难存济，公婆双弃世，独自筑坟，推身背琵琶。夫！京都来寻你。
　　○蔡伯皆入赘牛相府，苦只苦，赵五娘侍奉公姑，荒年则把糠度，蓬头发殡二亲，背琵琶往帝京，书馆相逢，夫！诉出万般苦。

这里强调赵五娘的辛苦，批评蔡伯皆，反映出老百姓的看法。跟上文《鳌头杂字》里所见的乡村对联不一样。

明末小说《鼓掌绝尘》第 33 回描述元宵节走马灯上的戏剧人物，可以看作反映了当时市场戏剧的演出情况，28 种剧目中有《琵琶记》的一个情节如下①。

　　1 董卓仪亭窥吕布［三国］，2 昆仑月下窃红绡［双红记］，3 时迁夜盗锁子甲［水浒］，4 关公挑起绛红袍［三国］，5 女改男装红拂女［红拂记］，6 报喜官花入破窑［破窑记］，7 林冲夜上梁山泊［水浒］，8 兴宗大造洛阳桥［洛阳桥记］，9 伍子胥阴拿伯嚭［招关记］，10 李存孝力战黄巢［残唐五代史演义］，11 三叔公收留季子［金印记］，12 富童儿搬牒韦皋［唐书］，13 黑旋风下山取母［水浒］，14 武三思进驿逢妖［薛仁贵征西传］，15 韩王孙淮河把钓［千金记］，16 姜太公渭水神交［封神演义］，17 李猪儿黄昏行刺［双忠记］，18 孙猴子大闹云霄［西游记］，19 青云亭赶不上的薛荣叹气［合钗记］，20 乌江渡敌不过的项羽悲噱［西汉演义］，21 会跌打的蔡疙瘩飞拳飞脚［水浒，木梳记］，22 使猛刀的张翼德轮棒轮刀［三国］，23 疯和尚做得活像［西厢记］，24 <u>瞎仓官差不分毫</u>［琵琶记］，25 景阳岗武都头单拳打虎［水浒］，26 灵隐寺秦丞相拚命奔逃［东窗事犯］，27 小儿童戴鬼脸［钟馗捉小鬼］，28 月明和尚度柳翠［月明和尚］。

这里排列的故事以讲史小说为主，其中有 24《瞎仓官差不分毫》，大

---

① 相关讨论，可参见田仲一成：《中国戏剧史》中文版，第 216—217 页。

致是《琵琶记》中赵五娘赶仓的情节。可知老百姓虽然爱好小说，但也一直喜欢《琵琶记》。

明末浙江山阴人张岱（陶庵，1599—1684）的《陶庵梦忆》卷四〈严助庙〉所云如下。

> 陶堰司徒庙，汉会稽太守严助庙也。岁上元设供，任事者聚族谋之终岁。[十]五夜，夜在庙演剧，梨园必倩越中上三班，或雇自武林者，缠头日数万钱。唱《伯皆》，《荆钗》。一老者坐台下，对院本，一字脱落，群起噪之，又开场重做。越中有"全伯皆"，"全荆钗"之名起此。

可知会稽县严助庙，每逢元宵节，从杭州等地邀请越中名班，演出《琵琶记》和《荆钗记》。这两种戏曲起源于浙江温州，浙江人特别爱之，会稽的观众熟知剧本，戏人弄错时，观众都起而噪之，叫戏人从开头重做。这里称为"全伯皆"、"全荆钗"，可以说是市场戏剧的代表。

近年发现的明代山西乐户祭祀资料《迎神赛社礼节传簿》①，记载演出的剧目跟《鳌头杂字》或文人笔记所见的南戏剧目完全不一样，也是以讲史小说的故事为主的，符合于上引《鼓掌绝尘》剧目，因此可以看作市场戏剧的记录。《琵琶记》虽然不属于讲史小说，但是被收录在内，如下。

○东方青龙七宿，第2宿"亢"，第5盏，<u>南浦属别</u>②
○南方朱雀七宿，第23宿"鬼"，第4盏，<u>五娘官粮</u>③

这里"五娘官粮"类似于上引《鼓掌绝尘》中的"瞎仓官差不分毫"。这是五娘跟仓官的对话，富有讽刺官吏意味，市场老百姓似乎喜爱这类谐谑。

---

① 《迎神赛社礼节传簿四十曲宫调》，万历二年正月十三日抄本，山西潞城县南舍村曹氏选择堂曹国宪抄录，《中华戏曲》第3辑，山西师范大学戏曲文物研究所编，山西人民出版社1987年版，第1—117页。
② 同上书，第76页。
③ 同上书，第100页。

三　剧本

元代末期至明代初期以来，《琵琶记》一直在江南各地乡村戏台、宗族家堂、市场戏台之中，广泛地表演着。对应于此，明朝一代，江南各地出版过为数极多的剧本。只据笔者所目及的范围之内，明版《琵琶记》多达20多种。既然版本这么多，只能根据各版本文字之共同性而机械地归类，暂时可以做"本文系统性"分类。但我们希望更进一步阐明各系统剧本的地域性特征及其历史性位置、社会性特色，那么需要一些超出这些机械性本文分类的关于各系统之特色的史料。总的来说，明代《琵琶记》版本有3种，一是嘉靖年间（1522～1566）以前成立的古本系统，一是嘉靖以后成立的近本系统，还有介于这两种之间的中间本系统。就是说，以嘉靖时代为界出现了变化或分化了。而且各系统之内，纵然同属于同一系统的许多版本之间，也产生出微妙的差异。如果要阐明这变化过程，只依靠机械性分类，很不容易达到目的。幸亏这里有一个文献资料，就是槃薖硕人〔徐奋鹏〕编定《词坛清玩琵琶记》2卷（卷首图1）。这本书给《琵琶记》本文加以注解，指出版本之间的地方性差异，比如说，某字，京本做某字，闽本做某字，徽本做某字等等。我们据此可推知机械分类而得出的某一个系统属于哪个地方的剧本，从而得知其系统的版本历史性与社会性特色。兹用这方法，依靠槃薖硕人所谓古本、闽本、京本、徽本等类目将《琵琶记》诸本逐一作分类。不过，槃薖硕人很少提到嘉靖以前的古本，只是将它称为"吴本"而已，可能他未曾多目睹。所以关于古本，据笔者的见解可分为2种，就是古本（纯正古本）与准古本（修订古本）。下面，表示其分类。末尾〔　〕之内，写出本文表格之中所用的略号。

ⅠA群　古本

剧本的文字符合槃薖硕人所云"某字，古本作某字"的例子，可以推测为古本。都是属于明嘉靖以前的钞刻本，似乎是接近《琵琶记》的原貌。

＃101　《新刊元本蔡伯皆琵琶记》2卷，清陆贻典钞本，《古本戏曲丛刊》第二集所收。〔陆〕

＃102　《新刊巾箱蔡伯皆琵琶记》2卷，明嘉靖间苏州坊刻本，董氏诵芬室影印本。〔巾〕

＃103　《琵琶记》散曲，明蒋孝辑《旧编南九宫谱》10卷所

收，嘉靖中刊本，《玄览堂丛书三集》所收本。[蒋]

♯104 《琵琶记》散套，江西汝水徐文昭（云崖）编《风月锦囊》所收，明嘉靖三十二年詹氏进贤堂刊本。王秋桂编《善本戏曲丛刊》所收，1993年台北学生书局影印本。[锦]

♯105 《琵琶记》散曲，明末徐迎庆、钮少雅同辑《南曲九宫正始》不分卷所收，民国影印本。[正]

♯106 《琵琶记》散曲，明万历间沈璟《南曲谱》22卷所收。《啸馀谱》所收本。[沈]

♯107 《朣仙藏琵琶记》4卷，明凌初成刊本，民国蝉隐庐影印本。[凌]

ⅠB群 修改古本

由文人修改而呈现部分昆曲化的古本，但基本上保存古本系统的字句。

♯111 《琵琶记》散出，明凌初成辑《南音三籁》所录，1956年上海古籍书店影印本。[籁]

♯112 《琵琶记》散出，明万历年间梯月主人辑《吴歈萃雅》所录，日本内阁文库藏本。[吴]

♯113 《琵琶记》散出，明天启年间许宇辑《词林逸响》所录，日本大阪府立图书馆藏本。[逸]

Ⅱ群 闽本

其文字符合槃薖硕人所云"某字，闽本作某字"的例子，可以推测为闽本的剧本，都是明万历初期的坊刻本。

♯201 《重校琵琶记》4卷，明陈邦泰校，万历二十六年（1598）金陵继志斋刊本。日本内阁文库藏本，（见卷首图4）。[继]

♯202 《重校琵琶记》4卷，明集义堂刊本，日本蓬左文库藏本，（卷首图版3）。[集]

♯203 《三订琵琶记》2卷，明古临冲怀□[疑为朱字]氏订，会泉余氏刊本，德山毛利氏栖息堂文库旧藏，日本山口大学藏影印

本，(卷首图2)。[会]

Ⅲ群　京本

其文字符合槃薖硕人所云"某字，京本作某字"的例子，可以推测为京本，都是万历后期的坊刻本。

＃301　《元本出相南琵琶记》3卷，明王世贞李贽合评，明刊本。日本静嘉堂藏本。[南]

＃302　《李卓吾先生批评琵琶记》2卷，明李贽评，万历间虎林容与堂刊本。《古本戏曲丛刊》第3集所收。[容]

＃303　《陈眉公批评琵琶记》2卷，明陈继儒评，刘氏暖红室《汇刻传奇》所收。[陈]

＃304　《新刻重订出相附释标注琵琶记》，明戴君赐注，金陵唐氏刊本。台北"中央图书馆"藏本。[富]

＃305　《新刻魏仲雪先生批点琵琶记》2卷，明魏仲雪（浣初）评，明古吴陈长卿刊本，台北"中央图书馆"藏本。[魏]

＃306　《硃订琵琶记》2卷，明孙铲批订，明刊本，日本静嘉堂文库藏本。[孙]

＃307　《袁了凡先生释义琵琶记》2卷，明汪廷讷校，环翠堂刊本，森槐南旧藏，京都大学文学部藏本。[袁]

＃308　《琵琶记》2卷，明毛晋校，汲古阁刊本，《六十种曲》所收。[汲]

ⅣA群　徽本

其文字符合槃薖硕人所云"某字，徽本作某字"的例子，可以推测为徽本的剧本。

＃401　《潮州出土明钞本蔡伯皆》总纲本，明嘉靖中钞本，广东揭阳县明墓出土，《明本潮州戏文五种》所收。[潮总]

＃402　《潮州出土明钞本蔡伯皆》生角本，广东揭阳县明墓出土，《明本潮州戏文五种》所收。[潮生]

＃403　《琵琶记》散出，《词林一枝》所录，明黄文华、郟绣甫

同辑，万历中闽建书林叶志元刊，日本内阁文库藏本。[词]

＃404 《琵琶记》散出，《八能奏锦》所录，明黄文华辑，万历中蔡正河刊，日本内阁文库藏本。[八]

＃405 《琵琶记》散出，《乐府菁华》所录，明刘君锡辑，万历二十八年（1600）王氏三槐堂刊，英国牛津大学藏本。[菁]

＃406 《琵琶记》散出，《乐府红珊》所录，明秦淮墨客辑，嘉庆五年（1800）积秀堂用万历三十年（1610）唐氏刊本覆刊，英国大英图书馆藏本。[红]

＃407 《琵琶记》散出，《玉谷新簧》所录，明八景居士辑，万历三十八年（1610）刘次泉刊，日本内阁文库藏本。[玉]

＃408 《琵琶记》散出，《摘锦奇音》所录，龚正我辑，万历三十九年（1611）张氏敦睦堂刊，日本内阁文库藏本。[摘]

＃409 《琵琶记》散出，《万曲明春》所录，万历中闽建书林金氏刊，日本尊经阁文库藏本。[明]

ⅣB群　弋阳腔本
简化徽本的插白的雅化剧本，流行于安徽江西湖南等江南地区。

＃411 《琵琶记》散出，《尧天乐》所录，明殷启圣辑，闽建书林熊氏刊本。[尧]

＃412 《琵琶记》散出，《时调青昆》所录，明黄儒卿辑，明四知馆刊，德山毛利氏栖息堂文库旧藏，日本山口大学所藏影印本。[青]

Ⅴ群　近代高腔本
近代的弋阳腔本，流行于浙江、安徽、江西、湖南、四川等长江流域地区。

＃501 《（调腔）琵琶记》45场，浙江省艺术研究所编，1988年同所据浙江绍剧院所藏本排印。[调]

＃502 《（辰河腔）琵琶记》28场，湖南省戏曲研究所编，1981年同所据辰河戏剧团所藏本排印。[辰]

要之，以上《琵琶记》完本有 16 种，残本有 16 种，一共有 32 种。虽然完本不多，但被采录于曲谱或散出集的散套或散曲为数相当多，已足够研讨剧本之间的渊源关系。下面，据槃薖硕人的批语，拟分别探讨各群系统的地域性、历史性以及特色。

第一节　乡村剧本（古本）的性质

在上面开列的《琵琶记》诸本五类之中，出现最早的是Ⅰ群古本，其中［陆］本是据嘉靖二十七年本的苏州钞本，［蒋］本是嘉靖二十八年序刊本，［锦］本是嘉靖三十二年福建刊本，都是明代中期嘉靖年间出现的。

［正］［沈］［凌］诸本的大部分文字跟古本相同，因此可以看作属于古本系统的剧本。［籁］［吴］［逸］诸本是明代后期成立的苏州昆曲剧本，但其部分文字与古本一致，因此将它们看作古本之一种，称为"修改古本"。

这类古本大约出自苏州，槃薖硕人[①]也在批语之中，有时称之为"吴本"。下面，对照槃薖硕人批语"吴本，作某字"的例子，将Ⅰ、Ⅱ、Ⅲ、Ⅳ、Ⅴ诸本字句用表格来比对。[②]　书名用上列的略号表示，下文的表格都遵照这一体例，不再注出。○表示与底本相同的字，×表示此处缺字。有异于底本的别字，则直接用其字。现据表 1—1 来研讨诸例子。

［例 W01］，诸本作"不丰岁，荒歉年，官司把粮来给散"，槃薖硕人批语云："吴本作'不丰岁，荒歉年，生离死别真可怜'。"在诸本之中，符合吴本特征的，只有 1A 群古本［陆］［巾］［锦］［凌］4

[①] 万历四十一年刻本《笔峒生新语》各卷卷首次行均署"硕人薖中徐奋鹏自溟甫著"，由此可知，槃薖硕人是明末江西文人徐奋鹏的笔名。《抚州府志》有云如下。"徐奋鹏，字自溟，临川人，鹏年十八，每试冠军，汤显祖为之称誉，人争延为师。苦《毛诗朱传》繁简不齐，学者昧比兴之旨，乃订为《删补》一书，言者议其擅改经传，请治罪。比达御神庙，阅之，谓此书不悖朱注，有功毛传，事遂寝。鹏春秋高，无当世意，年八十二卒，学者称笔峒先生。"据蒋星煜《西厢记的文献研究》，上海古籍出版社 1997 年版，第 242—246 页。

[②] 本书表格中的"本文"，专指《六十种曲》的"汲古阁本"。如遇"汲古阁本"没有合适对照的文字时，则以"陈继儒本"代替。表格中的"汲〔陈〕"所指即此。

第一章 《琵琶记》剧本的分化与流传

表 1—1

		例 W01	例 W02	例 W03	例 W04	例 W05	例 W06
本 文		第17出〔锁南枝〕(旦)不丰岁,荒歉年,官司把粮来给散。	第19出〔女冠子〕(外)丈夫得志,佳婿出腹。	第19出〔鲍老催〕(众)空婆叹,任催挫,休息,休催挫。	第23出〔青歌儿〕岁歉无夫婿,家贫丧老亲	第23出〔前腔〕(末上)…贫无达士将金赠,病家丧老亲	第31出〔醉太平〕(生)蹉跎光阴易谢,纵归去,晚景之计如何。
批 语		吴本作"不丰岁,荒歉年,生离死别真可怜……"	"坦腹",吴本作"来龙",不韵。	诸本作"休催挫"。大本不通,有本作"催故",亦非是。吴本作"催缩"(疑当作"催速"),尽协韵。	末上诗,吴本作"岁歉无夫婿,有闲人说药方"。	吴本作"贫无达士将金赠,病家丧老亲"。	吴本作"纵归来已晚,归计无暇"。不协唱。
汲〔陈〕		官司把粮×来给散	佳婿出腹	任叹息休催挫	岁歉无夫婿	家贫丧老亲	纵归去,晚景,000000
Ⅲ京本	袁	0000×000	0000	000000	00000×××	00000×××	000,000000
	孙	0000×000	0000	000000	00000×××	00000×××	000,000000
	魏	0000×000	0000	000000	00000×××	00000×××	000,000000
	富	0000×000	0000	000000	00000×××	00000×××	000,000000
汲	陈	0000×000	0000	000000	00000×××	00000×××	000,000000
	容	0000×000	0000	000000	00000×××	00000×××	000,000000
	南	0000×000	0000	000000	00000×××	00000×××	000,000000
Ⅱ闽本	继	0000×000	0000	000000	00000×××	00000×××	000,000000
	集	0000×000	0000	000000	00000×××	00000×××	000,000000
	会	0000×000	0000	000000	00000×××	00000×××	000,000000

续表

		例 W01	例 W02	例 W03	例 W04	例 W05	例 W06
ⅠB 修改古本	逸			○○○○○○			○○来已晚，归计无暇
	昊			○○○○推速			○○来已晚，归计无暇
	额	生离死别×真可怜	○○乘龙	○○○○○○			○○○，○○○○○○
	凌	生离死别×真可怜	○○乘龙		○○○○○××		
	沈		○○乘龙	○○○○推速			
ⅠA 古本	正		○○乘龙	○○○○推故		○○○○○××	○○○，○○○○○○
	锦		○○乘龙	○○○○推速	贫无达士将金赠	病有闲人说药方	
	蒋	生离死别×真可怜	○○乘龙	○○○○推速	贫无达士将金赠	病有闲人说药方	○○来已晚，归计无暇
	巾	生离死别×真可怜					○○来已晚，归计无暇
	陆	生离死别×真可怜					
	词						
	八						
	菁						
ⅣA 徽本	红						
	玉		○○○○	○○○○推故			
	摘		○○○○	○○○○推故			
	明	○○○○×○○○					

续表

		例 W01	例 W02	例 W03	例 W04	例 W05	例 W06
ⅣB 弋阳本	尧						
	青						
Ⅴ 高腔本	调	○○○○米○○○			慈悲胜念千声佛	作恶空烧万炷香	
	辰						

种而已。

　　［例：W02］，诸本作"佳婿坦腹"，槃薖硕人批云："坦腹，吴本作乘龙。"符合条件的也只限于ⅠA群古本［陆］［巾］［蒋］［锦］以及ⅠB群修改古本［正］［沈］［凌］等古本系统而已。

　　［例：W03］，诸本作"枉叹息，休摧挫"，槃薖硕人批云："大不通。有本作'推故'，亦非是"。又云："吴本作'休推缩'"。但诸本之中，找不到作"休推缩"的例子，只有ⅠA群［陆］［巾］［正］，以及ⅠB群［吴］作"休推速"，则槃薖硕人所云"缩"可能是"速"字之错。［锦］本以及徽本2种［玉］本，［摘］本都作"推故"，符合于槃薖硕人所指出的部分版本的字句，可能是较为古老异本的字句。

　　［例：W04，W05］，张大公上场诗，诸本作"岁歉无夫婿，家贫丧亲老"，槃薖硕人本批语云"吴本作'贫无达士将金赠，病有闲人说药方'"。只有［陆］［巾］两本，有与此符合的字句。

　　［例：W06］，诸本作"纵归去，晚景之计如何"，槃薖硕人本批语云，"吴本作'纵归已晚，归计无暇'"。与此一致的，是ⅠA群［陆］［巾］，以及ⅠB群［籁］［吴］［逸］等古本系统诸本。

　　通观上列6例，ⅠA群与ⅠB群有资格称为槃薖硕人所谓"吴本"。但ⅠB群之中，只有部分字句与"吴本"一致，不一定完全相符。始终与吴本一致的，只是ⅠA群的［陆］［巾］两种而已。那么可以推定［陆］［巾］是嘉靖以前形成的狭义的古本，ⅠA群和ⅠB群是以这狭义古本为祖本形成的，可以将它们称为广义的古本。那么，这类古本有什么特色呢？下面将古层吴本ⅠA群与新层吴本分开，分别讨论其特色。

一　ⅠA群：古层吴本

（一）　方言

　　ⅠA群古本（吴本）之中，配角的宾白时常采用吴语（苏州方言），反映出这类古本的吴语地区特色。在表格1—2之中，可以看到这类例子。

第一章 《琵琶记》剧本的分化与流传　45

表 1—2

本文		例 GA01 第 3 出（丑白）咳，苦也，你不要男儿，我须要哩。	例 GA02 第 3 出（净白）今日天可怜见老相公人朝，我才得偷身来此闲耍一遭。	例 GA03 第 3 出（丑白）休闲话。今日能够得来此花园游嬉，也不答易。	例 GA04 第 3 出（丑白）又撞着院公在此。咱每三个何不做个耍子。
Ⅲ京本	汲	你不要男儿	我才得偷身来，闲耍一遭	今日能够来此花园游嬉	咱每三个何不做×个耍子
	袁	○○○○○	○○○○○○○○○○	○○○○○○○○○○○	○○×○○○○×○○○×
	孙	○○○○○	○○○○○○，○○○○	○○○○○○○○○戏	○○×○○○○×○○○×
	魏	○○○○○	○○○○○○，○○○○	○○○○○○○○○○○	○○×○○○○×○○○×
	富	○○○○○	○○○○○○，○○○○	○○○○○○○○○○○	○○×○○○○×○○○×
	汲	○○○○○	○○○○○○，○○○○	○○○○○○○○○○○	○○×○○○○×○○○×
	陈	○○○○○	○○○○○○，○○○○	○○○○○○○○○○○	○○×○○○○×○○○×
Ⅱ闽本	容	○○○○○	○○○○○○，○○○○	○○○×××○○○○○	○○×○○○○×○○○×
	南	○○○○○	○○○○○○，○○○○	○○○×××○○○○○	○○×○○○○×○○○×
	继	○○○○○	○○○○○○，○○○○	○○○×××○○○○○	○○×○○○○×○○○×
	集	○○○○○	○○○○○○，○○○○		
	会	○○○○○	○○○○○○，○○○○		
ⅠB修改古本	逸				
	吴		○目来这里××，游赏则个	○○○勾○在○开戏则个	○○○○○○自○×○○×
ⅠA古本	籁				
	凌	○○○○○			
	沈				

续表

		例 GA01	例 GA02	例 GA03	例 GA04
ⅠA 古本	正				
	锦				
	蒋				
	巾	○弗○○○	○且来这里××，游赏歇子	○○○勾○在○开戏歇子	○○两○○○○自○×○歇子
	陆	○弗○○○	○且来这里××，游赏歇子	○○○勾○在○开戏歇子	○○两○○○○自○×○歇子
	词				
	八				
ⅣA 徽本	菁				
	红				
	玉				
	摘				
	明				
ⅣB 弋阳本	尧				
	菁				
ⅣC 潮本	总				
	生				
Ⅴ 高腔本	调				
	辰				

续表

本文	例 GA05 第3出（丑白）小姐，你有盈箱罗绮，满头珠翠，少甚么子，却这般自苦。	例 GA06 第22出（贴白）何似教情春安排酒过来与你消遣，如何。	例 GA07 第23出（旦白）公公，药已熟了，慢慢吃些。	例 GA08 第33出（外白）差你去那里接取蔡状元的老员外老安人小娘子三人，来我府中同住。（丑白）如此，李旺不去。
汲〔陈〕	少甚么子、却这般自苦。	与你消遣如何	药已熟了、×慢慢吃些。	如此、李旺不去
Ⅲ京本 袁	○○○○，○○○○	○○○○○○	○○○○，×○○○○	○○，○○○○
孙	○○○○，○○○○	○○○○○○	○○○○，×○○○○	○○，○○○○
魏	○○○○，○○○○	○○○○○○	○○○○，×○○○○	○○，○○○○
富	○○○○，○○○○	○○○○○○	×××××，××××××	○○，○○○○
汲	○○○○，○○○○	○○○○○○	×××××，××××××	○○，○○○○
陈	○○○○，○○○○	○○○○○○	×××××，××××××	○○，○○○○
容	○○○○，○○○○	○○○○○○	×××××，××××××	○○，○○○○
南	○○○○，○○○○	○○○○○○	×××××，××××××	○○，○○○○
Ⅱ闽本 继	○○○○，○○○○	○○○○○○	×××××，××××××	○○，○○○○
集	○○○○，○○○○	○○○○○○	×××××，××××××	○○，○○○○
会	○○○○，○○○○	○○○○○○	×××××，××××××	
ⅠB修改古本 逸				
吴				
颖				

续表

		例 GA05	例 GA06	例 GA07	例 GA08
ⅠA 古本	凌	○○○丁，○○○○○	×××××○○	○○○○，你×××○○	××，○○弗○
	沈				
	正				
	锦				
	蒋				
	巾	○○○丁，○○○○○	××××歇子	○○○○，你×××○○，阇阇身已××	
	陆	○○○丁，○○○○○	××××歇子	○○○○，你×××○○，阇阇身已歇子	××，○○弗○
	词				
ⅣA 徽本	八				
	菁				
	红				
	玉				
	摘				
	明				
ⅣB 弋阳本	尧				
	青				
Ⅴ 高腔本	调				
	辰				

第一章 《琵琶记》剧本的分化与流传　49

　　［例GA01］ⅠA群的［陆］［巾］用吴语"弗"字来表现官话的"不"字的意思。Ⅱ、Ⅲ群诸本将这吴语改为"不"字。

　　［例GA02］ⅠA群［陆］［巾］用吴语"歇子"来表现"游赏歇子"，属于Ⅰ群，但较为后期出版的［凌］将"歇子"改为"则个"。Ⅱ、Ⅲ群诸本干脆改为官话的说法"闲耍一遭"。

　　［例GA03］与［例WA02］相同，后期的吴本将"歇子"删去。

　　［例GA04］ⅠA群［陆］［巾］作"自做耍歇子"，Ⅱ、Ⅲ群删去吴语，改"何不做个耍子"。

　　［例GA05］ⅠA群［陆］用吴语的助词"子"作"少甚么子"，［巾］［凌］改为官话的"了"。后期的Ⅱ、Ⅲ群诸本作"子"，是继承［陆］，不知何故。

　　［例GA06］ⅠA群［陆］［巾］作"消遣歇子"，ⅠA群［凌］删去吴语"歇子"，后期诸本改为官话"消遣如何"。

　　［例GA07］ⅠA群［陆］［巾］作"阐阖身已歇子"，［凌］删去"歇子"，后期诸本将此句全部删去。

　　［例GA08］ⅠA群［陆］［巾］用吴语"弗"字作"李旺弗去"，后起的Ⅱ、Ⅲ群诸本把"弗"字改为普通的"不"字。

　　通过这些例子，可以知道嘉靖以前的古本采用吴语，嘉靖以后的古本改为全国通行的官话。［凌］本将这吴语继承下来，但其一部分改为官话，可说是处于过渡的地位。吴语对于吴越地区的乡民来说是日常生活语言，配角说吴语时，乡民一定感到亲密。如此可说古本具有浓厚的吴方言本地性。

　　（二）　朴素的文学表现

　　古本因多用方言，从而时常带有朴素、通俗、诙谐的表现。下面表1—3研讨这个问题。

　　［例GA09］赵五娘为了筹得埋葬公婆的经费，剪发变卖，张太公同情其困境，特意给她送上所需要的埋葬费用。这是五娘要将其头发惠赠他以表谢意时，张太公说出的话。ⅠA群［陆］［巾］作"我要这头发，做甚么"，表现出他朴素的踌躇。后起的Ⅱ、Ⅲ群却作"难得，难得，……我留在家中，不惟传留，做个话名"，重在表扬五娘节妇的孝心。古本没有这类道德表扬，保留着张太公素朴的乡民心态。

表 1—3

本文		例 GA09 第 25 出（末白）我即着人送些布帛米谷之类，与你使用。（旦）如此多谢公公，请收这头发。（末）咳，这是孝妇的头发。	例 GA10 第 33 出（外白）李旺。（外白）差你去那里接取蔡状元的老员外安人老小娘子三人来我府中同住。（丑白）夫人又要和李旺不去。……只怕取得他小娘子来时，他争大争小，到那时节，可不埋冤李旺。	例 GA11 第 42 出（外白）元未就是张太公呵，我有黄金一勿送与聊表报答之意。（生白）太公，此金断然不敢受。……（末白）说哪里话，此金断然不敢受。
		难得难得，这是孝妇的头发	夫人又要和他争大争小，到那时节，可不埋冤李旺	说哪里话，此金断然不敢受
汲〔陈〕	袁	○○○×，○○○○○○○	○○○○○○○○○○○○○○○○，○○○○，○○○○○○	○○○○，○○○○○○○
Ⅲ京本	孙	○○○×，○○○○○○○	○○○○○○○○○○○○○○○○，○○○○，○○○○○○	○○○○，○○○○○○○
	魏	○○○×，○○○○○○○	○○○○○○○○○○○○○○○○，○○○○，○○○○○○	○○○○，○○○○○○○
	富	○○○×，○○○○○○○	○○○○○○○○○○○○○○○○，○○○○，○○○○○○	○○○○，○○○○○○○
	汲	○○○×，○○○○○○○	○○○○○○○○○○○○○○○○，○○○○，○○○○○○	○○○○，○○○○○○○
	陈	○○○×，○○○○○○○	○○○○○○○○○○○○○○○○，○○○○，○○○○○○	○○○○，○○○○○○○
	容	○○○×，○○○○○○○	○○○○○○○○○○○○○○○○，○○○○，○○○○○○	○○○○，○○○○○○○
	南	○○○×，○○○○○○○	○○○○○○○○○○○○○○○○，○○○○，○○○○○○	○○○○，○○○○○○○
Ⅱ闽本	继	○○○×，○○○○○○○	○○○○○○○○○○○○○○○○，○○○○，○○○○○○	敢受此金××××
	集	○○○×，○○○○○○○	○○○○○○○○○○○○○○○○，○○○○，○○○○○○	敢受此金××××
	会			
ⅠB修改古本	逸			
	吴			
	颖			

续表

		例 GA09	例 GA10	例 GA11
ⅠA 古本	凌	○○○○×,○○○○○○○	娘子○○××○○,厮打○○,×不赏李旺	
	沈			
	正			
	锦			
	蒋			
	巾	我要这头发,要什么××××	娘子○○××○○○○,厮打○○,×不赏李旺	○○○○,[×××××)
	陆	我要这头发,要什么××××	娘子○○××○○○○,厮打○○,×不赏李旺	○○○○,[收金×××)
	词			
ⅣA 徽本	八			
	青			
	红			
	玉			
	摘			
ⅣB 弋阳本	明			
	尧			
	青			
V 高腔本	调			
	辰			

［例 GA10］牛宰相命下仆李旺传唤蔡伯皆妻子赵五娘，这是李旺当场回答宰相的话。Ⅰ群［陆］［巾］［凌］作"只怕取得他小娘子来时，夫人又要和他争大小，厮打时节，可不埋冤李旺"，就表现出诙谐和现实性。Ⅱ、Ⅲ群诸本将"厮打时节"改为"到那时节"，就是避开过分诙谐的表现。可以看出古本较有活泼通俗戏剧场面，乡村观众一定欢迎这类诙谐。

　　［例 GA11］牛宰相回报张太公保护蔡伯皆父母和妻子的厚意，要馈赠金钱，这是张太公回答牛宰相的话。ⅠA群的［陆］注明"收金"科介的演出，［巾］脱落文字，也似乎相同。但Ⅱ群作"敢受此金"，Ⅲ群作"此金断然不敢受"，都表现出不接受的态度，强调张太公的道德性。与此相对，可以看到古本的素朴性。

（三）　脱离礼教

　　吴本有些脱离礼教的字句，反映出下层乡民的想法。表格1—4标出这类例子。

　　［例 GA12］这是五娘将赴科举的丈夫送走以后，回家归途的唱词。ⅠA群［蒋］作"归家只恐公婆问，阁泪汪汪不敢流"，显出公婆为人的厉害。［陆］［巾］［锦］［正］改为"归家只恐伤亲意"，后起诸本据此改正。［蒋］是最古老的版本之一，其说法有些不合礼教之处，后起诸本鉴于此而改正。古本更重视五娘作为儿媳的真切感受，可见其特色。

　　［例 GA13］这是对蔡伯皆与牛小姐结婚所致的祝词，Ⅰ群［蒋］［凌］作"两意笃，岂反覆"，后起的Ⅱ、Ⅲ群都将"岂反覆"改为"岂非福"，可能避开"反覆"隐含变心的含意。古本不大注意这类礼教上的考虑。

（四）　不关心上下不一致

　　在古本的吴本中，有些人物说出情节上首尾不一致的话。这说明吴本不大注意上下一致的文本整体性。

　　［例 GA14］这是蔡伯皆离乡时母亲的感叹。ⅠA群［陆］［巾］

第一章 《琵琶记》剧本的分化与流传 53

表 1—4

		例 GA12	例 GA13	例 GA14
本文	汲[陈]	第5出〔鹧鸪天〕(旦) 阁泪汪汪不敢流,归家只恐伤亲意。	第19出〔双声子〕(众) 两意笃笃,岂非福。岂非福。	第4出〔宜春令〕(净) 娘年老,八十余,眼儿昏,又聋两耳,又没个七男八婿,只有一个孩儿,要他甘旨,要他供甘旨,方才得六十日夫妻强通他×争名夺利。没个七男八婿,老贼,强通他争名夺利。
		归家只恐伤亲意	两意笃笃,岂非福	只有一个孩儿要他甘旨,方才得六十日夫妻强通他×争名夺利
III京本	袁	○○○○○○○	○○○,○○○	○○○○○○○○○○○○○○○×○○○○
	孙	○○○○○○○○	○○○,○○○	○○○○○○○○○○○○○○○×○○○○
	魏	○○○○○○○	○○○,○○○	○○○○○○○○○○○○○○○×○○○○
	富	○○○○○○○	○○○,○○○	○○○○○○○○○○○○○○○×○○○○
	汲	○○○○○○○	○○○,○○○	○○○○○○○○○○○○○○○×○○○○
	陈	○○○○○○○	○○○,○○○	○○○○○○○○○○○○○○○×○○○○
	容	○○○○○○○	○○○,○○○	○○○○○○○○○○○○○○○×○○○○
	南	○○○○○○○	○○○,○○○	○○○○○○○○○○○○○○○×○○○○
II闽本	继	○○○○○○○		×××××,有儿聪慧,娶得个媳妇,○○○○○○○○×○○○○ 走着春闱
	集	○○○○○○○		×××××,有儿聪慧,娶得个媳妇,○○○○○○○○×○○○○ 走着春闱
	会			×××××,有儿聪慧,娶得个媳妇,○○○×○○○○××○○○○ 走着春闱
IB修改古本	逸			○○○○○○○○○○○○○○○×○○○○ 走着春闱
	吴			○○○○○○,止○○○○○○○○○○○○○○×○○○○
	颠			○○○○○○,止○○○○○○○○○○○○○○×○○○○

续表

		例 GA12	例 GA13	例 GA14
ⅠA 古本	夌	○○○○○○○	○○○·○反覆	○○○子○○,止○○○○○○○○,○○○○○○○○○○×○○○○
	沈	○○○○○○○		家私空又空×,○○××○○肚内聪×,他若做得官时运通,我两人不怕穷×
	正	○○○○○○○		不图着甚的×,××××,但得他为官×××,吾足矣×
	锦	○○○○○○○	○○○·○反覆	
	蒋	○○○○公婆同	○○○·○○○	家私空又空×,○○××○○肚内聪×,他若做得官时运通,我两人不怕穷×
	巾	○○○○○○○	○○○·○○○	家私空又空×,○○××○○肚内聪×,他若做得官时运通,我两人不怕穷×
	陆	○○○○○○○		
ⅣA 徽本	词			
	八			
	菁			
	红			
	玉			
	摘			
	明			

第一章 《琵琶记》剧本的分化与流传

［正］作"家私空又空，只有孩儿肚内聪，他若做得官时运通"。蔡母向来反对伯皆的离乡应试，这句话与以往立场有所矛盾。后起诸本鉴于此，修改字句。比如，Ⅱ群改为"有儿聪慧，娶得个媳妇，方才六十日，强逼他赴着春闱"，［凌］也改为"又没个七男八婿，止有一个孩儿，要他供甘旨，方才得六十日夫妻，强逼他争名夺利"。Ⅲ群从之。古本不大重视情节的上下一致关系，只尊重每场的角色的当下感情，可以说是素朴的剧本。

从上列4个特征来看，ⅠA群古本可以看作一种下层乡民喜爱的素朴自然的剧本。

二 ⅠB群：新层吴本

接着，讨论槃薖硕人所认为的属于"古本"系统而部分接近于近本的新层吴本。先用表格来开列其例子如表1—5。

　　［例GB01］这是蔡伯皆庆祝父母的长寿时父母唱出的歌词。Ⅰ群系诸本与后期诸本不同。ⅠA群作"坐对送青排闼青山好，看将绿水护田畴，绿水流"，凌濛初认为这句出自王安石诗"一水护田将绿绕，两山排闼送青来"，故〔凌〕保存"送青"、"将绿"，更改为古老的字句。ⅠA群保存古本字句，而ⅠB群之中，等到［逸］，才改为与Ⅱ、Ⅲ群相同的新本字句。可见ⅠB群介于古本与新本之间。

　　［例GB02］这是赵五娘进到牛府，将公婆画像挂在壁上，题诗于画像上时唱出的歌词。ⅠA群诸本与后起的诸本的歌词完全不一样，在ⅠB群之中，［籁］跟1A群古本一致，［吴］［逸］却符合于Ⅱ、Ⅲ群新本。可见ⅠB群介于ⅠA群与Ⅱ、Ⅲ群之间的过渡阶段。总之，包括ⅠA群和ⅠB群在内的古本带有素朴、自然、诙谐、粗野、通俗等整体特色，不大重视礼教，不大关心情节上下的一贯性和整合性，始终紧贴各角色的一己感情。这一特色符合下层乡民的生活感情，因此这类古本可以看作明代前半期面向乡民观众而演出的乡村剧本。

表 1—5

本文		例 GB01	例 GB02
		第 2 出〔绕绕令〕(外净)夫妻好厮守,父母愿长久,坐对两山排闼同青来好一水护田畴,绿绕流。	第 36 出〔醉扶归〕(旦)总使我词源倒流三峡水,只怕你胸中别是一帆风。
汲〔陈〕	袁	坐对两山排闼同青来好,看将一水护田畴,绿绕流	总使我词源倒流三峡水,只怕你胸中别是一帆风
	孙	○○○○○○○○○,○○○○○○○○,○○○	○○○○○○○○○○,○○○○○○○○○○
	魏	○○○○○○○○○,○○○○○○○○,○○○	○○○○○○○○○○,○○○○○○○○○○
Ⅲ京本	富	○○○○○○○○○,○○○○○○○○,○○○	○○○○○○○○○○,○○○○○○○○○○
	汲	○○○○○○○○○,○○○○○○○○,○○○	纵○○○○○○○○○,○○○○○○○○○○
	陈	○○○○○○○○○,○○○○○○○○,○○○	○○○○○○○○○○,○○○○○○○○○○
	容	○○○○○○○○○,○○○○○○○○,○○○	○○○○○○○○○○,○○○○○○○○○○
	南	○○○○○○○○○,○○○○○○○○,○○○	○○○○○○○○○○,○○○○○○○○○○
Ⅱ闽本	继	○○○○○○○○○,○○○○○○○○,○○○	○○○○○○○○○○,○○○○○○○○○○
	集	○○○○○○○○○,○○○○○○○○,○○○	○○○○○○○○○○,○○○○○○○○○○
	会	○○送青○○○山○,○绿×○○○,○○○	×××○○○○○○○,○他○○○○○○○○
ⅠB修改古本	逸	○○送青○○○山○,○绿×○○○,○○○	×××○○○○○○○,○他○○○○○○○○
	吴	○○送青○○○山○,○绿×○○○,○水攸	彩笔墨润鸾封重×××,○为玉箫声断凤楼空×
	籁		

续表

		例 GB01	例 GB02
ⅠA 古本	凌	○○送青○○○山○·○○绿×○○○·○水攸	彩笔墨润鸾封重××○·○为玉箫声断凤楼空×
	沈		
	正		
	锦		我虽然○○○○○○○○·○○他○○○○○○○
	蒋		
	巾	○○送青○○○山○·○○绿×○○○·○水攸	彩笔墨润鸾封重××○·○为玉箫声断凤楼空×
	陆	○○送青○○○山○·○○绿×○○○·○水攸	彩笔墨润鸾封重××○·○为玉箫声断凤楼空×
	调		
ⅣA 徽本	八		
	菁		
	红		
	玉		
	摘		
	明		
ⅣB 弋阳本	尧		
	青		
Ⅴ 高腔本	调		
	辰		

第二节　宗族剧本（闽本、京本）的性质

上面研讨的古本在嘉靖时代以后，由文人改为优雅的剧本。文人化过程分两个阶段，第 1 阶段是将古本改为Ⅱ群闽本，第 2 阶段是将闽本改为Ⅲ群京本。闽本部分保存古本素朴的特色而进化至优雅的剧本，京本是文人将闽本更彻底地雅化而成为江南宗族文人所尊重的高级剧本。下面，先分析Ⅱ群闽本，然后进一步分析Ⅲ群京本。

一　Ⅱ群：闽本

兹研讨檠薖硕人所认为"闽本"系统的剧本之特征。先用表格来开列檠薖硕人所云"某字，闽本作某字"的例子，如表 1—6。

　　［例 M01］　檠薖硕人所云"闽本作难舍难拚"，符合的只有Ⅱ群诸本而已。

　　［例 M02］　檠薖硕人所云"闽本亲在高堂，儿游怎远"，只在Ⅱ群诸本之中可以看到。

　　［例 M03］　檠薖硕人所云"闽本作倚定门儿遍"，在ⅠA 群、ⅠB 群、Ⅱ群［会］［集］之中可以看到，因此不容易认定，但至少Ⅱ群之一部分（［会］）符合于此。

　　［例 M04］　檠薖硕人所云闽本的字句"雪槛"，ⅠA 群、ⅠB 群、Ⅱ群［会］都符合，但至少说明［会］也有相同的条件。

　　［例 M05］　檠薖硕人所云闽本的字句"静寂"，只有［会］符合，其他诸本都作"寂静"。

　　［例 M06］　檠薖硕人所云闽本的字句"水卧"，Ⅰ群、Ⅱ群都符合，无法认定。

从这些例子来看，普遍地满足檠薖硕人所云闽本的条件，只是Ⅱ群中的［会］而已。檠薖硕人一定是将［会］本看作闽本，因此［会］可以说是真正的闽本。但［会］与［集］［继］之间，其文字大多数一致，可以认同为一个系统（Ⅱ群），所以我们可以将闽本的范围扩大到Ⅱ群全体，

第一章 《琵琶记》剧本的分化与流传　59

表 1—6

		例 M01	例 M02	例 M03	例 M04	例 M05	例 M06
本 文		第 5 出〔谒金门〕（旦）青肉一朝轻拆散，可怜难舍难拆。	第 5 出〔戍武令〕（旦）昏须定，晨须省，亲游怎忘远	第 5 出〔江儿水〕（净）冷清清悄定门儿盼	第 22 出〔梁州序〕（合）向冰山雪巘排佳宴。	第 28 出〔古轮合〕（旦）孤眠长夜，如何捱得更阑寂静	第 35 出〔绕地游〕（旦）风餐水宿，甚日能安妥。
批 语		闽本作"难舍难拆"，京本作"难舍难拆"	闽本"亲在高堂，儿游怎语，远"不似引曲礼语，今古本无"高堂儿"三字	闽本"悄定儿门调"不通	京本"雪巘"，闽本"雪巘"，槛	捱得更阑×更阑寂静 闽本作"静寂"，不若京本作"寂静"	闽本"卧"字，诸本作"水宿"，非协韵，闽本作"水宿" 风餐水宿
汲〔陈〕		可怜难舍难拆	亲在×××游怎忘	悄定门儿盼	向冰山雪巘排佳宴	如何捱得×更阑寂静	风餐水宿
Ⅲ京本	衰	○○○○×○	○○○×××○○○	○○○○○	○○○○○○○○	○○○○×○○○○	○○○○
	孙	○○○○×○	○○○×××○○○	○○○○○	○○○○○○○○	○○○○×○○○○	○○○○
	魏	○○○○×○	○○○×××○○○	○○○○○	○○○○○○○○	○○○○×○○○○	○○○○
	富	○○○○×○	○○○×××○○○	○○○○○	○○○○○○○○	○○○○×○○○○	○○○○
	汲	○○○○×○	○○○×××○○○	○○○○○	○○○○○○○○	○○○○×○○○○	○○○○
	陈	○○○○×○	○○○×××○○○	○○○○○	○○○○○○○○	○○○○×○○○○	○○○○
	容	○○○○×○	○○○×××○○○	○○○○○	○○○○○○○○	○○○○×○○○○	○○○○
	南	○○○○×○	○○○×××○○○	○○○○○	○○○○○○○○	○○○○×○○○○	○○○○
	继	○○○○×○	○○○×××○○○	调	○○○○○○○○	○○○○×○○○○	卧
	集	○○○○×○	高堂儿○○○	调	槛○○○		卧
Ⅱ闽本	会	○○○○难○	○○○×××○○○	调	槛○○○	静寂○○○○	卧
ⅠB修改古本	逸						
	昊	○○○○×○	高堂儿○○○		槛开华○	○○○○×○○○○	○○○○

续表

		例 M01	例 M02	例 M03	例 M04	例 M05	例 M06
ⅠB 修改古本	巍	○○○○×○	○×××○○○○	○○○○○	○○○○槛开华○	○○○○×○○○○	
	凌	○○○○×○	○×××○○○○	○○○○○	○○○○○槛开华○	○○○○×○○○○	○○○卧
	沈	○○○○×○	○×××○○○○		○○○○槛开华○		○○○卧
ⅠA 古本	正	○○○○×○	○×××○○○○	○○○○调	○○○○槛开华○		
	锦	○○○○×○	○×××○○○○	○○○○调			
	蒋	○○○○×○	○×××○○○○	○○○○调	○○○○槛开华○	○○○○×○○○○	○○○卧
	巾	○○○○×○	○×××○○○○	○○○○调			
	陆	○○○○×○	○×××怎游○	○○○○调	○○○○槛开华○	○○○○×○○○○	○○○卧
	词				○○○○○○	○○○○○○	
	八						
	菁				○○○○○○	○○○○×○○○○	
ⅣA 徽本	红						
	玉	○○○○难分	○××儿○○○○	○○○○调		○○○○○○	
	摘					道○○○○	
	明						
ⅣB 弋阳本	尧					○○○○×○○○○	
	青					○○○○×○○○○	
Ⅴ 高腔本	调						
	辰						

第一章 《琵琶记》剧本的分化与流传

将Ⅱ群规定为闽本。那么，闽本的特色在哪里呢？像上面例子所看到那样，所谓的"闽本"时常与古本Ⅰ群文字一致，可以说它们是保留古本因素的较为古老的剧本。为了阐明这一点，下面我们将Ⅱ群的字句跟Ⅰ群有异的例子用表格开列，从而研讨Ⅱ群从怎么样的角度将Ⅰ群进行改编这个问题。

（一） 关于身份的称呼

Ⅰ群诸本关于上场人物之间的关系被素朴地直接表现，与此相对，Ⅱ群诸本重视他们之间的尊卑上下的关系，采用更严格的身份称呼。

　　［例 MA 01］这是蔡伯皆寄给家乡父亲信件上的言语。Ⅰ群诸本自称"蔡邕"，Ⅱ群诸本改为"男邕"。闽本认为儿子对于父亲不应该称姓而改为如此，可见闽本重视上下名讳的关系。Ⅲ群也从之。

　　［例 MA 02］这是牛氏批评丈夫蔡伯皆的话。Ⅰ群诸本［陆］［巾］［锦］［凌］都作"本是草庐中穷秀才"，Ⅱ群［会］［集］［继］都将"穷秀才"改为"一秀才"。古本的牛氏站在丞相女的居高临下立场，自然敢说出"穷秀才"这样对丈夫毫不客气的尖酸言语；闽本站在伯皆妻子的妇德立场，修改为贤妻的口吻，可见闽本重视人物身分的想法，Ⅲ群诸本也从之。

　　［例 MA03］这是牛氏赴丈夫家乡替公婆服丧三年时的话语。Ⅰ群古本都作"奴是他孩儿的妻"，Ⅱ群却将这"妻"字改为"次妻"，是自谦的说法，可见闽本重视家庭身份。Ⅲ群也从之。

　　［例 MA04］这是牛氏给公婆上坟时说出的话。Ⅰ群诸本都作"亲把坟茔扫，也与地下亡魂添荣耀"，Ⅱ群将它后句改为"也使地下亡灵安宅兆"。古本的想法是丞相女儿扫墓，公婆会觉得光荣，但闽本的修改者认为这是向公婆夸示自己丞相千金的骄傲，就改为删去"荣耀"的表现而替代以"安宅兆"温和的表现。这里也看见闽本在身分秩序上过分敏感的特色。Ⅲ群诸本也都从之。

　　［例 MA05］这是蔡伯皆辞朝赴乡时说出的言语。Ⅰ群［陆］［巾］［凌］作"今辞了汉廷"，Ⅱ群将它改为"辞了帝廷"。修改者大约认为汉臣伯皆不可以说"汉廷"，遂改正为"帝廷"。这里也看到Ⅱ群对于身分的重视。

表 1-7

本文		例 MA01 第26出〔下山虎〕(生)男邑百拜大人尊前，一自离膝下，顿经数年。	例 MA02 第30〔红衲袄〕(贴)你家说，你本是草庐中一秀才，今做着汉朝中梁栋材。	例 MAB03 第31出〔狮子序〕(贴)他媳妇鱼有之，念奴家须是他孩儿次妻，那曾有媳妇不待亲闻。	例 MA04 第37出〔小桃红〕(贴)亲把坟茔扫，也使地下亡灵安宅兆。	例 MA05 第39出〔催拍〕(生)今辞了帝廷。
汲(陈)		男邑百拜大人尊前○○	你本是草庐中一秀才○○	念奴家须是他孩儿次妻	使地下亡灵安宅兆	今辞了帝廷
I 京本	袁	○○○○○○○○	○○○○○○○○○	○○○○○○○×○○	○○○○○○○○	○○○○○
	孙	○○○○○○○○	○○○○○○○○○	○○○○○○○×○○	○○○○○○○添荣耀	○○○○○
	魏	○○○○○○○○	○○○○○○○○○	○○○○○○○×○○	○○○○○○○○	○○○○○
	富	○○○○○○○○	○○○○○○○○○	○○○○○○○×○○	○○○○○○○○	○○○○○
	汲	○○○○○○○○	○○○○○○○○○	○○○○○○○×○○	○○○○○○○○	○○○○○
	陈	○○○○○○○○	○○○○○○○○○	○○○○○○○×○○	○○○○○○○○	○○○○○
	容	○○○○○○○○	○○○○○○○○○	○○○○○○○×○○	○○○○○○○○	○○○○○
	南	○○○○○○○○	○○○○○○○○○	○○○○○○○×○○	○○○○○○○○	○○○○○
II 闽本	继	○○○○○○○○	○○○○○○○○○	○○○○○○的○○	○○○○○○○○	○○○○○
	集	○○○○○○○○	○○○○○○○○○	○○○○○○的○○	○○○○○○○○	○○○○○
	会	○○○○○○○○	○○○○○○○○○	○○○○○○的○○	○○○○○○○○	○○○○○
I B 修改古本	逸					
	吴		○○×○○○○○○	○○×○○○○的×○		
	颖		○○×○○○○○○	○○×○○○○的×○		

第一章 《琵琶记》剧本的分化与流传 63

续表

		例 MA01	例 MA02	例 MAB03	例 MA04	例 MA05
ⅠA 古本	陵	蔡○○○○○○○	○○○○○○○岁○○	○○○○○○○的×○	与○○○魂添荣耀	○○○○汉○
	沈			○○○○○○的×○		
	正			○○×○○○○的×○		
	馆	蔡○○○○○○○	○○○○○○岁○○	○○○○○○的×○	与○○○魂添荣耀	
	蒋			○○○○○○的×○		
	巾	蔡○○○○○○○	○○○○○○岁○○	○○○○○○的×○	与○○○魂添荣耀	○○○○汉○
	陆	蔡○○○○○○○	○○○○○○岁○○	○○○○○○的×○	与○○○魂添荣耀	○○○○汉○
	词					
	八					
ⅣA 徽本	菁					
	红					
	玉					
	摘					
	明					
	尧					
ⅣB 弋阳本	菁					
	调					
Ⅴ高腔本	辰					

（二） 婉约的表现

Ⅱ群将Ⅰ群的素朴的文字风格改为婉约的例子较多，见表Ⅰ—8。

［例MB01］这是五娘将伯喈送到长亭临别时向丈夫诉说的话语，Ⅰ群作"十里红楼，休重娶娉婷"，Ⅱ群将"休重娶"改为"休恋着"。修改者很可能认为，"重娶"这表现太露骨，因此改为如此。Ⅲ群也从之。

［例MB02］面临饥荒的五娘，为了保养公婆的身体，历经辛苦讨到米粒以后，让公婆吃米饭，给自己却只保留糟糠，一个人在厨房吃它时，婆婆看到而怀疑她吃着鱼肉，就斥责她，五娘难过发愁，这是当时五娘面对婆婆而说的言语。Ⅰ群作"我千辛万苦，有甚情怀"，是针对婆婆的诽谤表现出直接的愤怒之情。Ⅱ群闽本将它改为"有甚疑猜"，是更为平和的回应，有些缓和语气的表现，可说是婉约化，Ⅲ群也从之。

［例MB03］这是五娘面临无法获得食物让公婆吃时，发出的叹息。Ⅰ群作"几番要卖了奴身己"，Ⅱ群闽本将它改为"几番拼死了奴身己"。修改的理由，大约在于避开卖身可能成为奴婢妓女之流的意思，而强调她殉于贞节的烈妇形象。Ⅲ群诸本也从之。其实自杀不能解决食物的问题，只是Ⅱ、Ⅲ群诸本强调道德的观念性表现而已。古本贴近现实生活的特色更明显。

［例MB04］这是伯喈的父亲面临其妻死亡时说出的言语。Ⅰ群作"我骨头未知埋在何处所"，表现出自己心里的不安。Ⅱ群闽本作"不如我死，免把你再辜负"，表现出他对于媳妇的同情，体现出他的道德心。可见Ⅱ群比人之常情更为强调道德的特色。

［例MB05］这是五娘跟牛氏见面，感受到她的谦虚而说出的言语。Ⅰ群作"听言语，教我凄怆多，料想他也应非是埋炉"，Ⅱ群避开"埋炉"这一女性真切明白的表现，改为"料想他每也非是假"，可见Ⅱ群倾向于温和的情感表现。Ⅲ群也从之。

如此可见，Ⅱ群将Ⅰ群的直接坦白的文字改为更加婉约、温和。Ⅲ群继承Ⅱ群的修改。

第一章 《琵琶记》剧本的分化与流传 65

表 1-8

本文		例 MB01 第5出〔犯尾序〕（旦）官人，你偌衣才换青，快着归鞭，早办回程，十里红楼，休恋着娉婷。	例 MB02 第10出〔锣鼓令〕（旦）我千辛万苦，不道我脸儿黄瘦骨如柴。	例 MB03 第21出〔山坡羊〕（旦）苦，衣尽典，寸丝不挂体，几番拼死了奴身己。	例 MB04 第21出〔雁过沙〕（外）天那，教孩儿住帝都，把媳妇闪得又孤……不如我死，免你再辜负。	例 MB05 第35出〔啄木鹂〕（旦）听言语，教我凄修惨多，料想他每也非是假。
汲〔陈〕	袁	十里红楼，休恋着娉婷	千辛万苦，有甚疑猜	几番拼死了奴身己	不如我死，免你再辜负	他每也×非是假×
	孙	○○○○，○○○○○○	○○○○，○○○○	○○○○○○○○	○○○○，○○○○○○	○○○○○○○×
	魏	○○○○，○○○○○○	○○○○，○○○○	○○○○○○○○	○○○○，○○○○○○	○○○○○○○×
	富	○○○○，○○○○○○	○○○○，○○○○	○○○○○○○○	○○○○，○○○○○○	○○○○○○○×
	汲	○○○○，○○○○○○	○○○○，○○○○	○○○○○○○○	○○○○，○○○○○○	○○○○○○○×
Ⅲ京本	陈	○○○○，○○○○○○	○○○○，○○○○	○○○○○○○○	○○○○，○○○○○○	○○○○○○○×
	容	○○○○，○○○○○○	○○○○，○○○○	○○○○○○○○	○○○○，○○○○○○	○○○○○○○×
	南	○○○○，○○○○○○	○○○○，○○○○	○○○○○○○○	○○○○，○○○○○○	○○○○○○○×
	继	○○○○，○○○○○○	○○○○，○○○○	○○○○○○○○	○○○○，○○○○○○	○○○○○○○×
	集	○○○○，○○○○○○	○○○○，○○○○	○○○○○○○○	○○○○，○○○○○○	○○○○○○○×
	会	○○○○，○○○○○○	○○○○，○○○○	○○○○○○○○	○○○○，○○○○○○	○○○○○○○×
Ⅱ闽本	逸	○○○○，○重要○○	○○○○，○○情怀	○○要卖○○○○		××○○○嫉妒×
	吴	○○○○，○重要○○	○○○○，○○情怀	○○要卖○○○○		×○×○○埋炉×
ⅠB修改古本	巅	○○○○，○重要○○	○○○○，○○情怀	○○要卖○○○○		○○×○○应○×

续表

		例 MB01	例 MB02	例 MB03	例 MB04	例 MB05
ⅠA古本	凌	○○○○,○重娶○○	○○○○,○○情怀	○○要娶○○○○	我骨头未知埋在何处所×	○○○×○○○○×
	沈			○○要娶○○○○		○○○×○○○○×
	正					○×○应○○埋妒
	锦	○○○○,○重娶○○	○○○○,○○○○	○○要娶○○○○		○○○×○○○○×
	蒋					
	巾	○○○○,○重娶○○	○○○○,○○情怀	○○要娶○○○○	我骨头未知埋在何处所×	○×○应○○埋妒
	陆	○○○○,○重娶○○	○○○○,○○情怀	○○要娶○○○○	我骨头未知埋在何处所×	○×○应○○埋妒
ⅣA徽本	词					
	八					
	菁					
	红					
	玉					
	摘					

（三）顺应政治

Ⅰ群有时透露出对于政治的不满，Ⅱ群将它改为顺应官方的温和表现。下面用表1—9开列。

［例MC01］这是蔡母对于伯皆应试赴京之举表示不赞成而说的言语。Ⅰ群作"何必当今公与侯"，Ⅱ群闽本将它改为"何必区区公与侯"。修改的缘故，就在于避开讽刺当朝权威。Ⅲ群也从之。

［例MC02］这是蔡父批评伯皆恋着五娘而踌躇赴京之行，伯皆辩解而说出的话。Ⅰ群作"孩儿恋着媳妇，不肯去呵，天须鉴孩儿不孝的情罪"，Ⅱ群把"孩儿"改为"蔡邕"。修改的缘故，在于对天发誓时应该以姓名表白的习惯想法上。Ⅱ群如此敏感于尊重权威的形式，Ⅲ群也从之。

［例MC03］这是伯皆想要辞朝回乡，向皇帝奉上的奏文之中的言语。Ⅰ群作"岂料愚蒙，叨居上第"，Ⅱ群将"愚蒙"改为"蒙恩"。Ⅰ群表现谦虚，Ⅱ群强调皇恩，可见Ⅱ群对权威的敏感。Ⅲ群也从之。

［例MC04］这是蔡伯皆衣锦还乡时，张大公向蔡父蔡母的坟墓礼拜而吟出的诗句。Ⅰ群作"休道世情看冷暖，果然人面逐高低"，Ⅱ群将它改为"亲坟共扫添荣贵，不负诗书教子方"。前者含有讽刺世情的意思，修改者将此避开，可见Ⅱ群的顺应权威的态度。Ⅲ群也从之。

通过上面的分析，可以知道Ⅱ群将Ⅰ群的素朴直率，细心地改为更婉约的文人化表现。这一修改的原则被Ⅲ群所继承而更彻底地贯彻。下面讨论这个问题。

二　Ⅲ群：京本

先研讨槃薖硕人所云京本的归属，将例子用表1—10表示。

［例J01］这里槃薖硕人跟闽本的字句"这回"对比，指出京本作"这般"。所谓闽本特有的字句"这回"的确符合Ⅱ群诸本，与此相对，京本特有的字句"这般"，同时符合的有Ⅰ群和Ⅲ群。但通过

68　古典南戏研究

表 1—9

本　文		例 MC01 第2出〔醉翁子〕(净)听剖,真乐在田园,何必区区公与侯。	例 MC02 第4出〔大师引〕(生)天那,蔡邕若是恋着新婚,不肯去呵,天须鉴蔡邕不孝的情罪。	例 MC03 第16出〔人破第一〕(生)不想州司谬取臣充试,岂料蒙恩,叨居上第。	例 MC04 第41出〔末诗〕多谢深恩不敢忘,稍宽愁绪节悲伤,亲坟共扫添荣耀,不负诗书教子方。
汲〔陈〕		何必区区公与侯	蔡邕不孝的情罪	岂料蒙恩,叨居上第。	稍宽愁绪节悲伤,亲坟共扫添荣耀,不负诗书教子方。
Ⅲ京本	衰	○○○○○○○	○○○○○○○○	○○○○,○○○○	○○○○○○○,○○○○○○○,○○○○○○○
	孙	○○○○○○○	○○○○○○○○	○○○○,○○○○	○○○○○○○,○○○○○○○,○○○○○○○
	魏	○○○○○○○	○○○○○○○○	○○○○,○○○○	○○○○○○○,○○○○○○○,○○○○○○○
	富	○○○○○○○	○○○○○○○○	○○○○,○○○○	○○○○○○○,○○○○○○○,○○○○○○○
	汲	○○○○○○○	○○○○○○○○	○○○○,○○○○	○○○○○○○,○○○○○○○,○○○○○○○
	陈	○○○○○○○	○○○○○○○○	○○○○,○○○○	○○○○○○○,○○○○○○○,○○○○○○○
Ⅱ闽本	容	○○○○○○○	○○○○○○○○	○○○○,○○○○	○○○○○○○,○○○○○○○,○○○○○○○
	南	○○○○○○○	○○○○○○○○	○○○○,○○○○	○○○○○○○,○○○○○○○,○○○○○○○
	继	○○○○○○○	○○○○○○○○	○○○○,○○○○	○○○○○○○,○○○○○○○,○○○○○○○
	集	○○○○○○○	○○○○○○○○	○○○○,○○○○	○○○○○○○,○○○○○○○,○○○○○○○
	会	○○○○○○○	○○○○○○○○		
ⅠB修改古本	逸	○○○○○○○	○○○○○○○○		
	吴	○○当今○○○	孩儿○○○○○○		
	巾页	○○当今○○○			

第一章 《琵琶记》剧本的分化与流传　69

续表

		例 MC01	例 MC02	例 MC03	例 MC04
ⅠA 古本	凌	○○○当今○○○	孩儿○○○○○	○○○愚蒙,○○○○	开怀畅饮免伤悲,休道世情看冷暖,果然人面逐高低
	沈			○○○愚蒙,○○○○	
	正				
	锦	○○○当今○○○	孩儿○○○○○	○○○○,○○○○	
	蒋				
	巾	○○○当今○○○	孩儿○○○○○	○○愚蒙,○○○○	开怀畅饮免伤悲,休道世情看冷暖,果然人面逐高低
	陆	○○○当今○○○	孩儿○○○○○	○○愚蒙,○○○○	开怀畅饮免伤悲,休道世情看冷暖,果然人面逐高低
ⅣA 徽本	词				
	八				
	青				
	红				
ⅣB 弋阳本	玉				
	摘				
	明				
	尧				
Ⅴ 高腔本	青				
	调				
	辰				

表 1—10

		例 J01	例 J02	例 J03	例 J04	例 J05	例 J06
本 文		第1出〔水调歌头〕(末)知音君子,这会另作眼儿看。	第2出〔锦月堂〕(净)玉箫萧条,兰桂堪栽,一朵桂花堪茂,难愿取连理芳年	第5出〔犯尾序〕(旦)无限别离情,一旦孤另。月夫妻,一旦孤另。	第16出〔袞第三〕(生)但臣亲老鬓发白,筋力皆耀悴。	第22出〔梁州序〕(贴)昼长人困也好情闲,忽听棋声惊昼眠。	第22出〔梁州序〕(贴)荷花池畔,一阵风来香香满。
批 语		闽本作"这般",京本作"这般"。	京本作"桂花堪茂"。闽本作上句意稍贯。"难茂",太煞死了。	京本作"孤另",闽本作"孤零"。	京本作"但臣亲老",闽本作"况臣亲老"。	"忽听棋声惊昼眠"本闽本作"一点风来",京东坡词来。故闽本依作"被",之。考京本俱作"被"惊昼眠	闽本"一阵风来"本闽本"一点风来",今依京本。
汲〔陈〕	袁	这般另作眼儿看〇〇〇〇〇〇	一朵桂花堪茂〇〇〇〇〇〇〇	一旦孤另〇〇〇〇	但×臣亲老鬓发白	忽被×棋声惊昼眠	一阵风来香香满
	孙	〇回〇〇〇〇〇〇〇	〇〇〇〇难〇〇	〇〇〇〇	×〇〇〇〇〇〇	〇〇×〇〇〇〇〇〇	〇〇〇〇〇〇〇
	魏	〇回〇〇〇〇〇〇〇	〇〇〇〇难〇〇	〇〇〇〇	×〇〇〇〇〇〇	〇〇×〇〇〇〇〇〇	〇〇〇〇〇〇〇
Ⅲ京本	富	〇〇〇〇〇〇〇〇〇	〇〇〇〇难〇〇	〇〇〇〇	×〇〇〇〇〇〇	〇〇×〇〇〇〇〇〇	〇〇〇〇〇〇〇
	汲	〇〇〇〇〇〇〇〇〇	〇〇〇〇难〇〇	〇〇〇〇	×〇〇〇〇〇〇	〇〇×〇〇〇〇〇〇	〇〇〇〇〇〇〇
	陈	〇〇〇〇〇〇〇〇〇	〇〇〇〇难〇〇	〇〇〇〇	×〇〇〇〇〇〇	〇〇×〇〇〇〇〇〇	〇〇〇〇〇〇〇
	容	〇〇〇〇〇〇〇〇〇	〇〇〇〇难〇〇	〇〇〇〇	×〇〇〇〇〇〇	〇〇×〇〇〇〇〇〇	〇〇〇〇〇〇〇
	南	〇回〇〇〇〇〇〇〇	〇〇〇〇难〇〇	〇〇〇〇零	况×〇〇〇〇〇〇	听×〇〇〇〇〇〇	〇点〇〇〇〇
Ⅱ闽本	继	〇回〇〇〇〇〇〇〇	〇〇〇〇难〇〇	〇〇〇〇零	况×〇〇〇〇〇〇	听×〇〇〇〇〇〇	〇点〇〇〇〇
	集	〇回〇〇〇〇〇〇〇	〇〇〇〇难〇〇	〇〇〇〇零	况×〇〇〇〇〇〇	听×〇〇〇〇〇〇	〇点〇〇〇〇
	会		〇〇〇〇〇〇〇	〇〇〇〇		〇〇×〇〇〇〇〇〇	〇点〇〇〇〇
ⅠB修改古本	籁		〇〇〇〇〇〇〇			〇〇×〇〇〇〇〇〇	〇点〇〇〇〇
	吴						

第一章 《琵琶记》剧本的分化与流传　71

续表

		例J01	例J02	例J03	例J04	例J05	例J06
ⅠB 修改古本	逸	○○○○○○○	○○○○○○	○○○○	那更×老亲○垂○	○○×○○○○○○	○点○○○○
	凌	○○○○○○○	○○○○○○		那更×老亲○垂○	听得×○○○○○○	○点○○○○
	沈			○○○○冷	那更×老亲○垂○	○○×○○○○○○	
ⅠA 古本	正	○○○○○○○	○○○难○	○○○○冷		○听×○○○○○○	
	锦						
	蒋	○○○○○○○	○○○○○	○○○○	那更×老亲○垂○	○听得○○○○○○	○点○○○○
	巾	○○○○○○○	○○○○○	○○○○冷	那更×老亲○垂○	○听得○○○○○○	○点○○○○
	陆						
	词		○○○○○○				
	八			○○○○冷	○×○○○○○○		
ⅣA 徽本	菁			○○○○冷	○×○○○○○○	○○○○○○	○○○○○○
	红		○○○○○	○○○○冷	那更×○○○○○○		
	玉				○×○○○○○○		
	摘			○○○○			
	明						
ⅣB 弋阳本	尧						
	青						
ⅣC 潮本	总						
	生						
Ⅴ 高腔本	调					○听×○○○○○○	
	辰						

上面的分析，Ⅰ群已经推定为古本（吴本），那么，只有Ⅲ群可以推定为京本。

［例 J02］这里槃薖硕人云，"闽本'难茂'，京本'堪茂'"。Ⅱ群符合闽本的条件，但同样的字句也散见于其他Ⅰ群、Ⅲ群之中。被指定为京本特色的字句"堪茂"也散见于Ⅰ群、Ⅲ群之中，在这个例子里，不能认定哪个是京本。

［例 J03］这里槃薖硕人云，"京本'孤另'，闽本作'孤零'"。在诸群之中，Ⅰ群作"孤冷"，Ⅱ群作"孤零"，是硕人所云闽本，只有Ⅲ群作"孤另"符合硕人所云京本。如此，从这个句例来说，Ⅲ群可以推定为京本。

［例 J04］这里槃薖硕人云，"京本作'但臣亲老'，闽本作'况臣亲老'"。在诸群之中，Ⅰ群作"那更老亲"，Ⅱ群作"况臣亲老"，符合所谓闽本，只有Ⅲ群作"但臣亲老"。如此这里也可将Ⅲ群推定为京本。

［例 J05］这里槃薖硕人云，"闽本依苏东坡句作'忽听棋声惊昼眠'，京本俱作'忽被棋声惊昼眠'"。ⅠA群和Ⅱ群符合这里所说闽本的字句，ⅠB群和Ⅲ群符合这里所说京本的字句。这里Ⅲ群可以推定为京本。而且ⅠB群有时符合京本，可以说它跟京本有接近之处。

［例 J06］这里槃薖硕人云，"闽本'一点香来'，京本作'一阵香来'"。在诸群之中，Ⅰ群和Ⅱ群都符合这里所云闽本的字句，只有Ⅲ群符合这里所云京本字句。因此，Ⅲ群可以推定为京本。

由此可见，最为普遍地符合槃薖硕人所云京本特征的是Ⅲ群。这类Ⅲ群诸本大多数是万历后期在江南地区出现的昆曲系统的剧本，其中多有高级的精刻本，迎合富裕的官僚或商人的文人趣味，可能在南京、苏州、杭州等文人社会里受到重视。

那么，这类京本有什么特色呢？从上面的研讨来看，可以推想跟闽本的Ⅱ群有着相同的特色。但下面拟更详细地分析其特点。用表1—11提出例子，主要讨论两个问题：一是强调道德，二是雕琢文字。

［例 JA01］这是五娘拒绝公公提议的改嫁而向他诉说的话。Ⅰ群古本和Ⅱ群闽本都作"你教我嫁人呵，只怕再如伯皆"，意思说，哪

第一章 《琵琶记》剧本的分化与流传

表 1—11

本文	例 JA01 第23出〔罗帐里坐〕(旦) 若是教我嫁人阿,那些个 不更二夫,却不误奴一世?	例 JA02 第27出〔好姐姐〕(合) 婚,改换衣装在帝畿, 闽本作"丧了",不若京 本作"辞了"之为是。	例 JA03 第29出〔胡捣练〕(旦) 画取真容聊寄手,逢人 将此勉哀求。	例 JA04 第30出〔红衲袄〕(生) 只管待漏随朝……枉干 碌碌,头又早白。	例 JA05 第39出〔古女冠子〕(净)相公, 事须近礼,怎使声势
批语	那些个××××○○○○	辞了"之为京本作"丧了",不顺	逢人将此勉哀求	枉干碌碌,头又早白	事须近礼,怎使声势
汲〔陈〕	○○○×××○○○○	○○○○○○○○○	○○○○○○○○	○○○○,○○○○	○○○○,○○○○
Ⅲ京本 孙	○○○×××○○○○	○○○○○○○○○	○○○○○○○○	○○○○,○○○○	○○○○,○○○○
魏	○○○×××○○○○	○○○○○○○○○	○○○○○○○○	○○○○,○○○○	○○○○,○○○○
富	○○○×××○○○○	○○○○○○○○○	○○○○○○○○	○○○○,○○○○	○○○○,○○○○
汲	○○○×××○○○○	○○○○○○○○○	○○○○○○○○	○○○○,○○○○	○○○○,○○○○
陈	○○○×××○○○○	○○○○○○○○○	○○○○○○○末	○○○○,○○○○	○○○○理,○○○○
答	○○○×××○○○○	○○○○○○○○○	○○○○○○○末	○○○○,○○○○	○○○○理,○○○○
南	○○○×××○○○○	○○○○○○○○○	○○○○○○兔○○	○○○○,○○○○	○○○○理,○○○○
Ⅱ闽本 继	只怕×××再如伯皆	丧○○○○○○○○	○○○○○○兔○○	○○○○,○○○○	○○○○理,○○○○
集	只怕×××再如伯皆	丧○○○○○○○○	○○○○○○兔○○	○○○○,○○○○	○○○○理,○○○○
会	只怕×××再如伯皆	丧○○○○○○○○			
ⅠB修改古本 逸					
籁					

续表

		例 JA01	例 JA02	例 JA03	例 JA04	例 JA05
ⅠA 古本	凌	只怕嫁人呵再如伯皆	衷○○○○○○		○○○○,○○×○	○○○○理,○○○○
	沈		衷○○○○○○		○○○○,○○×○	
	正		衷○○○○○○			
	锦	只怕嫁人呵再如伯皆		○○○○去○○	○○○○,○○×○	
	蒋					
	巾	只怕×××再如伯皆	衷○○○○○○	○○○○免○○	○○○○,○○×○	○○○○理,○○○○
	陆	只怕×××再如伯皆	衷○○○○○○	○○○○免○○	○○○○,○○×○	○○○○理,○扶○○
ⅣA 徽本	词					
	八					
	菁					
	红					
	玉					
	摘					
	明			○○○○苦○○		
ⅣB 弋阳本	尧					
	青					
Ⅴ 高腔本	调	倘×××再如伯皆	○○○○○○○	○○○○苦○○	○○○○,○○×○	
	辰					

怕改嫁，新夫也会如伯皆那样薄情，是含有讽刺伯皆之意。Ⅲ群京本改为"那些个不更二夫"，是表现五娘贞节之意。可见京本重在塑造贞妇的形象。

［例JA02］这是五娘告别公婆坟墓，寻夫赴京时说出的话。Ⅰ群古本作"丧了二亲寻夫婿"，Ⅲ群京本将"丧了"改为"辞了"，是更为重视礼貌的表现，可见京本的文人口气。

［例JA03］这是五娘将公婆的画像描成时的话。Ⅰ群古本、Ⅱ群闽本都作"逢人将此免哀求"，意思说，凭此公婆可怜的画像，会引起别人的同情，不用哀求，容易得到布施。Ⅲ群京本将它改为"逢人将此勉哀求"，意思说，据这画儿勉力向别人哀求布施，这就比前者显出更为认真的自力更生态度。可见京本塑造努力奋斗的人物形象。

［例JA04］这是蔡伯皆自诉在朝怏怏不乐的心态的话。Ⅰ群古本、Ⅱ群闽本都作"枉干碌碌，头又白"，Ⅲ群京本加一个早字，作"头又早白"。槃薖硕人云："语不顺"，但Ⅲ群刻划伯皆的心态更为深刻。

［例JA05］这是牛丞相反对女儿替伯皆父母服丧时，牛府女仆说的话。Ⅰ群、Ⅱ群都作"事须近理，怎使声势"，Ⅲ群京本将"理"改为"礼"，作"事须近礼"。可说京本特别尊重"礼"这种士人社会的规范。

要之，Ⅲ群京本继承闽本文人化的方针，将古本更为彻底地进行雅化。因此京本处于这类文人修改本的顶点，闽本就是站在过渡的阶段。这修改后面有明代后期江南宗族对于乡村戏剧加以统制的影响。江南宗族不满意古本素朴的剧本，要求将它改为更优雅、更符合道德规范的剧本，闽本、京本即是对应这一要求而出现的。

第三节　市场剧本（徽本、弋阳腔本）的性质

下面我们将作为市场剧本的徽本，分析并研讨其特色。在诸群的剧本系统之中，我们需要先研讨槃薖硕人所云之徽本是属于哪个群类的剧本。

槃薖硕人所云徽本的例子为数极少,下面,将所有的例子,用表1—12来开列。

[例H01] 槃薖硕人云:"京本、闽本'成拆散',徽本'轻拆散'"。诸本之中,作"轻拆散"的只是Ⅳ群[摘]和Ⅴ群[调]而已,其他都作"成拆散",由此可知,所谓徽本是指Ⅳ群徽调本或Ⅴ群弋阳腔本而言的。

[例H02] 槃薖硕人云:"京本、闽本皆'怎久留',徽本'敢久留'"。诸本之中,看不见有"敢久留"这字句的剧本,但Ⅳ群[调]作"怎敢留",较为接近于此。因此,据这个例子也可以说弋阳腔系统(包括徽调)接近于徽本。

[例H03] 槃薖硕人云:"徽本作'栖欲尽'",但看不见诸本中有此句例,不能下任何判断。

[例H04] 槃薖硕人云:"徽本作'谐缱绻'"。符合于此,只是ⅠA群古本[陆][巾][沈]而已,在Ⅳ、Ⅴ群之中,看不见符合于此的剧本。将徽调、弋阳腔看作徽本的推测,在此例不能适用。但至少可以说徽本跟古本有很密切的关系。

[例H05] 槃薖硕人云:"徽本作'旧弦欲断'"。但诸群之中,看不见这个句例,不能下任何判断。

在5个例子之中,可以认同为徽本的,只是2个例子而已。但其他3个例子也不能排除将徽本界定为Ⅳ、Ⅴ群徽调—弋阳腔系统剧本的可能性。徽本的下面一定有古本的底层,我们可以推想以古本为基础而发展为徽调、弋阳腔本的市场剧本的存在。Ⅳ、Ⅴ群剧本都是在安徽池州,江西饶州、弋阳、汝水、吉安等徽州周边地区流通的。从这一点来看,这些Ⅳ、Ⅴ群剧本皆称得上"徽本"。下面研讨这类徽本的特色,用表1—13开列例子。

[例HA01] 这是五娘跟蔡伯喈分别时向伯喈说出的话,Ⅱ、Ⅲ群诸本大多数作"你不想着功名",徽Ⅳ群诸本作"既不想着功名",表现出她不满丈夫的心态。闽本有[会]本符合于徽本,可见闽本跟徽本有些接近之处。

第一章 《琵琶记》剧本的分化与流传　77

表 1—12

		例 H01	例 H02	例 H03	例 H04	例 H05
本文		第5出〔谒金门〕〔旦〕骨肉一朝成拆散。	第5出〔鹧鸪天〕〔生〕高堂萱堇应难保,客馆风光怎久留。	第7出〔八声甘州〕〔丑〕只见古树昏鸦栖渐尽。	第13出〔睡胡芦〕〔末〕若是仙郎肯与谐姻眷一场好事,管取今朝便团圆。	第22出〔桂枝香〕〔生〕旧弦已断,新弦不惯。
批语		京本、闽本"成拆散"。不若徽本"轻拆散"。	京本、闽本皆"怎久留"。徽本"敢久留"。"敢"字,更佳。	诸本皆作"栖渐尽"。若徽本"栖欲尽"之妙。	徽本作"谱缱绻"。亦通。	京本作"旧弦已断"。已字,太煞。徽本"欲"字之妙。
汲〔陈〕		骨肉一朝成拆散	客馆风光怎久留	只见×古树昏鸦栖渐尽	若是仙郎肯与谐姻眷	旧弦已断,新弦不惯
III京本	袁	○○○○○○○	○○○○○○○	○○×○○○○○○	○○○○○○○○○○	○○○○,○○○○
	孙	○○○○○○○	○○○○○○○	○○×○○○○○○	○○○○○○○○○○	○○○○,○○○○
	魏	○○○○○○○	○○○○○○○	○○×○○○○○○	○○○○○○○○○○	○○○○,○○○○
	富	○○○○○○○	○○○○○○○	○○×○○○○○○	○○○○○○○○○○	○○○○,○○○○
	汲	○○○○○○○	○○○○○○○	○○×○○○○○○	○○○○○○○○○○	○○○○,○○○○
	陈	○○○○○○○	○○○○○○○	○○×○○○○○○	○○○○○○○○○○	○○○○,○○○○
	容	○○○○○○○	○○○○○○○	○○×○○○○○○	○○○○○○○○○○	○○○○,○○○○
II闽本	南	○○○○○○○	○○○○○○○	○○×○○○○○○	○○○○○○○○○○	○○○○,○○○○
	继	○○○○○○○	○○○○○○○	○○×○○○○○○	○○○○○○○○○○	○○○○,○○○○
	集	○○○○○○○	○○○○○○○	○○×○○○○○○	○○○○○○○○○○	○○○○,○○○○
	会	○○○○○○○	○○○○○○○	○○×○○○○○○	○○○○○○○○○○	○○○○,○○○○
IB修改古本	吴		○○×○○○○○○○			

续表

		例 H01	例 H02	例 H03	例 H04	例 H05
ⅠA 古本	凌	○○○○○○○	○○×○○○○○○○	○○×○○○○○○○	○○○○○○○○○○	○○○○，○○○○
	沈	○○○○○○○	○○○○○○	○○×寒○○○○	○○○○×○缠绕	
	正	○○○○○○○	○○○○○○		○○○○○○○○○○	
	锦	○○○○生○○	○○○○○○	○○那○○○○○○		
	蒋	○○○○○○○	○○○○○○		○○○○×○缠绕	○○○○，○○○○
	巾	○○○○○○○	○○○○○○	○○那○○○○○○	○○○○×○缠绕	
	陆	○○○○○○○	○○○○○○	○○那○○○○○○	○○○○○○○○○○	
	词					
	八		○○○○○○○			○○○○，○○○○
ⅣA 徽本	菁					
	红		○○○○○○○			
	玉	○○○○轻○○	○○○○○○○			
	摘		○○○○○○○			
	明					
ⅣB 弋阳本	尧					
	菁					
	调	○○○○轻○○	○○○○○敢○	○○×○○○○○○○	○○○○○○○○○○	○○○○，○○○○
Ⅴ 高腔本	辰	○○○○○○○	○○○○○○	○○×○○○○○○		

［例HA02］这也是五娘临别向伯皆说出的话，Ⅱ、Ⅲ群作"我频属付，知他是否，空自语惺惺"，Ⅳ、Ⅴ群都作"知他记否，<u>我这里言之敦敦，他那里听之漠漠</u>，空自语惺惺"。下线的部分是徽本补充加强五娘意思的插白。可知徽本是为了适合表演而加入插白的演出本。京本和闽本之中，只有［会］本有这插白。徽本很可能源自闽本。

［例HA03］这是五娘诉说扶养公婆之苦，Ⅰ群古本和Ⅱ、Ⅲ群闽京本大多作"妾心万般苦"，Ⅳ群徽本却作"妾受了万般苦"。只有闽本［会］与徽本同。

［例HA04］这也是五娘奉养公婆时说的话，Ⅰ群古本和Ⅱ、Ⅲ群闽京本大多作"堂前问舅姑"，Ⅳ、Ⅴ群徽本作"向堂前问舅姑"，接近口语，只有闽本［会］与此相同。

［例HA05］这是蔡伯皆知道家乡陈留郡有饥荒之灾时，担忧父母安危而说出的话。Ⅰ、Ⅱ、Ⅲ群诸本"若望不见我信音"，Ⅳ、Ⅴ群有的作"老望不见"，有的作"牢望不见"，有的前面加了"他那里"，表现出伯皆焦急的心态。闽本［会］在此也跟徽本相同，作"老望不见"。

［例HA06］这是五娘独力营造公婆坟墓后，将离乡赴京时说出的话。Ⅰ、Ⅱ、Ⅲ群差不多都作"独自在山筑坟"，Ⅳ、Ⅴ群却作"独自南山筑坟"。南山含有享受长寿的意思，表现出五娘对公婆之死的惋惜心态。闽本［会］也作如此。

由此可见，徽本比古本、闽本、京本的文字有更为具体的舞台表现，如此让观众容易了解剧情。这可算是以下层乡民为观众的市场戏剧特有的剧本。这特点最为显见于［例HA02］插白上。下面表1—14继续研讨这类插白的特色。

［例HB01］这是五娘跟伯皆结婚，进入蔡家，在公婆面前拜祖先时说出的话。诸本作"持杯自觉娇羞，怕难主苹蘩"，说出自己在公婆面前拜祖的紧张不安心态，Ⅳ群徽本在这两句之间，将"自家公婆，怕甚么羞"的插白插进去，显出公婆努力缓解媳妇之紧张情绪。

表 1—13

本文		例 HA01 第5出（旦白）你不想着功名，如今又去，怎的。	例 HA02 第5出〔犯尾序〕（旦）我频频嘱咐，知他记否，空自语惺惺。
汲〔陈〕		你不×想着功名	我频频嘱咐,知他记否,××××,××××,××××,××××,××××,空自语惺惺
Ⅲ京本	衰	既○○×○○○○	○○○○,○○○○,××××,××××,××××,××××,××××,○○○○○
	孙	○○×○○○○	○○○○,○○○○,××××,××××,××××,××××,××××,○○○○○
	魏	○○×○○○○	○○○○,○○○○,××××,××××,××××,××××,××××,○○○○○
	富	○○×○○○○	○○○○,○○○○,××××,××××,××××,××××,××××,○○○○○
	汲	○○×○○○○	○○○○,○○○○,××××,××××,××××,××××,××××,○○○○○
	陈	○○×○○○○	○○○○,○○○○,××××,××××,××××,××××,××××,○○○○○
	容		○○○○,○○○○,××××,××××,××××,××××,××××,○○○○○
	南	○○×○○○○	○○○○,○○○○,××××,××××,××××,××××,××××,○○○○○
Ⅱ闽本	继	○○×○○○○	○○○○,○伊○○,××××,××××,××××,××××,××××,○○○○○
	集	○○×○○○○	○○○○,○伊○○,××××,××××,××××,××××,××××,○○○○○
	会	既○你○○○○	○○○○,○○○○,××××,我这里言之敦敦,他那里听之漠漠×××,××××,○○○○○
ⅠB修改古本	逸		○○○○,○○○○,××××,××××,××××,××××,××××,○○○○○
	吴		○○○○,○○○○,××××,××××,××××,××××,××××,○○○○○
	籁		
	凌	××××××××	
ⅠA古本	沈		
	正		

第一章 《琵琶记》剧本的分化与流传　81

续表

			例 HA01	例 HA02
ⅠA 古本	锦		×××○××××	×亲○○，○○○○，××××××××××××××××××××，：○○○○
	蒋			
	巾		×××○××××	×亲祝○，○○○○，××××××××××××××××，○○○○○
	陆		×××○××××	×亲祝○，○○○○，××××××××××××××××，○○○○○
	词	八		
ⅣA 徽本	菁	红	既○×○○○○	×亲○○，○○○○，何况他妻子言语？我这里言之教敦，他那里听之谟谟××，○○○○○
		玉	既○×○○○○	×亲○○，○○○○，何况为妻子言语？我这里言之教敦，他那里听之谟谟××，○○○○○
		摘	×○×○○○○	×亲○○，○○○○，××××××××？我这里言之教敦，他那里听之谟谟××，○○○○○
		明	既○×○○○○	×亲○○，○○○○，××××××××？我这里言之教敦，他那里听之谟谟××，○○○○○
		尧		
ⅣB 戈阳本	青	总	既○×○○○○	就是高堂亲○○，○○○○，××××××××××，我这里言之教敦，他那里听之谟谟，您你妻子不来远送你了夫，○○○○
ⅣC 潮本	生			
Ⅴ 高腔本	调		×××○××××	就是他双亲○○，○○○○，××××××××，我这里言之敦敦，他那里听之默默××，○○○○○
	辰		×○×为×○○	就是他双亲○○，○○○○，枉叮宁，我这里言之查查，他那里听之查查××，奴○○○○○

续表

		例HA03 第9出〔风云会四朝元〕(旦) 姜心万般苦。	例HA04 第9出〔风云会四朝元〕(旦) 堂前问舅姑。	例HA05 第24出〔雁鱼锦〕(生)若望不见我信音,却把谁倚仗。	例HA06 第29出〔赵五娘白〕奴家昨日独自在山筑坟。
本文		姜心×万般苦	×堂前问舅姑	若望不见我×××信音×	独自在山筑坟
汲[陈]	袁	○○×○○○	×○○○○○	×××○○○○×××○○×	○○○○○○
Ⅲ京本	孙	○○×○○○	×○○○○○	×××○○○○×××○○×	○○○○○○
	魏	○○×○○○	×○○○○○	×××○○○○×××○○×	○○○○○○
	富	○○×○○○	×○○○○○	×××○○○○×××○○×	○○○○○○
	汲	○○×○○○	×○○○○○	×××○○○○×××○○×	○○○○○○
	陈	○○×○○○	×○○○○○	×××○○○○×××○○×	○○○○○○
	容	○○×○○○	×○○○○○	×××○○○○×××○○×	○○○○○○
	南	○○×○○○	×○○○○○	×××○○○○×××○○×	○○○○○○
Ⅱ闽本	继	○○×○○○	×○○○○○	×××○○○○×××○○×	○○○○○○
	集	○○×○○○	老○○○○○○	×××○○○○×××○○×	○○○○○○
	会	○受×○○○	向○○○○○	×××○○○○×××○○×	南○○○
ⅠB修改古本	逸		×○○○○○	×××○○○○×××○○×	
	吴		×○○○○○	×××○○○○×××○○×	
	籁				

续表

		例 HA03	例 HA04	例 HA05	例 HA06
ⅠA 古本	凌	○○×○○○	×○○○○○	×××○○○○○×××○○×	○○○○○
	沈	○○×○○○			
	正				
	锦				
	蒋	○受了○○○	×○○○○○	×××○○○○○×××○○×	○○○○○○
	巾	○○×○○○			
	陆	○○×○○○			
	词	○受×○○○	向○○○○○○		
	八	○受×○○○			
	菁	○受×○○○			
ⅣA 徽本	红	○○×○○○		他那里老○○○○×××○○×	
	玉			他××老○○○○×××○○传	
	摘	○受×○○○	向○○○○○○		
	明				○○南○○○
ⅣB 弋阳本	尧				
	青				
	调	○受×○○○	向○○○○○○	×××年○○○○这里×○○×	○○南○造○
ⅤA 高腔本	辰	○○×○○○	向○○○○○○	你那里年○○○○一封儿音信×	○○南○○○
			×○○○○○		

84　古典南戏研究

表 1—14

		例 HB01	例 HB02	例 HB03	例 HB04
本　文		第2出（旦）持杯自觉娇羞，××××，×××××，怕准主莩蘩。	第5出（旦）我着你了。（生）××，××××××××。	第5出（旦）〔犯尾序〕奴不思矜寒枕冷，×××××××，奴贝忠，公婆没主，一旦冷清清。	第9出（旦）〔风云会四朝元〕……千千万万有准堪诉。（后白）×××××××，×××××××……
汲〔陈〕		××××，××××××	××××××××	××××××××	××××××，×××××××
Ⅲ京本	袁	××××，××××××	××××××××	××××××××	××××××，×××××××
	孙	××××，××××××	××××××××		××××××，×××××××
	魏	××××，××××××	××××××××	××××××××	××××××，×××××××
	富	××××，××××××	××××××××	××××××××	××××××，×××××××
	汲	××××，××××××	××××××××	××××××××	××××××，×××××××
	陈	××××，××××××	××××××××	××××××××	××××××，×××××××
	容	××××，××××××	××××××××	××××××××	××××××，×××××××
	南	××××，××××××	××××××××	××××××××	××××××，×××××××
Ⅱ闽本	继	××××，××××××	××××××××	××××××××	××××××，×××××××
	集	××××，××××××	××××××××	××××××××	××××××，×××××××
	会	××××，××××××	××××××××	××××××××	××××××，×××××××
Ⅰ古本	逸				
	吴				
	颡				

续表

		例 HB01	例 HB02	例 HB03	例 HB04
ⅠA古本	凌	××××,××××××	××××××××	××××××××	××××××××,××××××××
	沈				
	正				
	锦	××××,××××××			
	蒋				
	巾	××××,××××××	××××××××	××××××××	××××××××,××××××××
	陆	××××,××××××	××××××××	××××××××	××××××××,××××××××
	词				
ⅣA徽本	八	自家公婆,不要怕×差			桑榆暮景实堪悲,囊箧潇然直岁饥
	菁				桑榆暮景实堪悲,囊箧潇然直岁饥
	红				
	玉		你猜着我袁的而来	你还虑着那一件来	
	摘	自家公婆,怕甚么×差		你还虑着那一件来	桑榆暮景实堪悲,囊箧潇然直岁饥
ⅣA本	明				
	尧			你还虑着那一件来	桑榆暮景实堪悲,囊箧潇然直岁饥
	菁		猜着卑人袁的儿来	所虑何来××××	××××××××,××××××××
Ⅴ高腔本	调			所虑何来××××	
	辰				

[例HB02] 这是五娘临别向伯皆说出的话。诸本在"我猜着你了"这句宾白之后,唱出"你读书思量要作状元"。与此相对,Ⅳ、Ⅴ群徽本在这宾白和歌词之间,"你猜着我甚么而来"这句伯皆反问的宾白,显出两人之间紧张的气氛。

[例HB03] 这也是五娘临别话语。诸本作"奴不虑衾寒枕冷,奴只虑公婆没主一旦冷清清",Ⅳ、Ⅴ群在这两句之间,将"你还虑着那一件事来"这一句话插进去,增添会话之紧凑感。

[例HB04] 这是五娘叹息空闺之苦说的话。诸本作"千千万万有谁堪诉",Ⅳ、Ⅴ群此后加上七言诗句说"桑榆暮景实堪悲,囊箧潇然岁值饥",描写五娘的悲哀。这句诗歌由角色吟诵,被叫做"滚调",是徽本的特色。

除了这插白之外,徽本更有一个特色,就是将旧时较为简单的宾白加以增补扩大。如表1—15。

[例HB05] 这是伯皆临别向五娘说出的话。诸本作"有甚么萦绊"。Ⅳ、Ⅴ群徽本作"有话,但说无妨"。徽本之间的字句有稍微出入,但基本上意思相同,比古、闽、京本的"萦绊",更令观众易懂。可知徽本是为戏台演出的剧本。

[例HB06] 这是五娘到社仓去讨米时,仓官向五娘说出的话。诸本作"你丈夫那里去了,使你妇人家来请",Ⅳ群徽本作"你丈夫为何不来,反使你妇人来请粮",追问的口气更为明显,使观众容易了解。

[例HB07] 这是伯皆想念家乡父母而郁闷,牛氏推想,他忌惮她的宰相父亲而不敢说出回乡心愿,故而询问他真意时,伯皆回答的话。诸本只作"不是",没有加以任何说明,与此相对,Ⅳ群徽本作"岳父视我犹子,恩莫厚矣",让观众易懂。

[例HB08] 这是牛氏怀疑伯皆为了社交不广而加深郁闷,询问其心态时,伯皆回答的话。诸本只作"不是",没有细说其详。与此相对,Ⅳ群[明]作"我又不是孟尝君,何用三千客"。Ⅴ群[辰]将孟尝君改为春申君,文意相同。接着,牛氏追问说,"莫不是绣屏前少了十二钗"时,伯皆对此回答,诸本只作"不是",但

第一章 《琵琶记》剧本的分化与流传　87

表 1-15

本　文		例 HB05 第5出〔江儿水前腔〕（旦）说来又恐悉萦牵。（生）娘子，<u>来又恐悉萦牵</u>。	例 HB06 第17出（旦）因儿夫出外，特来请些粮米，以救公婆之命。（外）你<u>丈夫那里去了</u>，使你妇人家来请粮。	例 HB07 第30出〔红衲袄前腔〕（贴）莫白（白）莫不是丈夫人行性气乖。（生）不是。	例 HB08 第30出〔红衲袄前腔〕（贴白）莫不是画堂中少了三千客。（生）不<u>是</u>。
汲〔陈〕		有甚×萦牵	你丈夫哪里去了，使你妇人家来请粮	不是×××××	××不是×××××××
Ⅲ京本	袁	○○△○○××	○○○○○○,○○○○○○○○	○○×××××××	××○○××××××
	孙	○○△○○××	○○○○○○,○○○○○○○○	○○×××××××	××○○××××××
	魏	○○△○○××	○○○○○○,○○○○○○○○	○○×××××××	××○○××××××
	富	○○×○○××	○○○○○○,○○○○○○○○	○○×××××××	××○○××××××
	汲	○○△○○××	○○○○○○,○○○○○○○○	○○×××××××	××○○××××××
	陈	○○△○○××	○○○○○○,○○○○○○○○	○○×××××××	××○○××××××
	容	○○×○○××	○○○○○○,○○○○○○○○	○○×××××××	××○○××××××
	南	○○×○○××	○○○○○○,○⊙○○○○○○	○○×××××××	××○○××××××
	继	○○×○○××	○○○○○○,○○○○○○○○	○○×××××××	××○○××××××
Ⅱ闽本	集	○○×○○××	○○○○○○,○○○○○○○○	○○×××××××	××○○××××××
	会	○○×○○××			
ⅠB修改古本	逸				
	吴				
	颍				

续表

		例 HB05	例 HB06	例 HB07	例 HB08
ⅠA 古本	凌	×××××××	○○○○○○×,××××××××	○○×××××	×××○○×××××××
	沈				
	正				
	锦				
	蒋				
	巾	××××××	○○○○○○×,××××××××	○○×××××	×××○○×××××××
	陆	××××××	○○○○○○×,××××××××	○○×××××	×××○○×××××××
	词				
	八				
	菁				
	红				
	玉				
ⅣA 徽本	摘	有话,但说无妨	你丈夫为何不来,反使你妇人来请粮	岳丈视我孔子,恩莫厚矣	我又不是孟尝君,何用三千客
	明				
ⅣB 弋阳本	尧				
	菁				
ⅣC 潮本	总	有话,但说无妨	丈夫如何不来请粮,讨过妇人来打搅	老相公待我没甚歹处	我又不是孟尝君,要他怎的
	生	说有何妨×××	○○○○○×,要你自己来请粮×	○○×××××××	益发○○了
Ⅴ 高腔本	调			○○×××××××	
	辰				下官亦非是孟尝君,何用三千客

Ⅳ、Ⅴ群作"我不是牛僧孺,要他怎么"。这补充虽然陷入汉朝蔡伯皆提到唐朝宰相姓名的历史性错误,但让观众容易了解伯皆的意思。

如此可见,Ⅳ、Ⅴ群徽本的特色就在于插白或增补白。插白是在歌词之间插进去而补充歌词意思的,增补白是将原来的宾白增补改编而敷衍其意思的。有时插进诗句而念白,叫作滚白。观众据此更容易了解其剧情,或方便编剧者展开新的剧情,受到下层乡民观众的欢迎。

与此相对,徽本的歌词大多数像在［例 HA02］［例 HA03］可以看到那样,一致于古本文字。这是徽本的编者不加工歌词,只集中在修改宾白而导致的。这令人推测徽本编者不是文人,而是以娱乐观众为目的的市镇戏人。因为歌词有阴阳平仄等文学规范的拘束,戏人不容易修改,他们不敢擅自添加,只能墨守从师傅传下来的原词,反而专门将可以随便增减的宾白滚白进行增补或加工。

这类徽本大多数是万历时期的刻本,但也有部分刊刻抄录于嘉靖年间。比如,Ⅳ群内的潮州本［生］栏外写有嘉靖两个字,据此可以推测为嘉靖时期抄录的。那么,徽本的成立时间可能跟古本差不多,徽本有时跟闽本［会］一致的原因亦在于此,至少可以说是比Ⅲ群的京本更早出现的。

如此看来,市场化的徽本增补的插白,在南戏演变史上具有重大的意义。下面更进一步研讨插白对后代南戏系统地方戏的影响。

比如,第 28 出,伯皆与牛氏共同欣赏中秋明月,婢女惜春、爱春二人酌酒赏月。兹用表 1—16 开列闽本［会］、徽本［摘］、弋阳腔本［青］以及浙江嵊县弋阳腔本［调］,比较各版本的插白,分析前后继承关系,据此探讨插白的特色。

（1）猥亵 A1、A2、A3

［摘］爱春插白说:"到甚么人在栏杆撒尿",惜春插白回答说:"丫头,不是撒尿,乃是秋天来,天气下了露水",有诙谐、甚至猥亵之嫌。［青］避开猥亵,将爱春插白改为"你怎么把酒倾在石栏杆上",将惜春插白改为"那不是酒,那栏杆上露湿"。将酒洒在栏杆,是有不自然之处。［调］回归［摘］,将爱春插白作"你撒尿出者",

表 1—16

〔会〕	〔青〕	〔阑〕	〔调〕
哨寒生，鸳鸯瓦冷玉壶冰。栏杆露湿，人枕凭。	（丑）惜春，正是夜深露湿鸳鸯瓦坐来秋到哨寒生 （惜春）（唱）〔古轮台〕哨寒生，鸳鸯瓦冷玉壶冰。A1 爱春，你怎么把酒倾在栏杆上。（丑）爱春，那不是酒。那栏杆露湿上湿，人枕凭。（中略）	（净）爱春，夜深了。身上有些寒冷。正是秋来无奈寒侵体衣单不觉哨寒生 （惜春）（唱）〔古轮台〕哨寒生，鸳鸯瓦冷玉壶冰。（丑）惜春，蒙相公夫人赏俺A2 和你酒，不免在栏杆上去吃，到甚么人在栏杆撒尿。（净）咦，丫头，不是撒尿，乃是秋来天气下了露水。（中略）栏杆露湿，人枕凭。B2（丑）惜春姐，甚么子在酒杯中溜将过去。（净）爱春，那就是酒一轮月了。（中略）	（净）爱春，夜深了。身上有些寒冷。（惜春）我们到月参上去，吃改一杯。我们坐下来。A3（爱春）惜春姐，你撒尿出者。（惜春）正是（念）夜深露湿鸳鸯瓦坐来秋到哨寒生 （惜春）（唱）〔古轮台〕哨寒生，鸳鸯瓦冷玉壶冰。

续表

[会]	[青]	[摘]	[调]
贪看玉境。	贪看玉境。	贪看玉境。（中略）	贪看玉境。
况隔着万里清明，	况隔着万里清明，	况隔着万里清明，	况隔着万里清明，
皓彩有十分端正。	皓彩有十分端正。	皓彩有十分端正。（中略）	皓彩有十分端正。
三五良宵	三五良宵	三五良宵	三五良宵
	（净）爱春姐，何谓三五良宵？	（丑）惜春姐，是哪个三五良宵。	（爱春）何谓三五良宵。
	C1（丑）惜春，正月十五，五月初五，今日八月十五。（净）哪一五月更好？	C2（净爱春，正月十五，乃是上元佳节，处处花灯，庆赏元宵，此是一五。二五乃五月初五端阳佳节，哪处不玩赏龙舟。三五就是今晚八月中秋了。	（惜春）这大年纪，三五良宵也不晓得。（爱春）我却不晓得。C3（惜春）这叫做三五良宵，正月十五闹元宵，五月初五龙舟在水面上飘，八月十五中秋节，人人畅饮□□。
此时独胜。	（丑）总不如	三五良宵，总不如	此乃是三五良宵。
	此时独胜。	此时独胜。	惟有此时独胜。
	（净）酒热了。待我拿来，和你这里赏月。	（丑）酒热了。待我拿来，和你这里赏月。	（爱春）惜春姐，今晚有两个月亮。（惜春）月亮哪有两个。
	（丑）你看	（净）你看	（爱春）天上一个，酒杯中一个，岂非两个。（惜春）这叫月照金樽。

续表

〔会〕	〔青〕	〔摘〕	〔调〕
	一轮明月照金樽，酒满金樽月满轮，明月既照金樽里，把酒将来带月吞。	一轮明月照金樽，酒满金樽月满轮，明月既照照将来对月吞。	（唱）一轮明月照金樽，酒满金樽月满轮，此景休教辜负了，好把金樽带月吞。
把清光都付与杯酒倾。	把清光都付与杯酒倾。	把清光都付与杯酒倾。	把清光都与与问杯酒。
		（中略）自古道酒逢欢处且干饮，千盏不为多。明月休虚负，良宵莫蹉跎。	
从教酩酊。	从教酩酊。	从教酩酊。	从教酩酊。
拼夜深醉还醒。	拼夜深沉醉还醒。	拼夜深醉还醒。	拼夜深醉还醒。

可知徽本较多猥亵的戏剧表现。

(2) 方言 B1

　　[摘] 爱春插白说："甚么子在酒杯中溜过去"，这里"甚么子"是吴语（苏白）。古本也常有这类吴语，可知徽本与古本有关系。

(3) 通俗 C1、C2、C3

　　[摘] 爱春插白说："是哪个三五良宵"，惜春回答说明，将正月十五、五月初五、八月十五称为三五良宵。但普通的观念来说，三五是专指正月十五而言。这里说明是民间俗说，将五月初五包括在内，有些勉强之处，但显出通俗诙谐。而且［青］［调］用滚白（诗句）来表现，可知下层观众欢迎这类演出。

　　如此，徽本的插白，在戏曲歌词发展史上，具有向观众说明歌词内涵的新功能。下层乡民不一定都有文化足够理解文人所写的歌词，戏人考虑于此，而加以插白。这类插白如果用在丑角说白之中，只会对观众起暂时性娱乐效果而已，不会影响到剧情本身。但是如果用在主角的歌词或说白中，有时补充原作的意思不清晰，有时对剧情加以解释，又有时加入新的情节，结果会影响到剧情的本身发展。从《琵琶记》的"古本→徽本"演进过程可以看到，插白是推动戏曲发展的新方向，甚至可以说创造了新的戏曲形式。

　　这里有一个例子，就是第 23 出《官邸忧思》之中，主角伯皆听到家乡遇到饥荒，忧虑父母而唱出的歌词与插白。Ⅰ、Ⅱ、Ⅲ群诸本只有歌词，没有说白。与此相对，Ⅳ、Ⅴ群在此加入大量的插白。关于其中【雁渔锦】一曲，现将明代闽本［会］、明代徽本［玉］、明代弋阳腔本［青］以及近代弋阳腔本［调］对照开列表1—17如下。

　　这里有四个地方插进大量的说白。下面研讨各个插白的意思及其功能。

　　(1) A1、A2　（散文的插白）
　　这是蔡伯皆想念家乡父母，期望五娘奉养公婆而唱出的歌词。

［会］本前后有歌词云"教他好看承我那爹娘，料他每应承不会遗忘"，是说明伯皆的立场，但这想法有些自私之嫌。徽本［青］A1 大约为了避开这嫌疑而将它改为"赵五娘虽然新婚两月之妻，决不负我临行之嘱"，是戏人盼望借五娘的贞烈来缓和伯皆自私的程度。实际上，插白直接影响到人物形象，如此，插白的重要性越来越大了，可以说它已经成为演出的关键了。

（2）B1、B2、B3（散文的插白）

这是在"闻知俺那里饥与荒"歌词之前插进的插白。这里观众很想知道蔡伯皆怎么样得知自己家乡的饥荒，但古本、闽本、京本的歌词宾白之中，没有任何说明，徽本鉴于此，企图用插白说明这一点。［词］B1 的插白说明伯皆心里有些不安，向王给事打听，他回答陈留有饥荒，老人饿死，一家离散。［青］B2 更详细地说明，丰年还好，一逢饥荒，赵氏这样女人家不能支撑一家生活。［调］B3 除了将"王给事"改为"户科杨给事"之外，基本上继承［词］B1。要之，徽本重点说明：蔡伯皆据王给事的奏文得知家乡的饥荒，从而使观众获悉伯皆担忧的原因，可见插白的作用。

（3）C1、C2、C3（韵文的插白）

这是继承上面所举的插白而吟念的滚白诗。［词］C1 是用七言二句以及七言八句来吟咏双亲面临饥荒，性命危险如风前之烛。［青］C2 的滚白用七言八句来更详细地吟出双亲和妻子的苦难。［调］C3 合并 C1、C2 的散文改为歌唱，吟出双亲的危机，家产的缺乏，妻子的困境。此时用韵文歌唱，比用散文讲说发挥更大的感染效果。

（4）D1、D2、D3（韵散混合的插白）

这是徽本鉴于在古本、闽本、京本中，上句"只挨不过岁月难存养"与下句"老望不见信音传，却把谁倚仗"之间有些意思不接之嫌，遂插进伯皆想念母亲和妻子的话。［词］D1 伯皆自言自语想起当时临别时母亲念出"慈母手中线，游子身上衣"，五娘念出"临行密密缝，意恐迟迟归"。［青］D2 也继承这插白，但将五娘念的五言二句改为七言的"虽然临行密密缝，犹恐有日迟迟归"。与此相对，［调］D3 插进"如今吕布把守虎牢三关，就是要寄一封音书，也是不能够了"。这是增加原本没有的《三国演义》三战吕布的故事。可知，近代高腔剧本据着徽本的插白将剧情发展为新的方向。

第一章 《琵琶记》剧本的分化与流传

表 1—17

〔会〕	〔玉〕	〔青〕	〔调〕
〔雁鱼锦〕	〔雁鱼锦〕	〔雁鱼锦〕	〔雁鱼锦〕
思量那日离故乡。	思量那日离故乡。	思量那日离故乡。	思量那日离故乡。
教他	教他	教他	教他
	（中略）	（中略）	（中略）
好看承我爹娘。	好看承我爹娘。	好看承我爹娘。	好看承我爹娘。
		A1 我想五娘虽然新婚两月之妻，决不负我临行所嘱。	A2 我想五娘乃是信实之妇，决不负我临行所托。
料他每每有应不会遗忘。	料他每每有应不会遗忘。	料他每每有应不会遗忘。	料他们有应承也不会遗忘。
	B1 下官心下怎么这等焦燥得紧。听，今早上朝，是王给事陈留干旱奏章。我问他是何本上如何本。他说老弱展转于沟壑，少壮离散于四方。听得此言，晓得魂不附着体。	B2 伯喈有一桩事，怎么忘怀了，心下这等焦燥。是了，今早上朝见王给事手捧一本，我问大人手捧何本。他道是陈留饥荒的本。我问本上如何说。他答道，老者展转于沟壑，小者离散于四方。伯喈听得此言，晓得魂不着体，罢岁只只有茕茕之妻，我那里孩子娘，老天，我那爹娘遭着凶荒之年，还有饱暖日子。遇着凶荒年，	B3 下官今日为何恍惚得紧。有一桩心事在怀，怎一时想不出来了。是了，那日上表辞官，只见户科杨给事手捧一本，我说大人，这是何本。他说，道得急切，老者转填沟壑，少者离鳌，一闻此言。不知儿多人也，晓得魂不附体。

续表

	闻知那里饥与荒	女流之辈,能说不能行了。	闻知那里饥与荒
闻知那里饥与荒	C1 别处饥荒犹可,惟我陈留饥荒最惨杀人。(滚)家下若饥荒,最苦老爹娘,一似风前烛,只怕短时光。	C2 又,老天,别处饥荒犹自可,惟有陈留那饥荒最难当。似这等秦输春泰,磬悉家囊。伯皆,苦,这在京邦,五娘又是柔弱的糟糠。他怎么够侍奉得老姑嫜,只愁他两行白发时光短,一梦黄粱人自悲。	(唱)闻知那里饥与荒。C3 我想别处那饥荒犹自可,惟有陈留那饥荒最难当。爹娘年满八旬,自从离家以后,焉有余饶。况我上无兄下无弟,五娘乃是女流之辈,能说不能行了。闻知我那里饥与荒。
只怕捱不过岁月难存养。	只怕捱不过岁月难存养。D1 记得临行之时,老娘说道,儿,你既然难割舍老娘前去,将你里襟衣服割过来,待我缝上几针。到京师见此针线,慈母手中线,如见老娘。两泪汪汪,临行密密缝。当知五娘回道婆婆,临行密密缝,意恐迟迟归。	只怕捱不过岁月难存养。D2 记得那日起程之际,我老娘执袂牵衣几针、缝上几针。他道,慈母手中线,游子身上衣。那时五娘两泪汪汪,俯身答道,虽然临行密密缝,犹恐有日迟迟归。慢说道是盼了,就是	只怕捱不过岁月难存养。D3 如今日布守虎年三夫。就是要寄一封音书,也是不能够了。
老望不见音传,却把谁倚仗。	他老望不见信音传,却把谁倚仗。	你那里牢望不见,我这里信音传,却把谁倚仗。	你那里牢望不见一封信音,却把谁倚仗。

上面说明徽本插白的特色以及其演出上的效果。以歌曲为主而编纂的古本、闽本、京本，在乡村或市镇中，面向不能听懂歌曲的下层乡民演出时，需要加重科白为主的演出，徽本为了对应这需要，增补了说白。这类剧本在歌词之间，将接近讲故事的解说或强调上场人物之情绪的诗句插进去，使观众深入地理解戏曲情节的展开或人物的心态等，有时甚至于超出原作的情节而派生新的故事。具有这类插白的徽本一定是在乡村或市镇演出的剧本。近代地方戏是在这类徽本的基础上产生的。而且值得注意的是这类徽本不一定是明代末期以后出现的，相反地，其中一部分是明代前期嘉靖年间已经出现了。这个问题以后再讨论。

第四节 地方戏剧本（弋阳腔本）的展开

上面 3 节的讨论已经涉及近代弋阳腔本继承明清徽本的事实。下面更进一步，探讨目前各地流行的地方戏《琵琶记》继承弋阳腔本的情况。请看下面的表 1—18。这是第 28 出《乞丐寻夫》五娘寻夫赴京时描画公婆真容的场面。以下将闽本［会］，明末徽本［词］，清初徽本［青］，近代浙江弋阳腔本［调］，以及湖南湘西辰河腔本［辰］开列而分析插白的继承及扩大关系。

歌词的增补与继承：

［会］的歌词，与古本、闽本、京本略同。其歌同为【三仙桥】，如下。

A1　一从他每死后，
A2　要相逢不能够，
A3　除非梦里暂时略聚首。
A4　若要描，描不就，
A5　教我未描，先泪流。
A6　描不出他苦心头，
A7　描不出画不出饥症候，
A8　描不出他望孩儿的睁睁两眸，
A9　只画得发飕飕，

表 1—18

〔会〕〔三仙桥〕	〔词〕〔新水令〕	〔青〕〔新水令〕	〔调〕〔三仙桥〕	〔辰〕叫人暗地想真容
A1 一从他每死后,	想真容	想真容	想真容	〔太师引〕
	未写泪先流。	提笔泪先流。	提笔未写,泪先流。	提笔未写,泪先流。
A2 要相逢不能够。	梦相逢,又不能够。	梦相逢,又不能够。	要相逢不能够。	〔三仙桥〕
A3 除非梦里暂时略聚首。				要相逢不能得够。
	泪眼描来易,愁容画出难。	泪眼描来易,愁容画出难。	（念）泪眼描来易,愁容画出难。	泪眼难描画呀,
				丹青难画描。
A4 若要描,描不就,	B1 全凭着这一管笔	全凭着这一管笔	全凭着这一管笔	画丹青,全凭这枝笔,
A5 教我未描先泪流。	B2 描不成,画不就万般愁。	描不成,画不就万般愁。	描不成,画不就万般愁。	描不成,画不就万般愁。
		伯偕的夫,自你去后,		伯偕夫呀,自你去后,
		陈留连遭饥荒三年,你那爹娘双双饿死了。		陈留三载遇饥荒,别人父母不是,病死便是老亡。
	B3 亲丧荒丘,	那知道,亲丧荒丘。	亲丧荒丘,	唯有你的爹娘是老亡。
	B4 要相逢不能够。	要相逢不能够。	要相逢不能够。	你那里知不知道。
	B5 除非是梦中有。	除非是梦中有。	除非是梦中有。	哎呀,夫呀,那知你亲丧荒丘。

第一章 《琵琶记》剧本的分化与流传

续表

〔会〕	〔词〕	〔青〕	〔调〕	〔辰〕
	公婆,你自从孩儿去后,	公婆,自奴家未作媳妇,		
	不曾得半载欢悦,我只记得〔驻马听〕	不曾得半载欢悦〔驻马听〕	我与伯皆,	
	B6 两月优游,	只记得两月优游,	曾记得两月悠悠,	
	B7 三五年来都是些愁。	三五年来都是些愁。	三五年来都是些愁,	
	B8 自从我儿夫去后,	自从我儿夫去后,	自从儿夫去后,	自从儿夫往京都,
	B9 望断长安,两泪交流。	望断长安,两泪交流。	望断长安,两泪交流。	望断长安, 两泪交流。
	自我丈夫离家之后,三载连遭饥荒,			
	B10 饥荒几度春秋。	似这等饥荒年岁度春秋,	饥荒年岁春秋,	
	B11 两人雪鬓庞儿瘦,	两人雪鬓庞儿瘦,	两人雪鬓不觉庞儿瘦。	
	B12 常想在心头,	常想在心头,	为孩儿常想心头,	常想在心头,
	B13 常锁在眉头。	锁在眉头。	长锁眉头。	愁锁在眉头。
	B14 教奴家怎画得,	教奴家怎画得,	教奴家怎画得,	哎呀老公婆,叫媳妇怎样画出
	B15 欢答笑口。	欢答笑口。	教奴家怎画得,	欢答笑口。
	公婆,在生时节,终日思忆。			
	孩儿不回,又日遭此饥寒年岁,度日如年,教奴家			
	B16 怎画得欢答笑口。	容颜依旧	画不出容颜依旧。	容颜依旧。

续表

〔会〕	〔词〕	〔青〕	〔调〕	〔辰〕
	〔雁儿落〕	〔雁儿落〕	〔雁儿落〕	〔二流〕
	B17 待画他瘦形骸真是丑。	待画他瘦形骸真是丑。	待画他瘦形骸真是丑。	画得他画得形容儿真是丑。
		待画他粉脸儿生成就。	待画他粉脸儿生成就。	再画他粉脸儿生成就。
	B18 待画他发搜搜。			
	B19 望孩儿两眼泪汪汪。	只画得发飕飕，衣衫蔽垢。		再画他望儿不归两泪交流。
	B20 待画他后庞儿生成就，	画不出孩儿睁睁两眸。		
	B21 待画他肥胖些，	待画他肥胖些略带厚。	待画他肥胖些略带厚。	再画他肥胖儿略带厚。
	B22 这几年遭饥荒，	这几年遭饥荒，	这几年遭饥荒，	再画他这几年遭天旱遇饥荒。
				哎呀，老公婆，
	B23 只落得容颜消瘦。	只落得容颜消瘦。	只落得容颜焦瘦。	只落得把容颜消瘦。
			画不出苦心头。	
			画不出饥症候。	
A06 描不出他苦心头，				
A07 描不出画不出饥症候，				
A08 描不出他望孩儿的睁睁两眸，			只画得发飕飕	
A09 只画得发飕飕，			衣衫蔽垢。	
A10 和那衣衫蔽垢。				

A10　和那衣衫蔽垢。

　　这10句都押韵。与此相对,徽本就把这歌曲换为【新水令】与【驻马听】组成的套曲,将第4句和第5句改写之后,第5句与第6句之间插进一系列带有插白的长至21句的歌词,描写出五娘虽然拿起画笔来想描画公婆,但想起他们悲惨死亡的惨境,挥笔迟迟而踌躇的戏剧场面。
　　这一长篇歌词本身构成有首有尾的故事,各句以五言或七言为主,接近于滚调。比如,〔词〕的歌曲如下。(这里暂时省略插白,只标出歌词。)

1　〔新水令〕
（中略）

B1　全凭着这一笔管,
B2　描不成画不就万般愁。
B3　亲丧荒丘,
B4　要相逢,不能够,
B5　除非是梦中有。
B6　两月优游,
B7　三五年来都是些愁,
B8　自从我孩儿夫去后,
B9　望断长安两泪交流。

B10　饥荒几度春秋,
B11　两人雪鬓庞儿瘦。
B12　常想在心头,
B13　常锁在眉头,
B14　教奴家怎画得,
B15　欢容笑口,
B16　怎画得欢容笑口。
〔雁儿落〕
B17　待画他瘦形骸真是丑,
B18　待画他发飕飕,
B19　望孩儿两眼泪温眸。

B20　待画他后庞儿生成就。
B21　待画他肥胖些，
B22　这几年遇饥荒，
B23　只落得容颜消瘦。

这歌词古本没有，而是徽本独自增补的。但是，正如由表格可见那样，这增补的歌词不仅为后起的清代弋阳腔〔青〕所继承，而且又为近代弋阳腔本〔调〕所继承。近代湖南弋阳腔〔辰〕虽然稍微改变部分文字，但也基本上继承这段歌词。〔辰〕本把〔词〕的插白改为歌词演唱，如此可见，明代万历时期的徽本剧本，在其最有特色的插白部分上，被近代地方戏所继承。在乡村或市镇戏台演出《琵琶记》时，原作的歌词不能让观众明白和满意，戏人就更多地表演明代中期以来的徽本或弋阳腔本所增补的插白和滚白，才能够获得观众的欣赏。

第五节　徽弋调剧本的传播——潮州出土明本《琵琶记》

1958年，广东潮州揭阳县明人坟墓里出土了明代手抄本《蔡伯皆》剧本。这是明代流传到潮州的南戏《琵琶记》剧本，可以看作南戏古本的宝贵资料。关于此书，曹腾騑先生发表了《广东揭阳出土明抄戏曲〈蔡伯皆〉略谈》[①]一文（下称"曹文"）介绍此写本的体例。之后，中国艺术研究院戏曲研究所刘念兹教授也发表了《嘉靖写本琵琶记校录后记》[②]一文，研讨其版本系统。刘教授把此书文字跟现存《琵琶记》诸本比较，作了一些校订工作，并认为此书基本上一致于陆贻典抄本，所以属于吴本系统。

不过，据笔者的合校来看，刘氏所说的结论尚有待商榷和补充之处。尤其是关于此本重要的文本特点，尚需澄清的是：此书不但属于陆贻典抄本的元本系统，而且含有明代徽调、弋阳腔的戏曲因素。本书拟提出有关

---

① 曹腾騑：《广东揭阳出土明抄戏曲〈蔡伯皆〉略谈》，《文物》1982年第11期。
② 刘念兹：《嘉靖写本琵琶记校录后记》，《潮州艺术通讯》第8期，1982年2月。

此事实的一些证据,以证明此书带有的徽调、弋阳腔的痕迹。

一 揭阳出土明抄本《蔡伯皆》的体例

据曹腾骍一文,明抄本所埋的墓碑上写有"明□黄州袁公妣江□陈氏墓"等字,可以推想,墓主袁公从湖北黄州流寓广东,死后埋葬在揭阳。袁氏很可能是外江班艺人或者外江艺人的保护者。出土的《蔡伯皆》有三本,但其中有一本破损无法卒读,只有两本可读。此两本中,一本是"总纲本"上册,另一本是生角专用的小生"己本"(下称"生本")。而破损的一本是总纲本的下册。据曹文介绍,生本第16折的《折桂令》曲,栏外记有"嘉靖"二字,可以推断,其抄写于嘉靖年间。1985年广东人民出版社影印出版《明本潮州戏文五种》所收的《蔡伯皆》的该处,并无"嘉靖"字样,首先令人怀疑曹氏所说之真伪,但以后曹先生将其照片亲自给我赐下,这疑问据此冰解,就可以将它看作"明抄本"。

正如刘念兹教授所云,总纲本和生本基本上属于元本陆贻典抄本。但如果对两本进行仔细比较,两本与元本的匹配程度并不一致。生本更符合于陆抄本,而总纲本却更接近万历的《琵琶记》通行本。因此可以推断,生本比总纲本更早成立。另外,总纲本和生本有不少符合于徽本、弋阳腔本的文字,这是很重要的特点,而曹、刘二文皆未提及。下面集中于此讨论。

二 潮本与古本之关系

潮州出土明抄本《蔡伯皆》(以下简称为"潮本")的本文系统,与以陆贻典抄本为代表的古本系统很有密切的关系,这一点特色已被刘文所发现,但仍有待发掘之余地,兹列举若干例子以为明证,请参阅表1—19。

[例 A1]

诸本字句之中,潮本[总]之"事万万千",只符合于吴本系的[正]、[巾]、[陆]诸本之句型。可见潮本与吴本之一脉相承之关系。

[例 A2]

诸本字句之中,潮本[总]之"说来又怕添萦绊",也仅符合于吴本系的［正］、［巾］、［陆］诸本之句型。

　　［例 A3］

　　诸本字句之中，潮本［总］的字磨灭不能读，生本的"只替着我冬温夏清"符合于吴本系的［正］、［巾］、［陆］、［沈］诸本之"只得替为……"和［凌］本之"只×替×……"。修改古本系［逸］、［吴］、［籁］之"暂替着……"，"××替着……"也与潮本有部分匹配。徽本［玉］、［摘］，弋阳腔［青］之"谁×替×你……"亦与此相似，但"谁"字似为赘。如此可说，潮本可能是从吴本系统而来。

　　［例 A4］

　　潮本〔古〕与古本诸本皆有"亲闻……"，而京本诸本皆作"桑榆……"，可以说潮本继承古本文字。

诸本例子之中，潮本［总］较与闽京本接近，而生本更符合于吴本系诸本，徽本系略异于此。可见潮本的生本比总纲本更接近于吴本系，而总纲本有些接近于京本之处。

总之，潮本的本文系统大约是从吴本系旧本而来的，其中，生本更为古老，更接近于吴本系。

三　潮本与徽弋本之关系

除了跟吴本有密切的关系之外，潮本更有值得注意的特点，即它跟徽弋本系有着一脉相承的血缘关系。先分析曲词，请参阅表1—20。

　　［例 B1］

　　诸本字句之中，潮本［总］之"寒时频奉衣穿"，仅符合于徽调系［摘］本之句型。其他诸本之句法均与此不同。可以推测，潮本里含有徽调系的因素。

　　［例 B2］

　　潮本［总］之"妾身受万般苦"，符合于徽弋系诸本，也符合于闽本［会］和吴本［蒋］。其实闽本［会］与徽弋本有关，吴本［蒋］则是嘉靖以前的旧本。总体来说，潮本继承了徽弋系本的基本脉络。

表 1-19　潮本与吴本之关系

本文		例 A1 第5出〔江儿水〕曲第1句 事×有万千	例 A2 第19出〔女冠子〕 说来又恐添萦绊	例 A3 第5出〔犯尾序〕前腔曲第7句 ×且为×我冬温夏清	例 A4 第5出〔鹧鸪天〕第3句 桑榆暮景应难保
汲(陈)					
Ⅲ京本	袁	O×OOO	OOOOOOOO	×OO×OOO	OOOOOOO
	孙	O×OOO	OOOOOOOO	×OO×OOO	OOOOOOO
	魏	O×OOO	OOOOOOOO	×OO×OOO	OOOOOOO
	富	O×OOO	OOOOOOOO	×OO×OOO	OOOOOOO
	汲	O×OOO	OOOOOOOO	×OO×OOO	OOOOOOO
	陈	O×OOO	OOOOOOOO	×OO×OOO	OOOOOOO
	容	O×OOO	OOOOOOOO	×OO×OOO	OOOOOOO
	南	O×OOO	OOOOOOOO	×OO×OOO	OOOOOOO
Ⅱ闽本	继	O×OOO	OOOOOOOO	×O◎×OOO	OOOOOOO
	集	O×OOO	OOOOOOOO	×OO×OOO	OOOOOOO
	会	O×OOO		×OO×OOO	OOOOOOO
ⅠB修改古本	逸	O×OOO		×暂替×OOOO	
	吴	O×OOO		暂替×OOOO	
	籁	O×OOO		×暂替OOOOO	

续表

		例 A1	例 A2	例 A3	例 A4
ⅠA 古本	凌	○×○○○	○○○○○○	只×替×○○○○○	亲闻○○○○○
	沈	○×○○○	○○○○○○○	只得替着○○○○○	亲闻○○○○○
	正	○×○○○	○○○怕○○○	只得替着○○○○○	亲闻○○○○○
	锦				
	蒋				
	巾	○×○○○	○○○怕○○○	只得替着○○○○○	亲闻○○○○○
	陆	○×○○○	○○○怕○○○	只得替着○○○○○	亲闻○○○○○
	词				
	八		○○○○○○		
	菁				
ⅣA 徽本	红			谁×替×你○○○○	○○○○亲○○
	玉	○×万○○	○○○○○○	×××○○○○○	
	摘			谁×替×你○○○○	○○○○亲○○
	明				
ⅣB 弋阳本	尧				
	菁				
	总	○×万○○	○○○怕○○○	谁×替×你○○○○	○○○○○○
潮本	生			只×替×○○○○○	亲闻○○○○○

表 1—20　潮本与徽七本之关系（曲词）

本　文	例 B1 第5出〔玉交枝〕曲第3句 寒时频上衣芽	例 B2 第9出〔风云会四朝元〕曲第16句 妾心××万般苦	例 B3 第9出〔风云会四朝元〕曲第12句 前腔三〕曲第12句 ×堂前问舅姑	例 B4 第17出〔普天乐〕曲第7,8句 我也不敢回家	例 B5 第37出〔太师引〕曲第2句 这是谁笔仗
汲(陈)		妾心××万般苦	×堂前问舅姑		
袁	○○○○○○	○○×××○○○	×○○○○○	○○○○○○	○○○○
孙	○○○○○○	○身×××○○○	×○○○○○	○○○○○○	○○○○
Ⅲ京本 魏	○○○○○○	○○×××○○○	×○○○○○	○○○○○○	○○○○
富	○○○○○○	○○×××○○○	×○○○○○	○○○○○○	○○○○
汲	○○○○○○	○身×××○○○	×○○○○○	○○○○○○	○○○○
陈	○○○○○○	○○×××○○○	×○○○○○	○○○○○○	○○○○
答	○○○○○○	○○×××○○○	×○○○○○	○○○○○○	○○○○
南	○○○○○○	○○×××○○○	×○○○○○	○○○○○○	○○○○
Ⅱ闽本 逸	○○○○○○	○×受×○○○	×○○○○○	○○○○○○	○○○○
吴	○○○○○○	○○×××○○○	向○○○○○○	○○○○○○	○○○○
籁	○○○○○○	○○×××○○○	×○○○○○	○○○○○○	○○○○
ⅠB修改古本 继	○○○○○○	○○×××○○○	×○○○○○	○○○○○○	○○○○
集	○○○○○○	○○×××○○○		○○○○○○	○○○○
会	○○○○○○				

续表

		例 B1	例 B2	例 B3	例 B4	例 B5
ⅠA 古本	凌	○○○○○	○×××○○	×○○○○○	○○○○	○○○○○
	沈	○○○○○	○×××○○		○○○○	○○○○○
	正	○○○○○	○×××○○			○○○○○
	锦		○×受×○○○	×○○○○○	○○○○	
	巾	○○○○○	○×××○○	×○○○○○	○○○○	○○○○○
	陆	○○○○○	○×××○○	×○○○○○	○○○○	○○○○○
	蒋		○○受了○○○	向○○○○○		
	词		○×受×○○○	×○○○○○		
	八		○×受×○○○			
ⅣA 徽本	菁					
	红					
	玉	○○○奉○○	○×受×○○○	向○○○○○	奴○○○○○	○○○画像
	摘					
ⅣB 弋阳本	明					
	尧					
	菁	○○○奉○○	○×受×○○○	向○○○○○	奴○○○○○	○○○画像
潮本	总		○×身受×○○○	去○○○○○		
	生					

第一章 《琵琶记》剧本的分化与流传

表 1—21　　　　　潮本与徽七本之关系（插白）

插白	例 B6	例 B7	例 B8
本　文	第 2 出〔风月堂前腔〕第 4,5 句之间插白：持杯自觉娇羞，××××怕难主苹蘩。	第 5 出〔武陵令〕前白：(旦)官人,我猜着你了,××××	第 5 出〔犯尾引〕第 3,4 句之间插白：愁非分镜,×××××。只虑高堂。
汲（陈）	××××××××	××××××××	××××××
Ⅲ京本 袁	××××××××	×××，××××××	××××××
孙	××××××××	×××，××××××	××××××
魏	××××××××	×××，××××××	××××××
富	××××××××	×××，××××××	××××××
汲	××××××××	×××，××××××	××××××
陈	××××××××	×××，××××××	××××××
答	××××××××	×××，××××××	××××××
Ⅱ闽本 南	××××××××	×××，××××××	××××××
继	××××××××		
集			
会			
逸			
ⅠB修改古本 吴			
籁			

续表

插白		例 B6	例 B7	例 B8
ⅠA 古本	凌	×××××××		
	沈			
	正	××××××××	××,××××××××	××××××××
	锦	××××××××	××,××××××××	××××××××
	巾			
	陆	××××××××	××,××××××××	××××××××
	蒋			
	词	自家公婆,不要怕羞		
	八			
ⅣA 徽本	菁			
	红			你愁什的来
	玉		五娘,你猜着我甚的而来	你愁什的来
	摘	自家公婆,怕什么羞		
	明			你愁什的来
ⅣB 弋阳本	尧			
	菁			
潮本	总	,自家爹妈,怕什么娇羞	娘子,你猜着我那一件	你心中惹着什么
	生			

[例 B3]

潮本［总］之"去堂前问舅姑"，符合于徽弋系诸本的"向……"。此处之"去"字，在语法上与"向"字相通。而在闽本系诸本之中，与徽弋本有密切关系的［会］本，也有此句。

[例 B4]

潮本［总］之"奴也不敢回家"符合于徽调系［摘］本。此句不见于其他本。

[例 B5]

潮本［生］之"这是谁画像"，只符合于徽调系［摘］本。

从以上 5 个例句之中，可以看到潮本曲词的有些部分与徽弋调诸本很有密切的关系。

接着分析歌曲之间所插入的宾白，请参阅表 1—21。

[例 B6]

京本、闽本、吴本等的此曲都没有插白，但潮本［总］有"自家爹妈，怕什么娇羞"这一句插白。徽调［八］本和［摘］本也有类似的插白，可见潮本与徽调之相承关系。

[例 B7]

京本、闽本、吴本等的此曲都没有插白，但潮本［生］插有一句旁白"娘子，你猜着我那一件"。类似的插白只在徽调［摘］本里得见，即"五娘，你猜着我甚的而来"。

[例 B8]

京本、闽本、吴本等此曲都没有插白，但潮本生本插有道白"你心中虑着什么"，徽调诸本亦有类似的插白："您愁甚的来"、"你虑着何来"、"您愁甚么来"等等。

还有更长的插白的例子，请看表 1—22。

[例 B9]

京本、闽本、吴本各本皆无此敷衍性的旁白，而潮本［生］插有"我又不是春申君，要他怎的"。类似的插白只在徽调［明］本得见，

表 1—22　潮本与徽七本之关系（插白 2）

本　文	例 B9 第 30 出〔红衲袄前腔〕曲第 2,3 句之间插白：（贴）莫不是……（生）不是。（生）干答。少了三千答。（生）不是。（贴）莫不是×××××	例 B10 同前第 3,4 句之间插白：（贴）莫不是绣屏前少了十二叙。（生）也同前第 3,4 句之间插白：（贴）莫不是绣屏前少了十二叙。（生）也不是。（贴）相公阿，这意思教人怎猜。
汲（陈）	不是，××××××，×××××	也不是××××××××
Ⅲ京本 袁	○○，××××××，×××××	也不是××××××××
孙	○○，××××××，×××××	也不是××××××××
魏	○○，××××××，×××××	也不是××××××××
富	○○，××××××，×××××	也不是××××××××
汲	○○，××××××，×××××	也不是××××××××
陈	○○，××××××，×××××	也不是××××××××
容	○○，××××××，×××××	也不是××××××××
南	○○，××××××，×××××	也不是××××××××
Ⅱ闽本 继	○○，××××××，×××××	也不是××××××××
集	○○，××××××，×××××	也不是××××××××
会	○○，××××××，×××××	也不是××××××××
逸		
ⅠB 修改古本 吴		
籁		

续表

插白		例 B9	例 B10
ⅠA 古本	凌		哪里○,×××××××××
	沈		
	正		
	锦	○○,×××××,××××	
	巾		哪里○,××××××××××
	陆	○○,×××××,××××	哪里○,×××××××
	蒋		
	词		
	八		
ⅣA 徽本	菁		
	红		
	玉		
	摘		
ⅣB 七阳本	明	我又不是春申君,要他怎	下官又非牛僧儿,何用十二钗
	尧		
	青		
	总		
潮本	生	我又不是春申君,要他怎	下官又非牛僧孺,要他怎的

即"我又不是孟尝君,何用三千客"。可见潮本受了徽调的影响。

[例 B10]

京本、闽本、吴本各本都没有什么插句,而潮本[生]有插白"我又不是牛僧孺,要他怎的"。类似的插白只在徽调[明]本得见,即"下官又非牛僧儿,何用十二钗"。可见潮本与徽调的关系。

总之,潮州出土明抄本《蔡伯皆》从文本系统的角度来看,不仅跟吴本系的陆贻典抄本有关系,而且更与徽弋调系的诸本有着密切的关系,这是特别值得注意的特点。

四 结语

以上论述了潮州明抄本《琵琶记〈蔡伯皆〉》跟徽调和弋阳腔系诸本有着一脉相承的关系,那么这个事实在中国戏曲史上具有什么意义呢?

明代潮州社会可能有安徽、江西等外来戏班作过戏剧活动。广州府在清代中期以后就有安徽、江西的外江班在广州周边活动的记录,例如,广州府外江梨园会馆碑(现移到镇海楼外碑林之中)记载了乾隆年间参与修建外江梨园会馆各个戏班的捐银情况。[①] 从碑记中可知,安徽班有 8 班,江西班有 2 班,湖南有 1 班,其他的(江苏班?)占 2 班。题名于上的戏班演员共有 419 名,其中安徽出身的有 289 名,江西的有 69 名,两地合计 358 名,占全部的 85.4%。如此可见在广州外江班之中,安徽、江西的徽调和弋阳腔戏人之多。潮州也有外江梨园会馆(旧称为梨园公所),现存两个光绪二十七年建庙时的捐款石碑,一是外江老三多班建立的,刻有 70 多名弟子捐款,一是外江老福顺班建立的,刻有 60 多名弟子捐款。

老三多石碑的碑首刻有"外江老三多班众弟子喜题"等大字一行,碑尾刻有"光绪贰拾柒年岁次辛丑梨园公所立"等大字一行。中间刻有 3 列,列 25 名的捐款者名。头 3 名为温子廷题银五十大元,唐俊卿题银五十六元,沈尧昌题银五十七元,以下开列八元至二元的少额捐款者,一共有 75 名。

老福顺班石碑的碑首没有文字,碑尾刻有"光绪贰拾柒年岁次辛丑梨园公所立"等大字一行。中间刻有 3 列,列有 20 个捐款者名。头 9 名为

[①] 此碑记的全文整理,可见田仲一成《十五、六世纪江南地方戏剧的变质(六)》,《东京大学东洋文化研究所纪要》第 102 册,1987 年 1 月,第 247—252 页。

方承荣捐银伍拾元，方家山捐银贰大元，黄业耀捐银贰大元，陈妈见捐银贰拾元，张朝德捐银叁拾元，张金介捐银廿四元，曾长锦捐银拾四元，蔡荣生捐银拾四元，李春荼捐银拾贰元，以下开列八元至二元的少额捐银者，一共有 60 多名。

潮州外江梨园会馆
（2004，笔者拍摄）

外江老三多班喜题石碑
（光绪二十七年立，2004 年笔者拍摄于潮州外江梨园会馆）

外江老福顺班喜题石碑
（光绪二十七年立，2004 年笔者拍摄于潮州外江梨园会馆）

关于这两个石碑，除了上述记载之外，没有说明建庙缘由的碑记，因此不能窥见这类外江班的原籍或其流寓潮州的历史。但借鉴广府梨园班起源于江西、安徽、苏浙等的例子，就可以推测潮州外江班可能也来自江西、安徽等地。那么潮州揭阳出土的明抄本《琵琶记》带有浓厚的徽调和弋阳腔痕迹，也就不足为奇了。这一现象也反映出明代后期以降，徽调和弋阳腔在华南各地广泛传播的情形。后来兴起以大锣大鼓而调喧为主的潮州戏，也可能是在流行于华南的徽弋调基础上产生而发展的。

第六节　小结

上文对明代前期到末期的《琵琶记》剧本之分化与流传做了探讨和分析，下面将通过分析而获得的全局情况，作一个总结。

一　明代前期的江南乡村戏剧剧本

在《琵琶记》剧本之中，以明代嘉靖以前成立的古本为起点，出现了后续剧本的分化和传播。古本之中，IA 群［陆］［巾］［蒋］［锦］等是嘉靖以前出现的，而这些剧本的本文彼此互相一致，可以说属于同一古本系统。

［凌］［沈］［正］虽然出现于明代后期万历以后，但保存着［陆］［巾］的古老字句，因此可以被纳入古本之中讨论。另外有修改古本ⅠB群［吴］［逸］［籁］等，这类是带有昆曲因素的后起剧本，但保存古本的痕迹，可以包括在古本系统之内。这类古本系统含有苏州吴语方言，带有素朴通俗气氛，被桀蒴硕人称为吴本，可以了解明代潮州社会可能有安徽、江西等外来戏班的戏剧活动。流行于苏州地区的剧本，据其通俗性，很可能是明代前期在江南乡村里演出的下层剧本，因此推测为"乡村剧本"。

二 明代中期以后的分化

这类古本等到明代后期的万历时期分化为两种剧本。第一是以宗族为观众的宗族剧本，明代后期的宗族文人为了适应宗族宴客演戏的目的，将古本歌词修改为文雅表现，与此同时，将宾白大量删减，如此出现了宗族性文人本，即闽本或京本。第二是以市镇乡民为观众的市场剧本，戏班作者为了适应下层观众的要求，将古本的宾白增补，同时不改动古本的歌词，如此出现了市场剧本，即徽本或弋阳腔本，演化过程如下。

（一）文人的修改

主要在乡村演出的素朴的古本，在宗族家堂之中演出时，由宗族的文人修改为文雅的雅本。明代中期嘉靖以后，这类修改经过两个阶段而完成。其过程如下。

1. 第一阶段：闽本的出现

万历前期，出现了将Ⅰ群系古本素朴的歌词改为更文雅剧本的［会］［集］［继］，桀蒴硕人将这类剧本称为闽本。闽本将古本通俗性方言化的宾白删去，将朴素的歌词修改为文人所能接受的文雅表现。不过，其一部分仍保留古本原有的朴素歌词或粗野的宾白，可以说是正在修改半路上的过渡性剧本。这类剧本所以被称为闽本，似乎是在于其初期剧本在福建建安刊刻的缘故。像［会］［集］等属于此类的古老剧本，的确是福建建安书肆所刊，但较为晚出的［继］是南京刊本。大约首先在福建刊刻的通俗化剧本，经过文人修改而逐渐受到宗族社会的认同，等到万历后期才由南京书肆刊刻。这一趋势会产生出下面第二阶段的修改。

2. 第二阶段：京本的出现

万历后期到明末之间，出现了将闽本更加文雅化的高级剧本，就是Ⅲ

群［南］［容］［陈］［魏］［汲］［富］［袁］等，是在南京、杭州、徽州、常州、苏州等江南核心地区出版的。桀蒨硕人将它们称为京本。其纸质、印刷、插图都极为精致，闽本的通俗宾白都被删去，歌词更为雅训，如此出现了宾白极少的唱本，是宗族应酬时由戏人歌唱的清唱本。从闽本开始的文人化古本修改进程，可以说是止步于此。

（二）戏人的修改

与上面所说相对，古本有时用于在农村市场（圩、集市等）的演出，为了适应农民、工人、商人等市镇观众的要求，戏人就有将通俗宾白扩大的倾向。这类修改也有两个阶段。

1. 第一阶段：徽本

嘉靖后期与万历前期之间，出现了一方面保留古本原有的歌词、而一方面歌词之间插进大量的诗歌或宾白的剧本，即是［词］［八］［玉］［菁］［红］等。桀蒨硕人将它们叫做徽本。这些剧本的书名上含有徽州、徽池（徽州、池州）、青阳（池州青阳县）等地名，据此可知其流行于徽州、池州地区。徽本这一称呼就是据此产生的。歌词之间被插进去大量诗句与宾白，是向观众说明剧情的进行或人物的心态，帮助观众理解原作的文言歌词。歌词本身大多数与古本一致，一定是在古本的基础上演变的。而且可以推测其形成的时期比较早，很可能比闽京本更早，甚至有嘉靖时期已经流行的痕迹。

2. 第二阶段：弋阳腔本

这是简化徽本的插白而稍微加以雅化的剧本，即本书所探讨的IV B群、V群等清代至近代的弋阳腔本。徽本流传到广泛的江南一带，插白的过分地方性逐渐成为阻碍其流传的因素，因此戏人将其繁琐插白删减，形成了这类雅化的徽本，我们将这类剧本称为弋阳腔本。近代的江南地方戏就是依据这类近代弋阳腔本产生的。

上述讨论综合起来说，直到明代前期，《琵琶记》剧本只有一种源头，就是古本。然而到了明代中期（嘉靖时期），古本分化为两种：一是将古本雅化的闽本和京本，是宗族家堂用的，二是将古本俗化的徽本和弋阳腔本，是市镇野台用的。分化的结节点之处，则有闽本存在。这类闽本固然有古本因素，而且又有京本因素。与此同时，这类闽本尤其是［会］有不少跟徽本共同之处。就是说，闽本站在古本与徽本之间的媒介地位。因此可以说，古本演进的到达点形成闽本，而且以闽本为结节点，一方面有通往雅曲京本的途径，一方面有通往俗曲徽本的途径，亦即闽本是两极分化的分歧点。《琵琶记》剧本的分化过程可用示意图来表示如下。

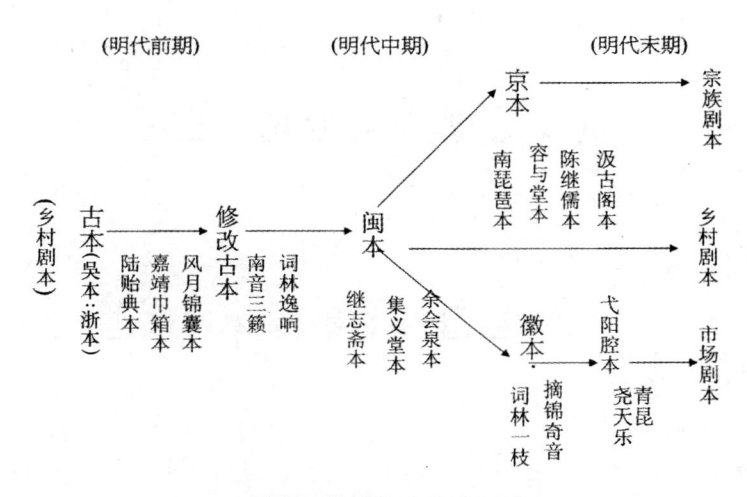

(明代前期)　　　　(明代中期)　　　　(明代末期)

```
                                    京 ──→ 宗族剧本
                                    本
                                      汲陈容南
                                      古继与琵
                                      阁儒堂琶
                                      本本本本
(乡村剧本)                          ↗
古  →  修   词南                 闽  ─────────→ 乡村剧本
本    改   林音                  本
(    古   逸三                    余集继
吴    本   响籁                    会义志
本                                泉堂斋
：    风嘉陆                      本本本
浙    月靖贻                          ↘
本    锦巾典                          徽 ── 弋 青尧 ──→ 市场剧本
)     囊箱本                          本  阳 昆天
      本本                            :  腔   乐
                                      摘 本
                                      锦
                                      奇
                                      音
                                      词
                                      林
                                      一
                                      枝
```

《琵琶记》剧本分化过程图

第 二 章

《荆钗记》剧本的分化与流传

引言　作品、上演记录、剧本等概述

一　作品梗概

明初柯丹邱所撰《荆钗记》叙述了王十朋与钱玉莲的悲欢离合故事。二人离散以后再聚会的地方，不同的剧本有两种分歧，一是在庙中相会，一是舟中相会。

目前最流行的是较晚出现的庙中相会本。因此，先依着汲古阁本介绍庙中相会本的情节。

温州人王十朋，父早殁，与母贫居度日，有才学，举乡试。同乡士绅钱流行欲将女玉莲许配王十朋。王家应诺，然家贫，不能备聘礼，母拔所插荆钗，权充聘礼。王十朋之友孙汝权，家富而才学为劣，欲娶玉莲，央钱流行之妹张妈妈，以金钗议婚，玉莲继母也欲纳孙家之聘金，频迫玉莲。玉莲拒绝孙家而嫁与十朋。适值会试，十朋以母妻托岳父，上京应试，得中状元。丞相万俟欲招赘之，十朋拒绝，怀恨于心的万俟将他原来的任地饶州改为潮阳。十朋乃托家信于承局，告知此事于母妻。落第的孙汝权笼络承局，窃改十朋家书，书云：已入赘万俟丞相家。汝权回乡，私跟张妈妈和继母勾结，谋令玉莲再嫁于己。继母逼女嫁孙，玉莲乘夜自投于江。适温州太守钱载和将赴任福建安抚，船泊于江，救玉莲并认为义女，带到福州去。十朋之母在江畔祭媳妇之灵，上京寻儿。十朋闻妻死，悲痛不已，奉母赴潮阳。钱安抚以书遣使饶州，但使者误闻十朋死信回来，玉莲悲哀，五年后，丞相万俟下台，十朋升任于吉安太守。钱安抚也调任于江西安抚。〔有邓谦者，得知十朋无妻，钱安抚义女守寡，图两家婚姻。十朋不从，玉莲亦不从。时值正月，十朋赴玄妙观，祈亡妻冥福。玉莲亦来祈亡夫冥福。两人相望，互相奇怪其相似之貌。钱安抚闻其事，遂招十朋设宴，玉莲以所插荆钗示之，得证前缘，二人遂得团圆。〕

舟中相会本将上文〔 〕内情节，改为如下。

〔钱安抚夫人借吉安太守访问钱安抚时闲谈，疑其为玉莲之夫王十朋，次日设席于舟中，请王太守之母，使玉莲见之，事情遂显明，遂引十朋见面。荆钗为证，二人得以团圆。〕

但庙中相会本又有两种，一是在江西吉安玄妙观里相会，一是在福建福州玄妙观里相会。其中最古老的剧本属于福州玄妙观里相会的情节，比如，嘉靖三十四年（1555）出版的《风月锦囊》所录《荆钗记》古本一套，第1出的开头有诗云，如下。

钱安抚神梦遇捞救，
<u>闽城</u>会夫妻日和谐。

又该本第19出插图的上面横写"坐连诉<u>晋安府</u>知"，晋安府是指福州而言。（请参阅卷首图5）。据此可知，古本《荆钗记》之中，两人在福州玄妙观里见面。后来文人忌嫌男女庙里私会的淫风，而改为男女由前辈介绍在吉安舟中相会的情节。舟中相会本避开男女直接相见，通过钱夫人和王母引见两夫妻，意在遵守男女授受不亲的规矩。然而戏班由于观众喜欢男女爱情故事，再把它改为庙中相会的情节。但相会的地方，又继承舟中相会本而改为江西吉安。因此，这里出现三种剧本，其前后关系，可以解释为如下。

①福州庙中相会本→②吉安舟中相会本→③吉安庙中相会本

这一进程反映出喜爱"男女邂逅于烧香庙里"叙事模式的民众心态。

但庙中相会和舟中相会这两类剧本之间，除了最后相会场景差异之外，其他大部分的情节基本上相同，而且情节相同的部分，其文字表现也没有大的差异，可以彼此对照以比较文字风格的特征。

《荆钗记》之中有一情节，玉莲投江之前，神灵在钱安抚梦里显圣，告知有此事。这反映了老百姓信仰神灵的素朴想法。而且最后男女相会在庙宇，弥漫着神秘性，可以说反映出乡村老百姓的信仰与想法。

二　上演记录

（一）在乡村上演的记录

上引两种《鳌头杂字》戏剧对联之中都有《荆钗记》的对联如下。

  A　物色自尘埃，眼底有晴钱氏老；江水垂峻节，天公肯负状元妻。
  B　谋开提信假休书，浪子空贪钱氏女；节重金钗投江水，玉莲还作状元妻。

对联 A 提到钱流行的过人眼光和女儿玉莲的投江，对联 B 提到孙汝权的阴谋和钱玉莲的投江，都不但强调玉莲投江的贞烈，而且表现出故事的因果关系或背景，可以说是客观的描述，反映出乡村父老对这故事的劝善惩恶主题的看法。

（二）在宗族家堂上演的记录

虽然找不到直接描述在宗族家堂里演出《荆钗记》的记录，但宗族在家堂举行冠婚葬祭生活仪礼时经常演出"荆刘蔡杀"四大南戏的习惯，可以看见其记录，比如，明代小说《醋葫芦》第十回有云如下。

  戏子手呈戏目，到席中团团送选。少年道："我有三本绝妙的在此。一本狮吼，一本玉合，一本疗妒羹，是吴下人簇簇新编的戏文。"周智道："你们后生家说话，俱不切当。谁不知本家老娘有些油盐酱？这三戏俱犯本色，岂不惹祸？只依我，<u>在荆、刘、蔡、杀中，做了本罢</u>。"

由此可知，《荆钗记》也跟《刘知远白兔记》、《蔡伯皆琵琶记》、《杀狗记》一样，是在宗族家堂之中常演的戏。

（三）在市场上演的记录

上引《文林聚宝万卷星罗》卷37《新增劈破玉》收录有关《荆钗记》的歌词，可以推测为是在流行这类时调歌曲的市场之中表演的。具体如下。

○王十朋一去求科举，占头名中状元，一封寄书回，孙汝权写书中意，继母贪财宝，姑娘为媒，逼得我投江，乖！绣鞋见留与你。

○钱玉莲是个贞节妇，继母爱钱财，苦逼再重夫，将身跳入江心内，李成舅拾绣鞋，王夫人往帝都，风雪飘零，天！官亭路上苦。

这里主要是描述玉莲投江前后的情节，突出她的苦衷。对于继母和姑母的贪图财宝，特别加以斥责，反映出老百姓的看法。

另外有描写市场演出《荆钗记》的资料，就是刘效祖（1531—1589）《词脔》所收《良辰乐事·耍孩儿》套曲，描述在一个元宵社火（市场）里演出《荆钗记》的情况如下。

［五煞］初七八拜罢年，盼元宵月色辉，家家灯火安排毕，村的俏的街头闹，老的小的厮混挤，到处里闲游戏。小姑儿厮跟定嫂嫂，外甥儿扯住了姨姨。

［四煞］先游到大市街，后盘桓背巷里，走桥因地君须记。小的走了身无病，老的走了腰也直，强似教医人治。且拼个通宵不寐，怎肯教虚负了佳期。

［三煞］一处处搏戏高，一丛丛社火齐，端的是欢娱正遇丰年岁。<u>南来弦子和琵琶，北去笙箫对管笛，打鼓唱荆钗记</u>，热闹似搬房拜庙，喧哗的如挝鼓夺旗。

这里《荆钗记》大致是在广场架设的戏台上演出的，可见受到老百姓的欢迎。

上引张岱《陶庵梦忆》卷四《严助庙》条下介绍明末会稽居民因十分熟悉《荆钗记》剧本而不允许戏人唱错，从而当时会稽有"<u>全荆钗</u>"之名。据此可知，《荆钗记》受到当时市场观众的欢迎[①]。

[①] 参阅本书第一章引言，《琵琶记》上演记录。

另外，上引明代山西乐户的《迎神赛社礼节传簿》也有《荆钗记》，如下。

○西方白虎七宿，第17宿"胄"，第4盏，玉莲投江①

可见市场老百姓喜欢玉莲为主角的戏剧。

三 剧本

现将目前掌握的《荆钗记》的剧本，依着本文系统，分类以开列如下。[ ]内标示本书所用略号。

ⅠA群 古本

明代嘉靖以前成立的古本。这类剧本的完本没有流传下来，只有其散套或散句断片零碎分散录在某些明代曲集或曲谱里而已，其中保存古本独有的朴素文字较多。昆曲系统的曲集或曲谱较多保留这一类剧本的片断，似乎流行于吴越地区，属于福州庙中相会本系统。

＃101《荆钗记》散曲。明蒋孝辑《旧编南九宫谱》所收，嘉靖中刊本。《玄览堂丛书三集》所收。[蒋]

＃102《荆钗记》散套。明徐文昭《风月锦囊》所收。嘉靖三十二年詹氏进贤堂刊本。王秋桂编《善本戏曲丛刊》所收。1993年台北学生书局影印本（卷首图版5）。[锦]

＃103《荆钗记》散曲。明徐迎庆、钮少雅同辑《南曲九宫正始》所收。民国影印本。[正]

＃104《荆钗记》散曲。明沈璟辑《南曲谱》，《啸馀谱》本。[沈]

ⅠB群 修改古本

从古本蜕化而来并接近昆曲的修改本，也是保留古本痕迹的庙中相会本。

＃111《荆钗记》散出，明梯月主人辑《吴歈萃雅》所录，明末

---

① 《中华戏曲》第3辑，第93页。

刊本。[吴]

　　♯112《荆钗记》散出。明许宇辑《词林逸响》所录，明末刊本。[逸]

　　♯113《荆钗记》散出。明凌初成辑《南音三籁》所录。明末刊本。[籁]

Ⅱ群　闽本
继承Ⅰ群古本歌词而增补宾白，描述详细，将古本修改为适应于表演的剧本，为舟中相会本系。

　　♯201《新刊重订出相附释标注节义荆钗记》4卷，明世德堂刊本（卷首图6）。[世]
　　♯202《原本王状元荆钗记》2卷，明姑苏叶氏戊甘刊本。日本内阁文库所藏（卷首图7）。[叶]
　　♯203《新刻王状元荆钗记》2卷，明温泉子明刊本。《古本戏曲丛刊》初集所收。[温]

Ⅲ群　京本
继承ⅠB群修正古本而修改为适合礼教的昆曲系剧本，属庙中相会本系。

　　♯301《屠赤水批评古本荆钗记》2卷，明刊本。《古本戏曲丛刊》初集所收。[屠]
　　♯302《李卓吾先生批评古本荆钗记》2卷，附《补刻古本舟中相会八出》，明容与堂刊本（卷首图版8）。[容][容补]
　　♯303《荆钗记》2卷，明虞山毛氏汲古阁刊本。《六十种曲》所收。[汲]
　　♯304《荆钗记》2卷，清贵池刘氏暖红室刊本。[暖]

ⅣA群　徽本
继承闽本歌词而增补大量宾白的演出本。大多数名称含有"徽调"字样，一部分含有青阳腔本，因此推定为徽州、江西地区流行的剧本。由于完本没有流传下来，情节不甚清楚，但似乎属于舟中相会本系。

♯401《荆钗记》散出。明黄文华、郏绣甫辑《词林一枝》所录。万历中闽建书林叶志元刊本。［词］

♯402《荆钗记》散出。明黄文华辑《八能奏锦》所录,万历中蔡正河刊本。［八］

♯403《荆钗记》散出。明刘君锡辑《乐府菁华》所录,万历二十八年王氏三槐堂刊本［菁］

♯404《荆钗记》散出。明秦淮墨客辑《乐府红珊》所录,嘉庆五年积秀堂用万历三十年金陵唐氏刊本覆刊。［红］

♯404《荆钗记》散出。明八景居士辑《玉谷新簧》所录,万历三十八年刘次泉刊本。［玉］

♯404《荆钗记》散出。明龚正我辑《摘锦奇音》所录,万历三十九年张氏敦睦堂刊本。［摘］

♯405《荆钗记》散出。阙名辑《大明春》所录,万历中闽建书林金氏刊本。［明］

ⅣB群　弋阳腔本
删节徽调本插白的简化的弋阳腔演出本,属舟中相会本系。

♯411《荆钗记》散出。明殷启圣辑《尧天乐》所录,明闽建书林熊氏刊本。［尧］

♯412《荆钗记》散出。明黄儒卿辑《时调青昆》所录,明四知堂刊本。［青］

♯413《荆钗记》散出。明阙名辑《歌林拾翠》所录,乾隆中金陵奎璧斋刊本。［歌］

Ⅴ群　近代高腔本
属于弋阳腔系统的近代地方戏曲剧本,属庙中相会本系。

♯501《(湘录)荆钗记》2卷。清末钞本。东京大学东洋文化研究所双红堂文库藏。［湘］

♯502《(川剧高腔)荆钗记》11场。川剧丛刊编集委员会,

1956年重庆人民出版社排印。川剧丛刊之一 ［川］

下面研讨各群的特征和继承关系。

第一节　乡村剧本（古本）的性质

上面开列了《荆钗记》5群，先研讨Ⅰ群古本的特点。属于这一群古本的4种剧本里，共有不少相同或类似的字句，据此很容易看得出这一类属于同一系统。现将Ⅰ群跟Ⅱ群、Ⅲ群的相应句子对照而做出表格，如表2—1。

　　［例G01］这里钱玉莲拒绝孙汝权求婚。Ⅰ群古本作"愧我家寒自料难厮称"，Ⅱ群闽本和Ⅲ群京本作"愧我家寒貌丑难厮称"。玉莲自说自己貌丑，过于自谦夸张。古本只提家寒，表现较为自然。
　　［例G02］这里玉莲的姑姑（钱流行的妹妹）逼迫玉莲嫁于孙家。古本作"且哥嫂俱已应承"，闽本京本作"你爹娘俱已应承"。哥嫂的称呼是从姑母角度出发，口气温和。爹娘是从玉莲的立场来表现，包含姑母对晚辈的强迫性。古本的字句更为自然。
　　［例G03］这里姑母斥责拒婚的玉莲。古本作"恁坚执"，闽本京本作"恁推三阻四"，古本自然朴素，闽本京本夸张修辞。
　　［例G04］这里也是姑母骂玉莲。古本作"丫头敢来强厮挺"，闽本京本删去"敢来"。古本表现了姑母平常小看玉莲，面临抵抗觉得意外的口吻。闽、京本太简化，忽略古本的用意。这里显出古本的本色自然。
　　［例G05］这里玉莲向姑母反驳，古本作"姑娘何事也恁生憎"，而闽本京本将此句改为姑母骂玉莲的言语，作"令人怒憎"。古本里玉莲说法坦白，闽本京本里姑母说法则表明心理，古本的表现更为自然。
　　［例G06］这是王十朋的母亲唱词。古本作"听得早间喜鹊噪窗南"。闽本京本删去"喜"字。喜鹊预示吉兆，古本更为准确。
　　［例G07］这里玉莲提到跟十朋结婚的缘由。古本作"前世曾欢共"，闽本京本作"今日同欢共"。古本注重前世姻缘，闽本京本注重

表 2—1

本文		例 G01 第9出〔梁州序〕（旦）第6、7句，他恁貌貌丑难厮称，愧我家寒貌丑难厮称。	例 G02 第9出（丑）第1句，你爹娘，俱已应承。	例 G03 同上第3句，同侄女缘何不肯，怎推三阻四。	例 G04 第9句〔前腔〕合劳合苦设福分，丫头强厮挺。	例 G05 同上第7句，（旦）姑娘何事令人怒憎。
汲本	暖	愧我×家寒貌貌酬难厮称	你爹娘俱已应承	怎推三阻四	丫头×××强厮挺	姑娘何事×××令人怒憎
	屠	○○×○○○○○○○○○	○○○○○○○	○○○○○	○○××○○○○	××××○○○○○○
京本	容	○○×○○○○○○○○○	○○○○○○○	○○○○○	○○××○○○○	××××○○○○○○
	叶	○○×○○○○○○○○○	○○○○○○○	○○○○○	○○××○○○○	××××○○○○○○
II 闽本	温	○○×○○○○○○○○悠	○○○○○○○	○○○○○	○○××○○○○	×××致○○○○
	世	○○×○○○○○○○○悠	○○○○○○○	○○○○○	○○××○○○○	×××致○○○○
	逸					
IB修改古本	吴					
	颖	○○×○○自料○○○	且哥嫂○○○○	○坚执○○	○○敢来○○○	姑娘何事令生○
	沈	○○×○○自料○○○	且哥嫂○○○○	○坚执○○	○○敢来○○○	姑娘何事令生○
IA古本	正	我貌丑家寒自愧难相○	且哥嫂○○○○	○○○○○	○○敢来○○○	×××令人也怒生○
	锦	○○×○○自料○○悠	且哥嫂○○○○	○执拗○○	○○××○○○○	×××致○○○○
	蒋					

第二章 《荆钗记》剧本的分化与流传　129

续表

本　文		例 G06	例 G07	例 G08	例 G09	例 G10
		第12出〔锁寒窗〕第5,6句,反教娘挂心肠,(合)早间只闻得鹊噪窗南。	第12出第8,9句,(旦)〔锦衣香〕奉亲命遭待明公,今日同欢共。	第15出(生)〔黄龙衮〕休将别泪弹,旦把愁眉展。	第19也〔贺圣朝〕第3句,(净)一人有庆寿无疆,赖之安康。	第19出(净)〔前腔八声甘州歌〕第1,2句,端祥,这捣搜伎俩。
汲		早间只闻得鹊噪窗南	今日同欢共	旦把愁眉展	×一人有庆寿无疆	这捣搜伎俩
京本	暖	○○○○○○○○	·○○○○○	○○○○○	×○○○○○○○○	○○○○○
	屠	○○○○○○○○	○○○○○	○○○○○	×○○○○○○○○	○○○○○
	容	○○○○○○○○	○○○○○	○○○○○	×○○○○○○○○	○○○○○
	叶	○○○○○○○○	○○○○○	○○○○○敛	×○○○○○○○○	○○○○○
Ⅱ闽本	温	○○×○○○○○	○○○○○	○○○○○敛	×○○○○○○○○	○○○○○
	世	○○×○○○○○	○○○○○	○○○○○敛	×○○○○○○○○	○○○○○
	逸					
ⅠB修改古本	吴	听得早间喜○○○○	前世曾○○		辅○○○○○○○○	你穷酸○○
	颛	听得早间喜○○○○	前世曾○○	莫○○○敛	辅○○○○○○○○	
	沈	○○×间早喜○○○○	前世×××	漫○○○敛	辅○○○○○○○○	你穷酸○○
ⅠA古本	正			莫○○○敛		
	锦					
	蒋					

续表

本文	例 GB11 第21出〔双劝酒〕(净)为玉莲可人，常怀方寸。	例 G12 第22出〔临江仙〕(老旦)那目天涯远，那人去远如天	例 G13 第22出〔傍妆台〕(老旦)自他去京历鏖战，杳无一纸信音传。	例 G14 同上末句，醢教娘心下转索牵。	例 G15 第25出〔粉蝶儿〕(外)一片襟期，清似玉湖秋水。
	为玉莲可人，常怀方寸	那人去远如天	杳无一纸信音传	醢教娘心下转索牵	一片襟期
汲	○○○○○，○○○○	○○○○○	○○○○○○○	○○○○○○○○	○○○○
京本 屠	○○○○○，○○○○	○○○○○	○○○○○○○	○○○○○○○○	○○○○
容					
叶	○○○○暖○，○○○○	○○○○○	○○○○○○○	×交○○○○○○	○○○○
Ⅱ闽本 温	○○○○暖○，○○○○	○○○○○	○○×个○○○	×交○○○○○○	○○○○
世					
逸					
吴					
ⅠB修改古本 籁					
沈	○○○那○，○紫○○	茶○○○○○	○○×个○○○	×○人○○○○○	○○胸襟
正	○○○那○，○紫○○	茶○○○○○	没×个○○○	×○人○○○○○	
ⅠA古本 锦			○○×个○○○	×交人○里○○○	
蒋		茶○○○○○		○○胸襟	

今世相爱，古本更为妥当。

［例 G08］这里十朋赴京离乡时向玉莲交待。古本作"莫把愁眉敛"，闽、京本作"且把愁眉展"。古本是直接的，闽、京本是婉转的。

［例 G09］这里是丞相万俟上场说的话。古本作"辅一人有庆寿无疆"。闽、京本删去"辅"字。丞相辅佐皇帝，古本有字，更为自然。

［例 G10］这里丞相万俟斥骂拒婚的王十朋。古本作"你穷酸伎俩"，闽、京本"这搊瘦伎俩"。古本更为朴素。

如此，古本和闽、京本有文字差异之时，古本的风格更为朴素自然，闽本京本更为加工修辞。这反映古本比闽本京本更为古老的事实。古本从其朴素古老的性质来看，可以推测为明代初期出现的剧本，很可能是乡村流行的剧本。

第二节　宗族剧本（闽本、京本）的性质

上面已经说明，闽本和京本是在修改朴素古本的基础上产生的，而将古本加工予以优雅化，大约是由文人着手的，以下具体讨论这一文人化倾向。

一　闽本的特征

闽本是修改古本而产生的，但是保存古本的因素较多。下面，开列闽本相同于古本而有异于京本的例句，如表 2—2。

在这些例子中，3 种闽本大约保存了古本的素朴表现的全部或一部分，尤其是［世］和［温］很有这样的趋向。［叶］有时不蹈袭古本，一致于京本，但是也可以看到其接近古本的趋向。

［GM01］这里玉莲的父亲看到王母的荆钗而说。古本作"汉梁鸿曾使聘妻"。两种闽本［世］［温］继承此表现。京本作"汉梁鸿已仗得妻"。［叶］一致于京本。

［GM02］这里玉莲斥责姑母作媒。古本作"都被误了前程"。京本作"都被误了终身"。前程是指女人结婚，元杂剧常用。闽本［世］

132　古典南戏研究

表 2—2

本文		例 GM01 第 8 出〔杂花子〕(末)论荆钗名不轻微,汉梁鸿已仗得妻。	例 GM02 第 9 出〔前腔梁州序〕第 4 句,(旦)信着你都被误了终身。	例 GM03 同上第 5 句(丑)合劳合苦没福分。	例 GM04 同上末句(丑)你好不三省,荣枯事总由命。	例 GM05 第 12 出〔颂寒窗〕(老旦)送荆钗,只愁鸾凤袭谈。
汲		汉梁鸿已仗得妻	都被误了终身	××合劳合苦没福分	荣枯事总由命	只愁×鸾凤袭谈
京本	暖	○○○○○○○	○○○○○○○	××○○○○○○○	○○○○○○	○○×○○○○
	屠	○○○○○○○	○○○○○○○	××○○○○○○○	○○○○○○	○○×○○○○
	容	○○○○○○○	○○○○前程	××○○○○○○○	○○○○○○	○○×○○○○
	叶	○○○○○○○	○○○○○○○	××○○○○○○○	○○○○○○	○他○○○○
II 闽本	温	○○○用聘妻	○○○○○○○	你那○○○○○○○	○○得失皆前定	○他○○○○
	世	○○○用聘妻	○○○○○○○	你那○○○○○○○	○○得失皆前定	○他○○○○
I B 修改古本	逸				○○○○○○	
	吴		○○○○前程	你那○○○○○○○		○他○○○○
I A 古本	籁	○○○曾聘妻	○○○○前程	你这○○○○○○○	○○得失皆前定	○○他○○包弹
	沈	○○○此物留遗	○○○○前程	你这○○○○○○○	○○得失皆前定	○○他○○包含
	正	○○○曾使聘妻	○○○○前程	你这○○○○○○○	○○得失皆前定	○○他未肯包含
	锦					
	谱					

第二章 《荆钗记》剧本的分化与流传

续表

本文		例 GM06 第12出〔前腔惜奴娇〕(生)重重蹇时乖如长梦。	例 GM07 第12出〔锦衣香〕第4句(旦)天生美质奇才彩鸾凤。	例 GM08 同上第9句(旦)奉亲命遣侍明公。	例 GM09 同上10、11句(旦)今日同欢共,想也曾修种。	例 GM10 第14出〔前腔绣衣郎〕(生)春闱催试,鏖战功名在科场内。
		重重蹇时乖如长梦	美质奇才彩鸾凤	奉亲命遣侍明公		鏖战功名在科场内
汲	暖	命蹇时乖长如梦	美质奇才彩鸾风	奉亲命遣侍明公	×××想也曾修种	○○○○○○○
京本	屠	○○○○○○○	○○○○○○○	○○○○○○○	×××○○○○	○○○○○○○
	咨	○○○○○○○	○○○○○○○	○○○○○○○	×××○○○○	○○○○○○○
	叶	○○○○○○○	○○○○○丹○	○○○○○○○	×××○○○○	
Ⅱ闽本	温	运○○○○○○	○○○○○丹○	○○适事名○	蓝田玉××○○○	○○文场,男儿志
	世	运○○○○○○	○○○○○丹○	○○适事名○	蓝田玉××○○○	○○文场,男儿志
	逸					
ⅠB修改古本	昊					
	籁	○○○○○○○	○○○○○丹○	○○适事名○	把蓝田玉×××	○○文场,男儿志
	沈	运○○○○○○	○○○○○丹○	○○适事名○	蓝田玉××○○○	
ⅠA古本	正			把荆钗做珠擎捧		
	锦	运○○○○○○	○○○○○丹○		×××××○○○	
	蒋					

续表

本文		例 GM11 同上第 5 句（生）金 鸾殿拟着荷衣。	例 GM12 同上第 6 句（生）广 寒宫必攀仙桂。	例 GM13 第 15 出〔疏影〕第 2 句（老旦）叹桑榆暮 景。	例 GM14 同上第 4,5 句（旦） 半载忧愁,一家艰 苦。	例 GM15 同上第 6 句（旦）未 知何日回甜。	例 GM16 同上第 7 句（生）粗 衣粝食心无歉。
汲	暖	金鸾殿拟着荷衣	广寒宫必攀仙桂	叹桑榆暮景	半载忧愁	未知何日回甜	粗衣粝食×心无歉
京本	屠	○○○○○○○	○○○○○○○	○○○○○	○○○○	○○○○○○	○○○○×○○○
	容	○○○○○○○	○○○○○○○	○○○○○	○○○○	○○○○○○	○○○○×○○○
	叶	○○○○○○○	○○○○○○○	○○○○年	○○○○	○○○○○○	○○○○×○○○
II闽本	温	跳龙门○○○○	步蟾○高○○○	○○○○年	数○○○	皀甚○○○	×○单○缺○○○
	世	跳龙门○○○○	步蟾○高○○○	○○○○年	数○○○	皀甚○○○	×○单○缺○○○
IB修改古本	逸		步蟾○○○丹○	○○○○年	数○○○		
	吴	跳龙门○○○○		○○○○年	○○○○	知他甚○○○	×○单○缺○○欠
	颛						
IA古本	沈			○孩儿去后	为念穷亲	仁看苦尽○○	○○○○×○○○
	正						
	锦			○○○○年	数○○○	知是甚○○○	×○单○缺○○○
	蒋	跳龙门○○罗○					

〔温〕一致于京本。但〔叶〕却继承古本"前程"。

〔GM03〕这里姑母斥骂玉莲。古本作"你这合穷合苦没福分"。闽本〔世〕〔温〕把"你这"改为"你那",闽本〔叶〕和京本都删去这类指示词以简化。可以看出〔叶〕接近于京本。

〔GM04〕这里也是姑母斥责玉莲。古本作"荣枯得失皆前定"。3种闽本都相同于此。京本作"荣枯事总由命",大约是将古闽本的口语改为文言。

〔GM05〕这里王母向钱家赠送荆钗后,担心对方嫌弃。古本作"只愁他富室包弹"。包弹一词,元杂剧常用作批评的意思。闽本〔世〕〔温〕保留"他"字。闽本〔叶〕和京本都删去"他"字以简化。而且这些闽本和京本把费解的"包弹"改为"褒谈",变成表扬的意思,与"包弹"语意相反,改变字句的意思。

〔GM06〕这里王十朋对岳父的鼓励予以答复。古本作"运蹇时乖长如梦"。闽本〔世〕〔温〕2种继承此句。闽本〔叶〕和京本把"运"字改为"命"字,有些文言化。

〔GM07〕这里钱载和赞扬十朋的才学。古本作"美质奇才彩丹凤"。闽本〔世〕〔温〕2种同此。闽本〔叶〕和京本把"丹凤"改为"鸾凤",把文字美化。

〔GM08〕这里玉莲对十朋结婚表达自己的看法。古本作"奉亲命适事名公"。闽本〔世〕〔温〕2种同此。闽本〔叶〕和京本作"奉亲命遣侍明公"。"适事"改为"遣侍",似乎强调女人被要求服侍男人的妇德,可能反映文人注重礼教的立场。

〔GM09〕这里也是结婚前,玉莲诉说心声。古本作"把蓝田玉种",是据杨伯雍在蓝田的无终山种出玉来的典故[①],表示以此获得美好婚配的愿望。闽本〔世〕〔温〕2种同此。闽本〔叶〕和京本删去"蓝田玉"而作"想也曾修种",句意模糊。

〔GM10〕这里十朋上京赴试时,说出己意。古本作"鏖战文场,男儿志"。闽本〔世〕〔温〕2种同此。闽本〔叶〕和京本删去"男儿志"而作"鏖战功名在科场内",表现婉转化,是文人的趣味。

---

① 典出干宝《搜神记》卷11。

如此，闽本［世］［温］2种保留古本的朴素表现较多，相反的闽本［叶］接近于京本。其中值得注意的是闽本［世］［温］2种跟古本［锦］一致的例子较多。下面，用表2—3来举示这一类例子。

据这16个句例来看，［锦］差不多全部被闽本［世］［温］2种继承，尤其是［世］，在16例之中，有15例符合于［锦］。其中，只有［世］符合于［锦］的例子如下。

［例JM02］这里丞相万俟祝贺十朋得中状元大开宴会。［锦］作"今番庆此席面"。闽、京本都作"今番庆生席面"，只有［世］跟［锦］相同，作"今番庆此席面"。

［例JM07］这里王母叹息儿子十朋的苦学困境。［锦］作"囊萤凿壁皆堪敬"。闽、京本都作"聚萤凿壁真堪敬"，只有［世］符合于［锦］，作"囊萤凿壁真堪敬"。

［例JM12］这里王母担心儿子十朋能否成婚。［锦］作"于愿姻婚早早谐"。闽、京本都把这句子修改为"只愁事不谐"。但只有［世］符合于［锦］而作"惟愿姻亲早早谐"。

［例JM16］这里王十朋赞扬荆钗。［锦］作"只要周全王秀才"。京本都修改作"管取门栏喜事谐"。闽本继承"周全王秀才"这句，但"只要"二字，删去或据京本改为"管取"。只有［世］全部保留［锦］原貌"只要周全王秀才"。

京本是由文人把古本修改为优雅的文字而出现的，因此，［锦］本独特的朴素表现，京本几乎没有继承。［世］本是插有丰富宾白的剧本，可能是明代后期万历以后成书的。但是如此大量继承嘉靖三十二年成书的［锦］本，那么作为［世］本之基础的原本一定是嘉靖以前成立的。这种痕迹不但在上表所举的歌词上看到，而且在做为［世］本特征的插白上也可以看见。

［锦］本是节录本文以歌词为主的节略本，基本上忽略宾白而不录，但［世］［温］两本的插白之中，可以看到一些起源于［锦］本的例子。下面用表2—4举例。

［例jm01］　这里王母鼓励儿子赴考。京本只是唱歌，作"春榜

第二章 《荆钗记》剧本的分化与流传　137

表 2—3

本　文	例 JM01	例 JM02	例 JM03	例 JM04	例 JM05
	第 1 出〔沁园春〕(末)高攀仙桂,一举鳌头姓字香。	第 3 出〔醉翁子〕第 3、4 句,(净)休只管吃得食尽杯干,(丑)今番庆生席面。	同上第 5 句,难做寻常一例看。	第 3 出〔前腔(醉翁子)〕(众)欢宴乐、人只应、品竹弹丝敲象板。	第 3 出〔尾〕(众)露春纤把锦筝低按。
异同	一举鳌头姓字香	今番庆生席面	难做寻常一例看	欢宴乐,人只应	露春纤把锦筝低按
汲本 暖	○○○○○○○	○○○○○○	○○○○○○○	○○○,○○○	○×○○○○○○
京本 屑	○○○○○○○	○○○○○○	○○○○○○○	○○○,○○○	○×○○○○○○
容	○○成○○○○	○○○○○○	不比○○○○○○	○颜○,○○○	○×○○○○○○
叶	○○成名○○○	○○○○○○			○出○○○○○○
Ⅱ闽本 温	○○成名○○○	○○○○○○	不比○○○○○○	○○○,○○○	○出○○○○○○
世	○○成名○名○	○○○此○○			
逸					
ⅠB修改古本 吴					
额					
沈					
正					
ⅠA古本 锦	○○成名○○○	○○○○此○○	不比○○○○○○	○颜○,○○○	露出○○○○○○
蒋					

续表

本　文	例 JM06 第 6 出〔绕地远〕（老旦）<u>家贫穷</u>，闷杯耿耿。	例 JM07 第 6 出〔簇御林〕（老旦）聚萤凿壁真堪敬。	例 JM08 第 6 出〔桂枝香〕第 3、4 句（老旦）<u>要成就小儿姻亲</u>，全赖高贤担带。	例 JM09 同上第 5 句（老旦）<u>论才难布摆</u>。	例 JM10 同上第 6、7 句（老旦）<u>钱难揭债，物无借贷</u>。	例 JM11 同上第 8 句（老旦）<u>止有这荆钗</u>。
汲	×家贫穷	聚萤凿壁真堪敬	要成就小儿姻亲	论才难布摆	物无借贷	止有这荆钗
Ⅲ京本 B	×○○○	○○○○○○○	○○○○○○○	○财○○○	○○○○	○○○○○
	屠	×○○○	○○○○○○○	○○○○○○○	○○○○○	○○○○	○○○○○
	容	×○○○	×○○○○○○○	○○○○○○○	○○○○○	○○○○	○○○○○
Ⅱ闽本 叶	奈○○○	○○○○○○○	○○这段○缘	○财○○○	○难○○	只○○○○
	温	奈○○○	×襄○○○○○○	○○这段○缘	○财○○○	○难○○	×把○○○
	世	奈○○○					×把○○○
ⅠB修改古本 逸						
	吴						
	颖						
	沈	为○○×	挣禹门浪激桃花映				
ⅠA古本 正	奈○襄○	×襄○○○○○○	○○○这段○缘	○财○○○	○难○○	我把○○○
	锦						
	蒋						

续表

本文		例 JM12	例 JM13	例 JM14	例 JM15	例 JM16
		第 6 出〔桂枝香〕（老旦）权把他为财礼, 只愁事不谐。	第 6 出〔前腔桂枝香〕（生）这荆钗又不是金银造, 如何做聘财。	第 6 出〔前腔桂枝香〕（末）安人容拜, 秀才听解。	第 6 出〔前腔桂枝香〕末 2句,这荆钗虽不是金银造。	同上末句, 管取门阑喜事谐。
汲		只愁××事不谐	如何××做聘财	×安人容拜	这荆钗虽不是金银造	管取门阑事谐
京本	暖	○○×××○○○	○○×××○○○	×○○○○	○○○○○○○○○	○○○○○○○
	屠	○○×××○○○	○○×××○○○	×○○○○	○○○○○○○○○	○○○○○○○
	容					
Ⅱ闽本	叶	○○×××○○○	○○将去○○○	×○○○○	○○○须比○珠贵	○○成全王秀才
	温	○○×××○○○	○○将去○○○	且○○听	○○○比○珠贵	××同全悠秀才
	世	惟愿姻亲早早○	○○得去○○○	×○○听	○○○○比○珠贵	只要同全王秀才
	逸					
ⅠB修改古本	吴					
	颠					
	沈					
ⅠA古本	正	于愿姻亲早早○	○○得去○○○	×○○听	○○○须○比○珠贵	只要同全王秀才
	锦					

140　古典南戏研究

续表

	例JM12	例JM13	例JM14	例JM15	例JM16
ⅣA徽本 词					
八					
菁					
红					
玉					
摘					
万					
天					
Ⅳ弋阳本 尧					
青					
Ⅴ高腔本 湘	○○××○○○	○○将他○○○	×○○○○		
川					

第二章 《荆钗记》剧本的分化与流传   141

表 2—4

		例 jm01	例 jm02	例 jm03	例 jm04	例 jm05
本 文		第6出〔凤入松〕后白〔老旦〕春榜动，……选场开。	第8出〔荼花子〕〔末〕听启，……明说道表情而已。	第9出〔前腔梁州序〕〔旦〕枉了将人凌并，……便刎下头来，断然不依允。	第22出〔前腔傍妆台〕〔旦〕死生有命，富贵在天。	第22出〔前腔不是路〕〔老旦〕可备些薄礼酬劳倦。〔旦〕就把银钗当酒钱。
汲	暖	××，春榜×动，×××××，选场×开	×听启，×××××××明说道表情而已	枉了将人凌并×××××××刎下头来，断然不依允	××死生有命	可备些薄礼酬劳倦××××，×××××就把银钗当酒钱
	屠	××，○○×○，×××××，○○×○	×○○，×××○○○○○○○	○○○○○○×××××，×××○○○○○，○○○○	××○○○○	○○○○○○××××，×××，○○○○○
京 本	答	××，○○×○，×××××，○○×○	×○○，×××○○○○○○○	○○○○○○×××××，×××，○○○○○，○○○○	××○○○○	○○○○○○○××××，×××○○○○○
	叶	×××，○○×○，×××××，○○×○	×○○，那王老安人呵，○○○○○○○听	奴○○××○○○○○，×××，○○○○○听	××○○○○	○○○○○××××，×××，×××○○○○○
Ⅱ闽本	温	孩儿，○○已○，两可温习经史，○○×○		○○○奴○○凭我嫁了孙官人罢○○○○○，○○○○	这×○○○○	小人公务紧急，不敢停留○○○○○○○○○（末）○○○○○
	温	孩儿，○○×○，宜速温习经史，○○×○				

续表

		例 jm01	例 jm02	例 jm03	例 jm04	例 jm05
II 闽本	世	孩儿,○○×○,定次温习经史,○○×○	更○人,那老安人曾言,○○○○○○○	○○○奴○○凭我嫁丁孙官　人　罢 ○○○○○,○○○○○	这×○○○○	○○○○○○（末）小人公文紧急,不敢停留○○○○○○○
I B 修改古本	逸					
	吴					
	簠			○○○奴○○×××××××××○○○○○○,○○○○听		
	沈		×○○,×××××××○○○○○○○	○○○奴○○×××××××××○○○○○○,○○○○听		
	正		×○○,×××××××○○○○○○○	○○○奴○○×××××××××○○○○○,○○害○	这,○○○○	○○○○○○差遣××,×××××○○○○○
I A 古本	锦	孩儿,○○巳○,宜×温习经史,○○巳○	更○○,那老安人付此叙之时呵,○○○○○○○	○○○○○○凭我嫁丁孙官人呵○○○○○,○也难从命		○○○○○○（末）小人公文紧急,不敢停留○○○○○○○
	蒋					

动，选场开"。[锦]在歌词之间插进宾白，作"孩儿，春榜已动，<u>宜温习经史，选场已开</u>"。这插白被三种闽本继承。[世]作"<u>定次温习经史</u>"，[温]作"<u>宜速温习经史</u>"，[叶]作"<u>两可温习经史</u>"。京本删去这一类插白以简化。

[例 jm02]这里玉莲后母看不起王母所赠的荆钗，钱流行责备她。[锦]作"更听启，<u>那老王安人付此荆钗之时呵，明说道表情而已</u>"。歌词之间，插有这句话，好连接上下。[世][温]简化这插白而作"<u>那老安人曾有言</u>"。[叶]更一层简化而作"<u>那老安人呵</u>"。京本全部删去这句插白，文意模糊。

[例 jm03]这里姑母逼迫玉莲再嫁孙家，玉莲拒绝而说。[锦]作"枉了将人凌井，<u>凭我嫁了孙官人呵，便刎下头来，断也难从命</u>"。这插白强调玉莲坚决态度。[世][温]继承这插白而作"<u>凭我嫁了孙官人罢</u>"。但[叶]和京本都删去这插白。

[锦]本是节录本，很难掌握其全貌，但据上例来看，很可能原来剧本具备像[世][温]那样丰富的插白。潮州出土嘉靖抄本《琵琶记》富有插白，那么可以推测《荆钗记》在嘉靖以前，有插白的上演本已经出现。这一类插白一定容易受到乡村人民的欢迎。目前嘉靖以前的古本差不多没有传下，[锦]本可以说保留其痕迹。

二　Ⅲ群京本的性质

上面已经阐明京本的性质，是把古本和闽本的朴素粗野的文辞修改为文雅的风格。这里整理一下。

(1) 删去指示词而简化歌词。

[例 GM03]古本、闽本"你这（那）合穷合苦没福分"：京本删去"你那""你这"。

[例 JM08]古本、闽本"要成就这段姻缘"，京本将"这段"改为"小儿"。

(2) 删去代词以简化歌词。

[例 GM04]古本、闽本"只愁他未肯包含"，京本删去"他"。

(3) 删去助动词而简化歌词。

[例 JM05]古本、闽本"露出春纤"，京本删去"出"字。

［例 JM05］古本、闽本"如何得去做聘财",京本删去"得去"。

（4）删去介词以简化歌词。

［例 GM09］古本"把蓝田玉种",闽本删去"把"字。京本删去"把蓝田"三字。

［例 JM11］古本、闽本"我把这荆钗",京本将"我把这"改为"止有这"。

（5）删去副词而简化歌词。

［例 JM06］古本、闽本"奈家贫（寒）穷",京本删去"奈"字。

（6）普通的表现改为礼貌的表现。

［例 JM14］古本、闽本"安人听拜",京本改为"安人容拜"。

（7）具体的表现改为抽象的表现

［例 JM01］古本、闽本"一举成名姓字香",京本改为"一举鳌头姓字香"。成名是具体的,鳌头是修辞的。

［例 JM12］古本、闽本"惟愿姻亲早早谐",京本"只愁事不谐"。这是王母担心婚姻是否成就,古本、闽本表现具体,京本不提婚姻,意思更为模糊。

［例 JM16］古本、闽本"只要周全王秀才",这是王母祈愿钱玉莲的荆钗保护儿子王十朋,是很具体的。京本改作"管取门栏喜事谐",是抽象的,不见王母体贴儿子的愿望。

这一类修改是由文人着手的。他们把朴素粗野的古本或闽本修改为适应于文人社会或宗族社会的文雅剧本。这里反映江南宗族社会里文人的思想,所以我认为,这一类京本是在明代后期宗族势力增强的江南地区出现的。

第三节 市场剧本（徽本）的性质

徽调诸本继承了古本和闽本的歌词和插白,而歌词基本上保留古本的字句,其插白比古本和闽本更为扩大,通俗性很强,大约适合市场的表演。下面,以玉莲投江一节为例,把徽本［菁］歌词和插白跟古本［锦］、闽本［世］的歌词和插白对照,以表格表示其三种之间的异同。依着［锦］→［世］→［菁］的次序,把相应的歌词和插白并列对照如表2—5。

表 2—5

	古　本	闽　本	徽　本
	锦	世	菁
1	〔绵搭絮〕	〔绵搭絮〕	〔绵搭絮〕
2	更深背母，走出兰房，	更深背母，走出兰房，	更深背母，走出兰房，
3			
4	只见月朗星稀，	只见月朗星稀，	只见月朗星稀，
5	无语低头痛断肠。	无语低头痛断肠。	无语低头痛断肠。
6			天，我今去投水身死、也
7			只是命该也，
8	自思量，	自思量，	自思量，
9	好心肠。	奴命孤孀。	奴命孤孀。
10	夫，	夫，	十朋夫，
11	指望和你同谐到老，	指望和你同谐到老，	指望和你同谐到老，
12	谁想两下分张。	谁想两下分张。	谁想两下分张。
13	我今拼在长江，	我今身死黄泉，	奴今身死黄泉，
14			奴死到不找紧，只苦了婆
15			婆呵，
16	抛闪婆婆没下场。	抛闪婆婆没下场。	抛闪婆婆没下场。
17		家书一到喜洋洋，	家书一到喜洋洋，
18		谁知祸起在萧墙，	谁知祸起在萧墙，
19		无端继母贪财宝，	无端继母贪财宝，
20		心中悲切细思量。	心中悲切细思量。
21—40	（中略）	（中略）	（中略）
41	〔前腔〕	〔前腔〕	〔前腔〕
42	忙行数步	忙行数步	忙行数步
43	我身孤	我身孤	我身孤
44			夫，我当初一心要嫁着你，
45			为着那一件来，也只道你
46			是个红门中饱学书生，
47			异日名策天府，声扬天下，
48			我一家指望你抬举，谁知
49			你今日龙门才点额，就写

续表

	古本 锦	闽本 世	徽本 菁
50			休书弃了奴，
51	只怨奴的儿夫，	只怨我的儿夫，	只怨我的儿夫，
52	他得成名不顾奴，	才得成名不顾奴。	才得成名不顾奴。
53			书上写万俟丞相把女相招，
54			夫，你若是不成其事则可，
55			你若是忘荆钗糟慷旧妇，
56			恋锦屏绣褥新人，你
57			读甚么书，做甚么官，管
58			甚么百姓，是甚么好人
62	夫空读圣贤书。	夫空读圣贤书，	夫空读圣贤书，
63			我父亲接你一家在西廊居住，
64			临行赠你白金十两，
65			琴剑书箱，春衣夏服，送
66			你起程，你今才得身荣贵，
67			不记当初贫贱时，
68	不想当初，	不记当初，	全不记当初。
69	本贞节之妇，	钱玉莲本是贞节之妇，	钱玉莲本是贞节之妇。
70	被人嫉妒	被人嫉妒	被人嫉妒，
71	从今入赘豪门，	夫果然入赘豪门，	夫，你果然入赘豪门，
72	贪享荣华别下奴。	贪享荣华辜负奴。	贪享荣华辜负奴。
73			此事未知真实，何须苦苦
74			怨他？纵使他停妻再娶，
75			妾岂肯改志从人？宁使夫
76			纲而不正，焉可妇道而成乖？
77		奴身守节溺江流，	奴身守节溺江流，
78		万古名传永不休。	万古名传永不休。
79		来到江边回首望，	来到江边回首望，
80		滔滔江水浪悠悠。	滔滔江水浪悠悠。
81			〔傍妆台〕
82			到江边泪汪汪，

续表

	古　本	闽　本	徽　本
	锦	世	菁
83			昭君身死为刘王，
84			浣沙女抱石投江死，
85			千载姓名扬。
86			继母心毒逼嫁郎，
87			奴家今日身死，不怨着别人
88			槌胸顿足恨姑娘。
89			好大江水呵，
90	〔前腔〕	〔前腔〕	〔绵搭絮〕
91	滔滔江水，	滔滔江水，	滔滔江水，
92	浪溶溶。	浪悠悠。	浪悠悠。
93		自古生不认魂，	自古道生不认魂魄，
94		死不认尸，	死不认尸首，
95	身死一命归阴府，	奴死一命归阴府，	奴死一命归阴，
96	折桂郎心任意流。	相趁相随任意流。	相趁相随任意流。
97		河伯水官，水母娘娘，	河伯水官，水母娘娘，玉
98		玉莲今日投江时节，	莲今日投江，乞望你将我
99			尸骸沉在深渊之内，
100	休流奴在浅水滩头，	休流奴在浅水滩头，	休流奴在浅水滩头，
101		见奴尸首。	见奴尸首。
102		若是近方人氏，	若是近方人氏，
103	有晓理者呵，	知道我玉莲的事情，	知道我事情的，
104	道奴是贞节之妇，	道奴本是贞节之妇，	道奴本是贞节之妇，
105		有一等远方人氏，	有一等远方人氏，
106	不晓得者呵，	不知道玉莲事情，	不知我事情的，
107	道奴有甚不周。	他道是这妇人有甚	他道是这妇人有甚不周。
108		不周。	
109	只愿流落深潭，	奴只愿流落在深潭，	奴只愿流落在深潭，
110	万里长江尽处休。	万里长江尽处休。	万里长江尽处休。

这里容易看到〔菁〕增补大量的〔世〕所没有的插白如下。

①6—7 行： 无语低头断肠。天，我今投水身死，也只是命该也。自思量，奴命孤孀。

②14—15 行： 奴今身死黄泉。奴死到不打紧，只苦了婆婆呵。抛闪下婆婆没下场。

③44—50 行： 忙行数步，我身孤。夫，我当初一心要嫁着你，为着那一件来，也只道你是个红门中饱学书生，异日名策天府，声扬天下，我一家指望你抬举。谁知你今日龙门才点额，就写休书，弃了奴。只怨奴的儿夫，

④53—61 行： 才得成名不顾奴。书上写万俟丞相把女相招，夫，你若是不成其事则可。你若是忘荆钗糟糠旧妇，恋锦屏绣褥新人，你读甚么书，做甚么官，管甚么百姓，是甚么好人。夫空读圣贤书。

⑤63—67 行： （接上）我父亲接你一家在西廊居住，临行赠你白金十两，琴剑书箱，春衣夏服，送你起程。你今才得身荣贵，不记当初贫贱时，全不记当初。

⑥73—77 行： 贪享荣华辜负奴。此事未真实，何须苦苦怨他？纵使他停妻再娶，妾岂肯改志从人？宁使夫纲而不正，焉可妇道而成乖？奴身守节溺江流，万古名传永不休，来到江边回首望，滔滔江水浪悠悠。

⑦84—92 行：（接上） ［傍妆台］到江边泪汪汪，昭君身死为刘王，浣沙女抱石投江死，千载姓名扬。继母心毒逼嫁郎，奴家今日身死，不怨着别人，槌胸顿足恨姑娘。

由上可见，徽本在歌词和歌词之间插进说白，淋漓尽致地描写主人翁的心理，提高了演出的感染效果。〔菁〕本有时不但插进说白，而且插进七言绝句（⑥）或曲子（⑦），可以推测［菁］本为野台上演出用的剧本。又从其通俗内容来看，徽本是在乡村演出，更准确地说是在市场性的场地上演出。此类市场剧本的源流出自嘉靖以前的［锦］本，所以早在明代初期就已经出现，不一定是明代后期才出现的。这是在中国戏曲史上特别值得注意的现象。

第四节　地方剧本(弋阳腔本)的形成

最后我们应该注意，徽本发展成为弋阳腔本。弋阳腔本继承徽本特征的进程较为复杂，总的说来，弋阳腔删去徽本过分繁杂的通俗说白，或把它改为更为文雅的文辞，或把它变改为七言诗，从而将只限于徽州池州地区流行的徽调改为能够流行于更广泛的南方地区的戏曲。进入近代以后，这种弋阳腔在市场里面，发展为近代地方戏。各地弋阳腔或高腔剧本大多数继承清代末期的弋阳腔本。比如四川高腔《荆钗记》在弋阳腔［青］本的基础上形成。下面，用表2—6来表示［菁］［青］和四川高腔本的继承关系。

以上可以看到，从明末徽本起端经过清代弋阳腔本，最后到达近代地方戏剧的长期过程。近代地方戏的基因里，潜伏着从［锦］本传到［世］本的明代前期古老剧本的血脉。从明代至近代超过五百年的时间之中，《荆钗记》在乡村、宗族、市场这3种演剧环境中不断地演出，产生出许多剧本。其支脉分流变化多样，但始终离不开［锦］至［世］本的文脉，最后收束于近代地方戏剧了。

第五节　小结

最后，把上面所说的多种论述做些小的结论。

一　明代初期在江南出现的乡村剧本

明初的《荆钗记》古本，其散曲被采录于明代前期曲谱集的［蒋］［沈］［正］等。而且明末成书的散出集［籁］［吴］［逸］也保存古本的散套。这类散曲和散套只留下歌词而已，缺载道白，因此不能窥见其全貌。与此相对，嘉靖以前的［锦］本，虽然是在《荆钗记》48出之中仅仅抽出15出的节略本，但保存一部分宾白，所以据此可以窥见明代前期古本的原貌。［锦］本歌词基本上符合曲谱所录的散曲文字，而其道白是朴素自然的。跟后期剧本相比时，容易发现［锦］本类似于［世］本。这一类

表 2—6

	徽　本　青	弋阳本　青	川剧高腔本　川
1	〔绵搭絮〕	〔绵搭絮〕	〔绵搭絮〕
2	更深背母，走出兰房	更深背母去投江，	渔灯闪闪傍长堤，
3		一天如洗碧琉璃，	斗转参横河汉低。
4		星月双辉河汉稀。	但则见，月朗星稀。
5	只见月朗星稀，	只见月朗星稀，	
6		天道清明，人遭横祸，	天呀！你缘何如此昏瞆，
7		自思自想，寸肠百结，	害得玉莲有家难归，
8	无语低头痛断肠。	无语低头痛断肠。	两家尊长空怜恤，
9			满怀心事诉余谁。
10	天！我今去投水身死也。		
11	只是命该也。	好凄惶，	
12	自思量，	自思量，	
13	如命孤孀。	如命孤孀。	
14	十朋夫，	十朋夫，	
15	指望和你同谐到老，	指望和你同谐到老，	
16	又谁知两下分张。	又谁知两下分张。	
17	奴今身死黄泉，	我今一命丧长江。	
18	奴死时不打紧，只苦了婆婆呵，		

第二章 《荆钗记》剧本的分化与流传　151

续表

	徽本　青	弋阳本　青	川剧高腔本　川
19	抛闪下婆婆没下场。	抛闪下婆婆没下场。	
20	家书一到喜洋洋，		家书一到喜洋洋，
21	谁知祸起在萧墙，		谁知祸变起非常。
22	无端继母贪财宝，		说夫招赘丞相府，
23	心中悲切细思量。		苦逼玉莲另配郎。
24	〔前腔〕		
25	心中悲切，细思量。	〔前腔〕心中悲切，自觉思量。夫、你不答那封封书回，你妻子没有此时，早上娘亲说道、书上明明写着再娶万俟丞相女，我说娘、那个为官的没有两三房妻小。纵然他娶了十房，还是奴家居长，后一句，可若是真的，亏你下得。这书若是假的则可，若是真的，为着何来，为何寻此短计，为着何来了，冤家。	
26		（中略）	
27	只因书里缘由，	都只为书里缘由，	
28	继母听信谗言，	继母听信谗言，	
29	逼效家改嫁郎。	逼效家改嫁郎。	
30			

续表

	徽本 青	七阳本 青	川剧高腔本 川
31		细思量，	
32		玉莲,此念头差矣,真假	书信是假,待我转去,
33		待丈夫回来说个明白,	〔哀子〕
34		怎的就去寻死,回去罢。	唉呀！转去不得了啊
35		差矣	
36		适才挑开窗扁而来，	刚才同叩窗而出，
37		如今回去。	如今转去
38		倘若母亲见了，	惊动了继母娘，
39		他道	他必然骂道
40		这贱人，	钱玉莲,狗贱人，
41		我要你改嫁	
42		也只是顾得你好。	
43			是这样夜静更深，
44			

古本，从朴素粗野的风格来说，可以定为江南乡村流行的剧本，但是与舟中相会的闽本不同，是属于庙中相会本系统。

二 明代中期的分叉

上面的古本，等到明代中期嘉靖时代，经过修改，分为两种。一种是为了适应江南大宗族的文人趣味而修改为优雅的雅曲剧本，一种是为了适应市场工商人的庶民趣味而修改为通俗的俗曲剧本。两者以闽本为分歧点而分离。

（一）雅曲剧本的成立

从古本到雅曲的变化是经过两个阶段而完成的。就是说先有从古本到闽本的第1段修改，而后有从闽本到京本的第2段修改。其过程如下。

1. 第1阶段：从古本到闽本

古本［锦］和闽本［世］歌词差不多相同，说白也彼此类似。［世］本除了结尾不相同（［锦］为庙中相会，［世］为舟中相会）之外，在歌白上跟古本差不多一样。［温］比［世］在情节上与古本有些出入，但歌词很像［世］，可以定为同一系统。不过，同属于闽本的［叶］，虽然舟中相会的结尾一致于［世］［温］，其优雅简洁的歌词道白跟两者之间有相当大的距离，一定是经过文人的修改的。［容补］继承［叶］是明显的。如此，闽本就有古层和新层的两种，［世］［温］保留古老的因素而属于古层本，［叶］［容补］减少古本因素以接近雅曲而属于新层本。

2. 第2阶段：从闽本到京本

等到明代后期万历时代，出现了一种把新层闽本往更为优雅方向发展的雅本。这是文雅的京本，主要是流行于南京、杭州、苏州等江南中心地区。［容］［屠］［汲］等各本就是属于这一类。这类京本不但把歌词雅化，而且把道白极力简化，甚至于简化歌词，所以情节也较为简化。大约是因为宗族邀请戏人，教他们在家堂演出，有时省略粉墨装扮，只作便服清唱，因此剧本也不需要详细的戏剧描写。而且文人欣赏歌词之美，不关心宾白之详，文人有时将剧本用为读书的对象，京本符合于这样文人的需求，时常插有美丽的图画，因此流传后代。

总之，《荆钗记》剧本沿着古本→古层闽本→新层闽本→京本这一系列次序，被历代文人戏人进行了修改，最后出现了京本。

（二）俗曲剧本的成立

《荆钗记》在市场上向小贩工人等市镇下层民众演出时，戏人为了适应这些市镇民众的要求,把剧本修改为通俗的表现或增补宾白以扩大情节。这类修改也经过两个阶段。

1. 第1阶段:从古本到徽本

明代中期嘉靖时代以后,保存古本歌词并在歌词之间插进大量的诗句或宾白的《荆钗记》散套在福建建安地区出版。它们大多数在卷首书名上附印"徽调"、"徽池调"等腔名,因此可以说是徽调本。［词］［八］［玉］［菁］［红］等ⅣA群诸本属于此类。这类徽本的歌词基本上一致于古本而有异于京本,所以出自古本的渊源关系是不可否定的,尤其是十分接近［锦］［世］两本,因此很可能是嘉靖以前已经存世的。

2. 第2阶段:从徽本到弋阳腔本

等到明末清初,出现了弋阳腔剧本。这是删去徽本插白的一部分而修改为稍微优雅的折中本,［尧］［青］［歌］等ⅣB诸本属于此类。它们消弱了徽本的通俗性和地方性,因此获得广泛地域的观众,流行于江西、广东、湖南等南方一带。近代地方戏大多数是在这一类弋阳腔本的基础上发展的。

从《荆钗记》的例子来看,明代前期乡村出现的古本,等到明代中期又分为两种,一是在宗族社会里流行的雅曲京本,一是在市场庶民社会里流行的俗曲徽调或弋阳腔本。近代地方戏剧是在市镇庶民社会流行的弋阳腔的基础上形成的,因此可以说,近代地方戏剧起源于明代嘉靖以前的乡村戏剧。上层宗族社会里流行的京本与近代地方戏的产生关系较为疏远。下面用图表示《荆钗记》剧本分化的过程。

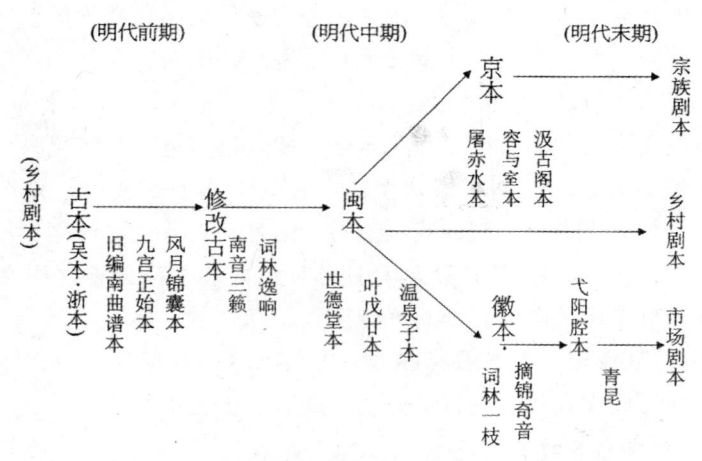

《荆钗记》剧本分化过程图

第三章

《白兔记》剧本的分化与流传

引言 作品、上演记录及剧本概述

一 作品梗概（汲古阁本）

阙名撰《白兔记》有两种系统的剧本。一是汲古阁本，一是富春堂本。富春堂本是明代后期才成书的新本，虽然作为徽本流行于江南地区，但不能跟古本比较以追寻其变迁，因此这里集中介绍汲古阁本系统。

徐州沛县沙沱村人刘知远，年幼时成为孤儿，被继父赶出家门，投入博徒之中，做了沙沱村富农李文奎的仆人。有一天，刘知远牧马，在山岗上休息，打盹时，有五色的蛇从其七窍中出入。看到此景的李文奎，预料到刘的将来，就让三弟李三公聘作媒人，迎刘为女儿李三娘之夫婿。但是三娘的哥哥李洪一不满意新婚的妹夫，经常虐待这一对夫妻。在臂力上不及刘的洪一企图让出没于瓜园的妖怪杀死刘，命刘去看守瓜园。刘同半夜出现的妖怪大战并获胜，被授与天书和宝剑，并辞别三娘，投奔汾州岳节使的军队。留在家里的李三娘虽已怀孕，仍被兄嫂残酷驱役，在石白小房生下刘的儿子。由于当时没有剪刀，她自己咬断脐带分娩，所以给儿子起名叫"咬脐郎"。又怕嫂子加害儿子，三娘便把儿子托付给杂工窦老送到太原的刘知远处。刘应太原主人岳节使的要求，娶了其女儿，其妻岳氏欣然收养了咬脐郎。不久，通过岳节使的提拔，刘当上了部将，讨伐叛军苏林老将，因功被朝廷封为九州安抚使。18年后，儿子咬脐郎长大成人当上了将军，他带领部下出外打猎，追赶中箭的白兔时，邂返了井边打水的李三娘,得知是自己的母亲。不久,刘知远也寻访三娘,一家团圆。刘虽赦免了妻兄洪一,但用麻布把嫂子卷成蜡烛状烧死而报仇。

《白兔记》是五大南戏之一,可称是最受乡村老百姓欢迎的作品。五大南戏之中的《荆钗记》、《拜月亭记》、《琵琶记》三种是以文人家庭的故事为内容,《杀狗记》则是财主家庭故事,相反地《白兔记》是一个无赖棍徒刘知远和他的妻子李三娘的离合悲欢故事,容易引起老百姓的同情和兴趣。其间有瓜精出来传授刘天书,有些神秘性因素;母子相会是因为白兔而实现,也有偶然的神秘性。富春堂本没有白兔令母子相会的情节,而是让母与父子在开元寺再会,还是靠着神佛的帮助解决人生的问题,也反映出老百姓的想法。

这部作品目前也是在东南亚华人社会最时兴的戏曲。恐怕华侨的男人在刘知远背井流浪的辛苦生活里看到自己过去的命运,华侨的女人在李三娘被折磨的悲惨里也看到自己的境遇。我们在华侨的祭祀戏剧里几乎到处可以看到《白兔记》的表演。过去中国大陆的情形,我猜想也是差不多的,似乎可以说《白兔记》是乡下最受欢迎的代表性戏曲。

二 上演记录

(一)在乡村上演的记录

上引《鳌头杂字》农村演剧对联之中,两种版本都有《白兔记》的对联,由此可知此剧在乡村祭祀中演出不少。对联如下。

　　A 刘豪杰一入瓜园,宝剑精光从此露;小将军弗游故里,磨门深锁何时开。

　　B 瓜园中宝剑埋光,一战便寒神鬼脸;雪楼上锦袍散彩,五更却识帝王驱。

版本 A 赞扬刘知远克胜瓜精的勇敢和刘咬脐救母的功绩,没有提到李三娘的辛苦。版本 B 也只重视刘知远,忽略李三娘。这与老百姓对李三娘的同情有极大的距离。撰写对联的乡村父老似乎较为关注男人的功绩。

第三章 《白兔记》剧本的分化与流传

（二）在宗族文人小集之中上演的记录

　　○袁中道《游居柿录》：万历三十八年庚戌正月，极乐寺左有国花堂，癸卯夏，一中贵造此堂既成，招石洋与予饮。伶人演《白兔记》，座中中贵五六人皆哭欲绝，遂不成欢而别。

（三）在市场上演的记录

上引《文林聚宝万卷星罗》卷37"劈破玉"有《白兔记》的歌词，大致指市场演出的《白兔记》而言。

　　○刘知远分别在瓜园内，丢下了李三娘，好不孤凄，哥嫂逼勒重招婿，汲水共挨磨，日夜受禁持，义井传书，夫！咬脐遂于你。

　　○刘知远一自投军去，厨下嫂逼嫁者，堂上姑姑，李洪信夫妇真狠毒，汲水苦中苦，义井传书，夫！儿也认不得母。

这歌词集中表现李三娘的苦情，是体贴老百姓的感受。

明末剧作家李玉所撰的戏曲《永团圆·会崋》描述南京城门外元宵抬阁巡游的情况，开列28个故事人物，也可以算是反映当时市场戏剧的剧目，其中也有《白兔记》，如下①。

1 昭君怨塞外迢迢 [和戎记]，2 送京娘匡胤名标 [风云会]，3 惯征西女曹 [杨家传，寡妇征西]，4 战温侯虎牢 [三国]，5 征东跨海人争道 [薛仁贵]，6 钟馗戏妹妹扮将来恁娇 [钟馗嫁妹]，7 咬脐郎真年少 [白兔记]，8 朱买臣老樵 [渔樵记]，9 严子陵独钓 [七里滩]，10 黑旋风元宵夜闹 [水浒]，11 度函关青牛郎 [函关骑牛]，12 小红娘真波俏，法聪僧风魔 [西厢记]，13 达摩祖一苇乘潮 [达摩]，14 妙常必正如胶 [玉簪记]，15 彩毬星炤书生投破窑 [破窑记]，16 织女牛郎偷渡灵鹊填桥 [织绢记]，17 小秦王奔逃，尉迟恭勇骁 [全唐]，18 少年打虎夸存孝 [残唐五代史演义]，19 独行千里羡云长义高 [三国]，20 会偷桃东方朔 [蟠桃记]，21 牡丹亭梦交 [牡丹亭还魂记]，22 望湖亭新套 [望湖亭记]，23 活观音善才参看 [香山记]，24 远西天唐僧到 [西游记]，25 广寒宫明皇

---

① 关于这资料，参阅田仲一成《中国戏剧史》，第215页。

造［天宝遗事］，26 七红间八黑蹊跷［七红记］，27 劫生辰晁盖英豪［水浒］，28 看状元幼小杏花夺锦标［金印记］。

这 28 种剧目大部分是从讲史小说来的，戏曲来的剧目人物不多，但可见《白兔记》的存在。

明末浙江会稽文人张岱（陶庵）的《陶庵梦忆》卷四"严助庙"条下也有元宵节庙会演出《白兔记》的记载如下。

> 天启三年，余兄弟携南院王岑、老串杨四、徐孟雅、圆社河南张大来辈往观之，到（严助）庙蹴鞠。……剧至半，王岑扮李三娘，杨四扮火工窦老，徐孟雅扮洪一嫂，马小卿十二岁扮咬脐，串"磨房""撇池""送子""出猎"四出。科诨曲白，妙入筋髓，又复叫绝，遂解维归。戏场气夺，锣不得响，灯不得亮。

据此可知，会稽县庙会的观众喜欢《白兔记》，尤其是李三娘和刘咬脐的离合悲欢情节特别受到欢迎。上引山西临汾出现的《迎神赛社礼节传簿》，其剧目也从讲史小说来的极多，很像李玉《永团圆·会岇》所记抬阁的内容，亦含有《白兔记》如下。

○南方朱雀七宿，第 24 宿，（柳），第五盏，打磨房。[①]

可见市场观众最喜欢的是李三娘为主角的戏剧。

三　版本

明清之间《白兔记》的剧本大概广泛地流行于全国各地，每个地方戏各有自己的《白兔记》剧本。《白兔记》剧本一定有着各种各样的差别，关于这种剧本分化和流传的问题，本章拟探讨两个问题如下。

（1）明初朴素的剧本通过怎样的过程改变为明末的优雅剧本呢？
（2）清代剧本怎样继承明代剧本的因素呢？

其中最有值得注意的是现存最早的成化年间《白兔记》剧本（即《成化说唱词话》所收《白兔记》），此本的某些句子在清代末期吴越地区流行

---

① 《迎神赛社礼节传薄四十曲宫调》，《中华戏曲》第 3 辑，第 101 页。

的唱本里可以看见。四百年以前的剧本含有的句子至今仍能在乡下的剧本中保存下来，这是中国戏剧史较罕见的。

为了阐明这个问题，我们首先研讨明代初期以来《白兔记》剧本在民间分化过程的问题，之后进一步探讨近代《白兔记》唱本保存明初古老句子的问题。

下面开列属于汲古阁本系统的《白兔记》剧本。依着剧本字句的特点，分为五群。[ ]内标记各本略号。

ⅠA群　古本：明初最古老的剧本，接近于原本。

♯101　《白兔记》不分卷，明成化间刊本，1973年上海博物馆影印本［成］

♯102　《白兔记》散曲，《南曲九宫正始》所录，徐迎庆、钮少雅等辑，明末抄本，民国影印本。［正］

ⅠB群　准古本：明代中期修改的古本，仍保留古本的原貌。

♯111　《白兔记》散曲，《(旧编)南九宫谱》所录，明蒋孝辑，明嘉靖刊，《玄览堂丛书》所收。［蒋］

♯112　《白兔记》散曲，明沈璟辑《南曲谱》所录，明万历刊，《啸馀谱》所收。［沈］

ⅠC群　修改古本：修改古本使它符合于昆曲的明末曲本，还有古本的痕迹。

♯121　《白兔记》散套，《南音三籁》所录，明凌初成辑，明末刊本［籁］

♯122　《白兔记》散套，《吴歙萃雅》所录，明末刊本。［吴］

♯123　《白兔记》散套，《词林逸响》所录，明末刊本。［逸］

Ⅱ群　京本：明代后期文人修改的文雅剧本，其中以南京刊本为多。

♯201　《白兔记》2卷，明天启间毛氏汲古阁刊本。［汲］

♯202　《白兔记》2卷，民国刘氏暖红室刊本［暖］

Ⅲ群　清代吴越本：清代在吴越地区流行的剧本，吴语的插白为多。

♯301　《白兔记》散套，《缀白裘》所录，清乾隆刊本。［缀］
♯302　《白兔记》散套，日本长泽规矩也旧藏《曲本》所录清抄本，东京大学东洋文化研究所双红堂文库藏，双红堂目录第18页题作《无题曲本》（卷首图9）。［长］

下面，依靠这一分类来分析各群剧本之间的关系和变迁情况。

第一节　古本到京本的变迁

以某句歌词为原点，我们可以比较各群剧本之间的文字异同，而且据此可以推测各群各本之间的前后继承关系。上面开列的诸本之中，除了♯101、♯301、♯302之外，其他剧本都是残本，很少句子可以比较从而探讨四个多种剧本之间的异同。虽然如此，通过这种比较，我们仍然可以掌握剧本之间的变迁趋向的一端。下面以明代最普遍流行的汲古阁本为底本，选择一些在各系统剧本里多有例子的歌词句子，用《对照表》来比较其文字的异同。请参看表3—1。

古本ⅠA群诸本是最早最古老的剧本，大约出现于明初，其句字多带有朴素的表现。以这种最早的古本为基础，文人把一些朴素的表现修订为更优雅的表现。在这个过程之中，稍微文雅的ⅠB和ⅠC群在明代中期前后逐渐形成。之后，到明代后期，最富有优雅表现的Ⅱ群京本才在ⅠB和ⅠC之上形成。总之，古本ⅠA群在ⅠB、ⅠC修改之后再被改为京本Ⅱ群。下面据着例子，拟证明这种修改的情形。

（一）把错字或假借字修改为正字或本字。

［例03］ⅠA群［成］作"遥见并舞在密处"，意思不明白。其中"舞在密处"ⅠB群［沈］和ⅠC群［籁］［逸］各本都改作"无觅处"，Ⅱ群［汲］亦作"没觅处"，句意才通。又［成］"遥见"，诸

第三章 《白兔记》剧本的分化与流传　161

表 3—1

例文	例 01	例 02	例 03	例 04	例 05
	第 2 出〔绛都春引〕（生）最苦堂堂七尺躯，受无限嗟呼×××××	第 2 出〔绛都春〕第 8 句（生）长安商价增高贵，见渔父披蓑归去，鼻中但闻梅花香。	同上末句（生）要见并没觅处	第 2 出〔绛都春〕第 3 曲（小生）见过往行人失踪迷路。	同上第 7 句（小生）酌酒羊羔歌白苎，红炉兽炭人完聚。
II 汲 京 本	××××××××××××	鼻中但闻得梅花香	要见并没觅×处	失踪迷路	红炉兽炭人完聚
暖	似饿虎×岩前睡也	○○○○○○○○	○○○○无×○○	○○○○	○○○○○○○
I C 修改	○○○×○○○○	○○只觅○○○○	○○○○无×○○	○○迷○失○	○○○○○欢○
逸					
吴					
箴	○○○×○○○○	○○只觅○○○○	○○○○无×○○	○○迷○失○	○○○○○欢○
I B 古本					
沈		○○只觅○○○○	○○○○无×○○	○○迷○失○	○○○○○欢○
蒋 淮古本					
I A 正	争似我×××英	○○只觅○○○○	○○○○无×○○	○○迷○失○	○○○○○欢○
古本 成	不如我一担英	○○只觅○○○○	遥○○舞在密○	○○迷○失○	○○○○添○○○
III 吴越本 缓长					

162　古典南戏研究

续表

例文	例06 第2出〔十棒鼓〕第2句（丑）奴奴生得如花貌，<u>言语又波俏</u>。	例07 同上第6句（丑）方才房中朴衣补袄，<u>忽听老公叫</u>。	例08 同上第7句（丑）<u>慌忙便来到</u>。	例09 第2出〔梧叶儿〕第4句（生）<u>等待春雷动</u>，管取报君贤。	例10 第2出〔梧叶儿前腔〕第4句（丑）宁可添一斗，怎禁一口添，<u>全不管家庭</u>。
II 京本	言语又波俏〇〇〇〇〇	忽听×老公×叫〇〇×〇〇×〇	慌忙来到〇〇〇〇〇	等待春雷动〇〇〇〇〇	全不×管庭〇〇×〇〇〇
IC 修改古本	〇〇〇〇〇通〇	〇〇×〇〇×〇		〇〇〇〇〇	〇〇顾〇〇〇
吴籁					
IB 沈	〇〇〇〇通〇	〇〇×〇〇×〇	〇〇〇〇〇		
蒋 准古本					
IA 正		〇〇得〇〇×〇	〇〇走〇〇	早日风云会	
成古本	〇〇〇〇不〇	〇〇的夫郎〇	〇〇走〇〇	我若身荣显	〇〇会〇〇庭
III 缀					
长 吴越本					

第三章 《白兔记》剧本的分化与流传

续表

例文	例 11	例 12	例 13	例 14	例 15	例 16
	第 4 出〔小引〕第 6 句(净)但办志诚心，何劳神不灵。	同上第 7 句(净)但办志诚意，何劳神不至。	第 5 出〔七娘子〕第 1 句(老旦)孩儿美貌体天然，似洛神仙。	同上第 4 句(旦)凛烈寒风垂幕，	同上第 5 句(旦)喜得晴朗天气。	第 5 出〔尾犯序〕(老旦)村落少人烟，见横塘水暖，宿鹭如拳。
II 汲 京本	何劳神不灵	何劳神不至	孩儿美貌体天然	凛烈寒风垂幕	喜得晴朗天气	见横塘水暖，宿鹭如拳。
I C 暖 修改	○○○○○	○○○○○	○○○○○○○	○○○○○○	○○○○○○○○	○○○○○，○○○○
I C 逸 古本	○愁○○○	○愁○○○				
I B 吴 准古本						
沈						
蒋						
I A 正	○愁○○○	○愁○○○	○○一○木○○	愿天得遇好姻眷	凭媒氏逢佳婿做姻眷	×○塘○浅，玉○聪○
古本 成	×××××	×××××	○○一○木○颜	愿天得遇好姻眷	逢媒事拜夕做姻眷	×○○○，玉○○○
III 缀 吴越本	○愁○○○	○愁○○○				×○堂○○
长						

续表

例文	例 17	例 18	例 19	例 20	例 21
	第5出〔人赚〕第2句（外）见你才貌兼全，<u>身狼又饥寒</u>。	同上第3句（外）是我<u>领归来，好生与我行方便</u>。	同上第16句（旦）莫埋怨，口食身衣宿世缘，<u>留在家中听使唤</u>。	同上第17句（老旦）休强言，守闺女不当汝占先。	第5出〔缠枝花〕第05句（外）自然不用愁衣饭，×××××，××××××
Ⅱ 京本 汲	见你身狼又饥寒。○○○○○○○○	×好生与我行方便×○○○○○○○○	×留在家中听使唤×○○○○○○○○	×休强言 ×○○○	只愁他福分浅，枉了行方便 ×××××××，×××××××
ⅠC 修改古本 暖逸吴籁					
ⅠB 准古本 沈蒋					
ⅠA 古本 正成	○他○○○○○○	你○○○○○○○	旦○○○○○○○	你○○○	只愁他福分浅，枉了行方便
Ⅲ 吴趣本 缀长	○他○○○有○○	你○×××○○○	旦○○○○○○○	你○○○	只愁他福分浅，枉了行方便 ×××××××，×××××××

第三章 《白兔记》剧本的分化与流传　165

续表

		例 22	例 23	例 24	例 25	例 26
	文	同上第 3 句〔生〕再告婆婆听言，这恩德铭心镂肝。	第 6 出〔小桃红〕第 6 句〔外〕放目看西东，四下里影无踪。	同上第 7 句〔外〕只听得雷声也。	第 6 出〔蛮牌令犯〕〔旦〕怪哉，怪哉，真径哉，见五色蛇儿坠紫青红。	第 6 出〔驻马摘金桃〕〔外〕他本是豪门，住在沙陀小李村。
Ⅱ 京本	汲暖	这恩德铭心×镂肝。○○○○○×○○	四下里影无×××踪。××××○××××××	只听得雷声×也。○○○○○×○	见五色蛇儿坠紫青红。○○○○○○○○○	×住在沙陀小李村。×○○○○○○○
ⅠC 修改古本	逸吴					
ⅠB 淮古本	籁沈 蒋					
ⅠA 古本	正成	○○○○○×肺腑 ○○得明○任肺腑	○○○○○穷断 人○×× ○○○○○×××断人	○○○○○动○ ○○○○○动○	○○○○○○○○素○○ ○○○○○○○素○○	就○○○○○○○○ 前○○○○○○○○
Ⅲ 吴越本	缀唱					

续表

例	例 27	例 28	例 29	例 30	例 31
文	同上第6句（外）他暂时落魄暂时贫，领归来自然依本分。	同上末句（外）交他进也无门，退也无门。全不有大人苦乐不均。	第7出〔天下乐〕（外）喜室家男女及时，看双双俏如比翼。	同上第5句（外）五百年前结会，相看到此不暂离。	同上第6句（外）行坐如鱼水。
Ⅱ 汲	×领归来×自然依本分	全不有大人苦乐不均	看双双俏如比翼	相看到此不暂离	行坐如鱼水
京本 暖	×○○○×○○○○	○○由○○○○○○	○○○○○○○	○○○○○○○	○○○○○
ⅠC 逸					
修改古本 吴					
颇					
ⅠB 沈	×○○○×必定能安○	○○由○○○○○○	○○○宛如○○	今生共成连理×	配合成一对
准古本 蒋					
ⅠA 正	你们×××休得同争论	○○由○○○○○○	有○○宛如○○	今生共成连理×	配合成一对
古本 成	我○○○他○○○○○	○○由○○○○○○	○○○效鱼○○	相看依此不暂离	一步不斯离
Ⅲ 缀					
吴趋本 唱					

第三章 《白兔记》剧本的分化与流传   167

续表

例文	例32	例33	例34	例35	例36	例37
	同上第7句(外)图伊改门闾。	同上第8句(外)满家都荣贵。	第10出〔玉交枝前腔〕第5句(生)画一画满怀愁万千。	同上第6句(生)丢一丢顿觉必惊成。	同上第7句(生)怎写得休书尽言。	第10出〔石榴花〕(末)我哥哥眼内识贤人，情愿将伊妹子结成亲。
II 汲京本	××图伊改门闾	满家都荣贵	画一画满怀愁万千	丢一丢顿觉×必惊成	怎写得休书尽言	情愿将伊妹子结成亲
暖	××○○○○○	○○○○○	○○○○○○○○	○○○○○××○○	○○○○○○○○	○○○○○○○○○
IC修改古本 逸						
吴						
颤						
IB准古本 沈	从今○○○	我也身○○	○○○○○○○○	撒○撒○○○○	○画○○○字全	○○○○○○○为○
蒋						
IA古本 正	从今○○○	我也身○○	○○○○○○○○	撒○撒○○○○	○画○○○字全	○○○○○○○为○
成	×××○○□	○○○○○	撒○撒○○○○○	画○划顺交人○○○	○画○○全全全	○○○女××○为○
III吴越本 缀						
长						

续表

例文	例 38	例 39	例 40	例 41	例 42	例 43
	同上第 4 句〔末〕你们休得闲争论,被傍人闻知作话文。	第 12 出〔醉扶归〕第 1 句（旦）好苦切甘生受,只得到此甘藏羞。	同上末句（旦）泪湿透衣衫袖。	第 12 出〔醉扶归二〕第 2 句（生）这碗淡饭怎人口,胡乱充饥真要愁。	同上末句（生旦）泪湿透衣衫袖。	第 12 出〔旦〕又道是一年未定,宁死不改嫁。第 2 句〔狮子序〕又道是一年未定,如何又我改嫁人。
II 京本	被傍人闻知作话文 ○○○○○○○○	×好苦切生受 ×○○○○○○	泪湿透×衣衫袖 ○○○×○○○	这碗淡饭怎人口 ○○○○×○○○	泪湿透×××衣衫袖 ○○○×××○○○	又道是一年未定 ○○○○○○○
I C 修改古本						
I B 准古本						
I A 正古本	○邻○句知道○○○	×奴○恼○○○	○○○丁奴○○○	○○○○教我○○○	○○丁奴○○○	○○○○言为○
古本 成	○乡邻○道○○○	×苦恼子揶○○	○○○○奴○○○	○○○○交我○○○	○奴××劳末○	止望○○劳末○
III 吴越本 长		凄凄○○○○○	○○○×○○○	○○○○×○○○	○○○×○○○	自古×○○○订

第三章 《白兔记》剧本的分化与流传　169

续表

例文	例 44	例 45	例 46	例 47	例 48
	同上第 4 句（旦）<u>是我腹中有孕</u>。	同上第 5 句（旦）<u>怎交儿女从别姓</u>。	同上第 6 句（旦）<u>你出言语忒煞仿情</u>。	同上第 6 句（旦）<u>这恩德如盐落井</u>。	第 12 出〔狮子序前腔〕曲第 1 句（生）<u>上告妻听怕你执不定</u>。
Ⅱ 京本	是我腹中有孕 ○○○○○○	怎交×儿女从别姓 ○○×○○○○○○	你出言语忒煞×仿情 ○○○○○○×○○	这恩德如盐落井 ○○○○○○○	上告妻听怕你执不定 ○○○○○○○○○×
ⅠC 修改古本					
ⅠB 准古本					
ⅠA 正成缀长本	况○○○○○○	○教我○○○○○	○○○○○○×相轻	○情○○○○	○贤○○○○心○○×
	奈○○○○○○	○我○○随○○	○○○×要时间相轻	○情○○○○	○贤○○休×为我忧成病
Ⅲ 吴趋本	况○○○○○○	○教我○○○○○	×○○○○○○○○	○恩×○○○○	

续表

例文	例49	例50	例51	例52	例53	例54
	同上第2句（生）你哥嫂忒毒狠。	同上第3句（生）只恐你口说无凭准。	第15出〔三学士前腔〕（净）刘郎去了无音信，何故改嫁别人。	第21出〔川拨棹〕（旦）愿孩儿长寿，子母每得到头，免刘郎绝嗣后。	第21出〔饶饶令〕第3句（旦）十月怀胎娘生受。	同上第4句（旦）儿子是眼前花水上鸥。
Ⅱ 京本	你哥嫂忒毒狠	只恐你口说无凭准	何故××改嫁别人	子母每得到头	十月怀胎娘生受	儿子是眼前花水上鸥
	○○○○○○○	○○○○○○○○	○○×○○○○○	○○○○○○○	○○○○○○○○	○○○○○○○○
ⅠC 修改古本						
ⅠB 准古本						
ⅠA 古本	○○○浪夫紧	○怕○○○○○○	如何教我○○○○	免×教纲临头	○○○相○○○	○女似○○○○泅
	○○○琅夫紧	○怕○○○○○○	○○教我○○○○	免孩儿○○○	○○○眈奴心○	口女口×腮○○○泅
Ⅲ 吴越本						
唱						

第三章 《白兔记》剧本的分化与流传

续表

例文		例 55	例 56	例 57	例 58	例 59	例 60
		第21出〔宜春令〕第2·3句（旦）兄嫂无知,将他撇在水。	同上第7句（旦）长成时,休忘丁宴公恩义。	第29出〔绵搭絮〕第1句（旦）别人家兄嫂有亲情,唯有我的哥哥下得心肠恶面皮。	同上第5句（旦）每夜拷拳独睡,未晓要先起。	第29出〔绵搭絮〕前腔）第6句（旦）颠倒是富家儿,奴做丁驱使。	同上第7句（旦）莫怪伊家无礼。
II 京本	汲	兄嫂无知×××	××长成时	别人家兄嫂有亲情,××××××	未晓要先起	颠倒了驱使	莫怪伊家无礼
IC 修改古本	暖	○○○○×××	××○○○	○○○○○○○,××××××	○○○○○	○○○○○○	○○○○○○
	逸						
	吴						
IB 准古本	籁						
	沈						
	将						
IA 古本	正	○○不仁没道理	×若○○○	哥哥直苦不思忆,和你共乳同胞	讨事寻口×	○番○○奴婢	○○良人○○
	成	○○不合没道理	你若○○○	哥哥直苦不思忆,合你共乳同胞	讨是寻非×	○○○×奴仔	○○若×○○
III 吴越本	缀				○○○×		
	唱						

续表

例文	例 61 第29出〔雁过沙〕(旦)贞洁妇，怎肯作歹事。	例 62 第29出〔香罗带前腔〕(旦小生)异日说冤根，取薄幸人。	例 63 第30出〔歌儿〕第3句(生)也是无极奈何沙陀村，受狼也是无极奈何。	例 64 同上末句(生)磨房中生下你儿一个。
II 京本	怎肯作歹事〇〇〇〇〇	异日说冤根，×取薄幸人〇〇〇〇〇，×〇〇〇〇	受狼也是无极奈何〇〇〇〇〇〇〇〇	磨房中生下你儿一个〇〇〇〇〇〇〇〇
I C 暖逸 修改 古本				
I B 吴颇 沈 准古本		〇〇〇〇〇·报〇〇〇〇 〇〇〇〇〇·报〇〇〇〇		
I A 蒋正 成 古本	〇敢〇事歹 〇敢〇事歹		〇饥寒〇〇〇〇〇〇 〇贫寒××无计〇〇 〇贫寒××〇〇〇〇	〇〇〇养〇〇〇〇 ×××养〇〇×〇〇 ×××产〇〇〇〇〇
III 缀唱 吴越本	〇〇〇事歹			

本改作"要见",使句意更明确。就是:虽然要看,但无处可见。

　　[例06] ⅠA[成]作"言语又不俏",ⅠB[沈]作"言语又逋俏",句意不通。Ⅱ群改作"言语又波俏",意思才通,就是:言语又锐利幽默。

　　[例16] ⅠA[成]作"横堂水暖,玉路如拳"。[正]本将"堂"字改作"塘"字,"路"字改作"鹭"字。Ⅱ群都改作"宿鹭"。[成]本费解的表现,逐渐被改正,以Ⅱ群[汲]本的表现最为妥当。

　　[例22] ⅠA[成]作"这恩得明心在肺腑","恩得明心"的意思不大清楚。[正]改作"恩德铭心"以清晰。Ⅱ群都改作"恩德铭心镂肝",更为文雅。

　　[例25] ⅠA[成][正]作"见五色蛇儿坠素青红","素"字不通,Ⅱ群改作"紫",句意为顺。

　　[例29] ⅠA[成]作"看双双效鱼比翼","效鱼"两字,语意不通。[正]和ⅠB群改作"宛如",Ⅱ群改作"俏如",都离开"效鱼"的语音,使句意通顺。

　　[例39] ⅠA[成]作"苦恼子辄生受",句意不通。[正]改作"奴苦恼甘生受",Ⅱ群改作"好苦切甘生受"。句意更为清楚,表现也更为文雅。

　　[例43] ⅠA[成]作"止望一劳未定",句意不通。[正]改作"又道是一言为定",意思才通。Ⅱ群改作"又道是一牢永定",句意稍微改变,亦通。

　　[例53] ⅠA[成]作"十月怀耽","怀耽"两字少见,恐怕是母亲怀担儿子的意思。Ⅱ群改作"十月怀胎"的通俗表达,意思更为通顺。

　　(二) 字句之中,删去人称代词、副词、介词、助词等,使字句更为简洁,更具文言风格。

　　[例01] ⅠA[成]作"在岩前睡",[正]及Ⅱ群删去"在"字。
　　[例07] ⅠA[成]作"忽听的丈夫郎叫",[正]作"忽听得老公叫"。ⅠB群[睦]、Ⅱ群都删去"的"字或"得"字改为"忽听老公叫"。
　　[例19] ⅠA群作"且留在家中……",Ⅱ群删去副词"且"字。
　　[例20] ⅠA群[成] [正]作"你休强言",Ⅱ群删去代词

"你"字。

［例26］ⅠA群作"前（就）在沙陀小李村"，Ⅱ群删去"前（就）"。

［例27］ⅠA群［成］［正］插有代词"我"、"他"、"你们"，Ⅱ群都删去代词。

［例32］ⅠA群、ⅠB群作"从今改门闾"，Ⅱ群删去"从今"两字。

［例41］ⅠA群作"这碗淡饭交（教）我怎入口"，Ⅱ群删去"交（教）我"。例51亦同。例45删去"我"字。

［例42］ⅠA群作"泪湿（了）我（奴）衣衫袖"，Ⅱ群只作"泪湿透衣衫袖"。

［例56］ⅠA群作"若长成时"，Ⅱ群删去"若"字。

（三）删去动词，使表现改为简洁

［例08］ⅠA群作"慌忙走来到"，ⅠB群、Ⅱ群却把"走"字改作"便"字，可以说删去动词以简化字句。

［例10］ⅠA群作"全不会管家庭"，ⅠC凡作"全不顾管家庭"，Ⅱ群删去"会"字或"顾"字，改作"全不管家庭"。可以看出Ⅱ群简化字句的趋向。

［例24］ⅠA群作"只听得雷声动也"，Ⅱ群却把"动"字删去以使字句简化。

（四）把俗语系统的动词改作文言系统的动词

［例02］ⅠA群作"只闻得梅花香"，ⅠB群、ⅠC凡作"只觉得梅花香"。Ⅱ群却把"只闻"、"只觉"改作"但闻"，可以说更具文言风。

［例05］ⅠA群作"人欢聚"，Ⅱ群作"人完聚"，更符合于文言的表现。

［例11］ⅠB群、ⅠC凡作"何愁神不灵"，Ⅱ群作"何劳"，表现更为庄重。

［例50］ⅠA群作"只怕你口说无凭准"，Ⅱ群改"怕"字为"恐"字，表现更近于文言。

[例64] ⅠA群作"磨房中养下你儿一个",Ⅱ群把"养下"改为"生下",可以说是更加文言化。

(五)把费解的或上下不接的文辞,改为易懂的或上下能相应的表达

[例13] ⅠA群作"孩儿一貌本天颜(然)",意不大通。Ⅱ群改做"孩儿美貌体自然",句意才明白。

[例46] ⅠA群[成]作"你出言语(霎时间)相轻",[正]作"你出言语忒煞相轻",都跟上句"怎交儿女从别姓"有点不相接。Ⅱ群把"相轻"改作"伤情"以使上下两句更相应。

[例52] ⅠA群[成]作"免孩儿得到头",句意不通。[正]改作"免教祸临头",Ⅱ群改作"子母每得到头",都使句意通顺。Ⅱ群似乎更为合适。

[例58] ⅠA群[成][正]作"讨是(事)寻非",跟上句"每夜搂拳独睡"不大相接。Ⅱ群改作"未晓要先起",使上下相应。

(六)俗语表现改做文雅表现

[例54] ⅠA群[成][正]作"儿女腮似水上沤",Ⅱ群改作"儿子是眼前花水上鸥"。Ⅱ群把原本"女子命运不定如水上浮泡"的深刻俗语表现改成为用花鸟比喻的文雅表现。

[例55] ⅠA群[成][正]作"兄嫂不合(仁)",Ⅱ群改作"兄嫂无知",似乎缓和斥责语气。

[例59] ⅠA群[成][正]作"颠倒(番)做(了)奴婢(仔)",Ⅱ群把"奴婢"改作"驱使",更为婉转。

[例63] ⅠA群[成][正]作"受贫(饥)寒(也是)没(无)极(计)奈何",Ⅱ群改作"受狼狈也是无极奈何"。狼狈比贫(饥)寒更为意思含糊。

(七)把插句删去以简化字句结构

[例01] ⅠA群[成]插有"不如我一担英雄俊杰,问天道五行

如何"句，［正］也有"争似我英雄俊杰，问天道五行如何"句。Ⅱ群都删去。

［例21］ⅠA群［成］［正］插有"只愁他福分浅，枉了行方便"句，Ⅱ群都删去。

［例23］ⅠA群［成］插句作"四下里影无踪断人"，［正］作"四下里影无穷断人踪"，Ⅱ群简化作"四下里影无踪"。

（八）直白的表现改作文学性的表现

［例14—15］ⅠA群［成］作"愿天得雨好姻缘，逢媒事择良夕做姻眷"，［正］作"愿天得遇好姻缘，凭媒氏逢佳婿做姻眷"。Ⅱ群作"凛烈寒风垂幕，喜得晴朗天气"，行文更美。

［例30—31］ⅠA群［成］作"相看彼此不暂离，一步不斯离"，［正］和ⅠB群改作"今生共成连理，配合成一对"。Ⅱ群作"相看到此不暂离，行坐如鱼水"，［正］、ⅠB群、Ⅱ群都把［成］改为美文。

［例33］ⅠA群［成］作"满家都荣贵"。［正］和ⅠB群改作"我也身荣贵"。Ⅱ群却从原本［成］作"满家都荣贵"。Ⅱ群之所以从原本，大约把"满家"两字看做文雅。

［例36］ⅠA群［成］作"怎画得休全全全"，［正］作"怎画得休书字全"，句意都不大清楚。Ⅱ群改作"怎写得休书尽言"，上下文字可以说整齐了。

［例37］ⅠA群［成］作"情愿将女结为亲"。［正］作"情愿将伊妹子结为亲"，Ⅱ群作"情愿将伊妹子结成亲"。［正］和Ⅱ群把"女"改作"伊妹子"，使表现更文雅化。

［例47］ⅠA群作"这恩情如盐落井"，Ⅱ群把"恩情"改作"恩德"，似乎强调宗族道德。

［例48］ⅠA群［成］作"休为我忧成病"。［正］作"怕你心不定"，Ⅱ群作"怕你执不定"。表现更为婉转。

［例57］ⅠA群［成］（［正］）作"哥哥直恁不思忆（惟），和（合）你共乳同胞"。Ⅱ群合并两句，改作"别人家兄嫂有亲情"，更为文言化。

［例60］ⅠA群［成］（［正］）作"莫怪君（良人）无礼"。Ⅱ群

作"莫怪伊家无礼",表现更为婉转。

(九) 调和押韵

　　[例04] ⅠA群、ⅠB群、ⅠC群作"迷踪失路"。Ⅱ群作"失路迷踪",排除韵字以使字句符合曲牌。
　　[例61] ⅠA群、ⅠB群、ⅠC群作"作事歹"。Ⅱ群作"作歹事",排除韵字以使字句符合曲牌。

　　依据这些例子,我们可以说,《白兔记》剧本以ⅠA群朴素歌词为基础,经过ⅠB群、ⅠC群的修改,逐渐文雅化,最后达到最文雅的Ⅱ群剧本。
　　Ⅲ群清代吴越本是在明末Ⅱ群京本以后才出现的,所以其歌词基本上继承Ⅱ群京本系统诸本。例41、例43、例44、例45、例46、例47、例57、例58等都是这种例子。但是Ⅲ群不一定全部符合于Ⅱ群,比如在例61和例11里,Ⅲ群[长]字句不符合于Ⅱ群,却符合于Ⅰ群诸本。因此可以推测Ⅲ群基因含有一些Ⅰ群诸本的古老因素。下面研讨这个问题。

第二节　清代吴越曲本中的成化本宾白

　　最早的《白兔记》版本是Ⅰ群《成化说唱词话》所收的剧本。但是很奇怪,成化本《白兔记》第29出的一些宾白在Ⅱ群诸本里看不见,但在Ⅲ群清代吴越本([长])里可以看见,其例子标示在表3—2和表3—3。
　　[例65] ⅠA群[成]有宾白"<u>每日宛转独睡,未晓先起,倘有时刻差迟,乱棒打奴不顾体,别人家哥嫂哥嫂有情意,偏我哥哥毒心肠忒下的骨肉尚如此</u>"。这句话在其他诸本里看不见,却只在Ⅲ群[长]里可以看到类似的宾白,就是"<u>每夜宛转独睡,有时刻差迟,他就乱棒打来不顾体,别人家兄嫂兄嫂有亲情,惟有我的哥哥,下得歹心肠</u>"。
　　[例66] ⅠA群[成]有宾白"<u>我看你屏风虽破,骨格尤存,你也不是以下人家女子,因何跣足蓬头,细说一遍</u>"。这句话,其他诸本没有,也只在Ⅲ群[长]里看得见类似的宾白。就是"<u>看你屏风虽破,骨格尤存,不是以下之人,为何跣足蓬头,在此打水,莫非有甚情怀么</u>"。

178　古典南戏研究

表 3—2

例文	例 65
Ⅱ 汲	第29出《绵搭絮（前腔）》（旦）想我孩儿倚靠谁，吃浆饭黄齑，强要充饥。××××××，××××××，××××××，×××
Ⅱ 暖	×××××××，××××××，××××××××，×××××××××，×××××。
ⅠC 逸	××××××，×××××，××××××××，××××××××。
ⅠC 昊	
ⅠC 籁	
ⅠB 沈	
ⅠB 蒋	
ⅠA 正	每日辗转独睡，未晓先起，倘有时刻差迟，乱棒打奴不顾体，别人家哥哥嫂嫂有亲情，偏我的哥哥嫂嫂毒心肠，成下的骨肉尚如此。
ⅠA 成	
Ⅲ 缀	
Ⅲ 长	每日宛转独睡，未晓先起，有时刻差迟，他就乱棒打来不顾体，别人家兄嫂有亲情，惟有我的哥哥，下得歹心肠。

第三章 《白兔记》剧本的分化与流传　179

表 3—3

例文	例 66
Ⅱ 汲 京 本	第 29 出〔小生白〕那人好人家眷，为何跣足蓬头，有甚么情怀。××××××××，××××××××那妇人好人家宅眷，何为跣足蓬头，××××，有甚么情怀。
ⅠC 修改 古本	××××××××，××××××××○○○○○○○○○，○○○○○○○，××××○○○○○。
吴 籁 沈	
ⅠB 准古本 蒋	
ⅠA 正 古 本 成	〔雁过沙〕〔旦〕衙内问我甚情怀。……
Ⅲ 缀 长	我看你屏风虽破，骨格由存，你也不是以下人家女子，××××因何跣足蓬头，××××××××细说一遍。
吴 趣 本	我看你屏风虽破，骨格尤存，×××不是以下之人，××××为何跣足蓬头，在此打水，莫非有甚么情怀么。

据此我们可以说，明初成化说唱本《白兔记》并不是只有文人问津的案头剧本，它大约在乡下的戏台上保持四百年之久的生命力，一直流传到清代地方戏，这是值得注意的。

第三节 小结

关于本文最初提到的两个问题，经过上述研讨，可得出几点结论。

　　（1）《白兔记》剧本自明初以来，由文人修改，从朴素向文雅逐渐演变下来，至明末达到最文雅的京本。

　　（2）《白兔记》早期刻本——明初成化说唱本，虽然似乎绝迹于明清两代文人主导的戏场上，但是大约受到下层民众的欢迎，在乡下野台上保持其生命，流播到清代吴越地区地方戏。

戏剧归根结底有两种社会人群在推动。一是文人，一是下层民众。这也反映在《白兔记》剧本分化上。在《琵琶记》、《荆钗记》的剧本演变史上，作为这种分化的分歧点都有闽本存在。在《白兔记》，虽然找不到闽本，但理论上一定有过这类剧本，只是现在逸失而已。下面用图表来表示其分化的过程。

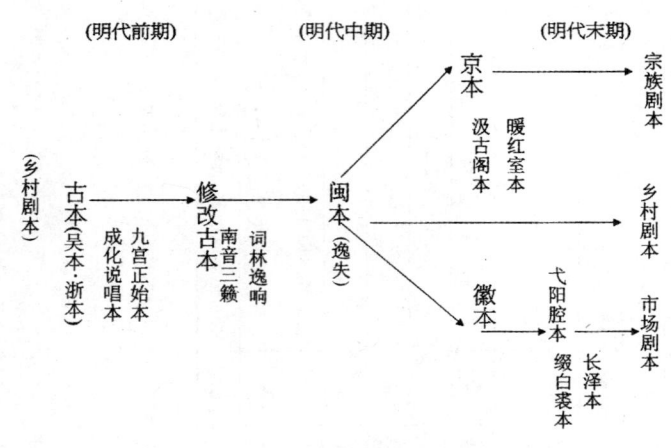

《白兔记》剧本分化过程图

第 四 章

《拜月亭记》剧本的分化与流传

引言　作品、上演记录及剧本概述

一　作品梗概

元末施君美撰《拜月亭记》（又名《幽闺记》）的故事大致如下。

　　金国的中都人蒋世隆和妹妹瑞莲一起生活。蒙古军南下，金国迁都汴梁。忠臣陀满海牙反对迁都，主张应战，却遭受奸臣谗言，全家被杀。海牙之子陀满兴福逃亡，逃到世隆家。世隆同情并藏匿了他，和他义结金兰。兴福逃出京城，做了山贼，等待东山再起。尚书王镇按照敕命，留下妻子和女儿瑞兰，赴边境求和。由于敌军迫近，世隆带着妹妹瑞莲避难。王夫人也带着女儿瑞兰避难。途中，兄与妹、母与女均告走散。黑暗中，王瑞兰听到世隆叫妹妹瑞莲的声音，走近一看，发声者是个不认识的秀才，犹豫是否随行，而别无他法，只好一同避难。另一方面，瑞莲听到王夫人呼女儿瑞兰的声音，走近前去，尽管互不认识，也假称母女，共同避难。世隆、瑞兰在流浪途中，在虎头山下被山贼捉住，而山寨之主恰是陀满兴福，他高兴与恩人的重逢，赠与旅费，帮助他们逃难。不久，二人投宿于广阳镇的一家旅店，晚上，世隆逼瑞兰交欢。瑞兰由于没有得到父母的同意，最初坚决拒绝，而经过店主的撮合，两人终于结合。但是，世隆很快就患了病，两人只得继续在该店逗留。瑞兰的父亲王尚书结束了出使，在南下途中经过广阳镇，在这家店中见到了女儿瑞兰，见到她跟世隆结姻，怒其不义，断绝其跟患病的世隆的关系，带走了瑞兰。王夫人陪着瑞莲在大雪中投宿于孟津驿，王尚书恰好也宿于此驿。夜里他听到母女的哭泣声，觉得奇怪，叫来一看，原来是陪伴少女的夫人。他高兴这一奇遇，认瑞莲为义女，全家一起回汴梁。留在店中的世隆，病渐痊愈时，兴福听到传闻前来探望。为了参加科举，两人一同赴汴梁。瑞兰在汴梁，因思念世隆伤心，半夜到院子里烧香，对着新月祈求与世隆重逢。在暗处听到此言的瑞莲，得知瑞兰的丈夫是哥哥的奇缘。不久，科举放榜，世隆以文状元及第，兴福以武状元及第。王尚书打算为两女招两状元为婿。瑞兰因世隆而不应，世隆也因瑞兰而不应，事情成胶着状态。但原委渐次明了，世隆和瑞兰、兴福和瑞莲终于结婚团圆。

此戏从头到尾讲述男女爱情故事，一点神秘性都没有。但男女之再会合，是因为瑞兰向月烧香而实现的，也有神灵的庇佑于中，这一点是老百姓乐见的。

二　上演记录

（一）在乡村上演的记录

上引《鳌头杂字》农村演剧对联之中，录有《拜月亭记》如下。

  A 莲兰闺女恋心香，月亭会一门姑嫂；文武状元夸手段，鸿卢唱两姓兄弟。

  B 姑嫂会良媒，喜见莲兰同一瑞；弟兄真义契，还夸文武占双魁。

这里表现故事中男女双对的奇缘，保持较为客观的描述。

（二）在宗族文人厅堂中上演的记录

  ○冯梦祯《快雪堂日记》卷60：万历癸卯七月十一，晴，同屠冲旸驾楼船至矣。初闻入余舟，遂拉过其船，船以为馆，留余叙张乐，演《拜月亭》，乐半，余诸姬奏伎，隔船，冲旸大加赏赐。

可见文人应酬时，家乐有时演出《拜月亭记》。

（三）在市场上演的记录

山西临汾发现的明代乐户资料《迎神赛社礼节传簿》（万历二年抄录）反映了当时市场性祭祀戏剧情况。其中录有演出《拜月亭》的记载，如下。

○北方玄武七宿，第13宿"室"，第4盏，<u>广野奇逢</u>①
○西方白虎七宿，第17宿"冒"，第5盏，<u>相逢</u>②

"广野奇逢"（或简称为"相逢"）是逃难者蒋世隆跟王瑞兰在野店中结合的故事，是老百姓最喜欢的桥段，反映出市场观众特别爱好男女欢情剧目。

三　剧本

《拜月亭记》虽然有头有尾的古本不多，但是有些明代曲谱或散出集里，普遍录有其古本散套或散句。据此我们可以看到明代初期的《拜月亭记》古本的情形。如果以这种古本为标准，对照嘉靖以后出现的新本，发现两者之间的差异，那么我们可以知道古本新本之间的传承系统关系，而且进一步能够掌握《拜月亭记》剧本的演变和其戏剧史上的意义。

首先依靠剧本的本文字句异同关系，把笔者所看到的《拜月亭记》剧本分为四类如下。[ ]内一字标出略号。

ⅠA群　古本

这一类是成立最早的古本。风月锦囊本（♯101）虽然只录有九出，却为嘉靖三十二年（1553）刊刻的最古老的剧本。蒋孝本（♯103）也是嘉靖年间刊刻的曲谱，含有《拜月亭记》的许多散曲，可以看做反映嘉靖以前的古本的资料。九宫正始本（♯102）虽然是明末抄写的曲谱本，但是其载录的散曲字句保留古本的痕迹，常常一致于［蒋］本或［锦］本，因此它属于古本。这三种似乎是明代前期在吴越地区流行的剧本，可以算是昆曲的祖本。

---

① 《迎神赛社礼节传簿四十曲宫调》，《中华戏曲》第3辑，第89页。
② 同上书，第93页。

♯101　《全家锦囊拜月亭记》5卷，明嘉靖三十二年詹氏进贤堂刻本。王秋桂编《善本戏曲丛刊》所收。[锦]

♯102　《拜月亭记》散曲，明徐迎庆等辑《南曲九宫正始》所收。[正]

♯103　《拜月亭记》散曲，明蒋孝辑《旧编南九宫谱》所收，嘉靖间刻本。[蒋]

ⅠB群　修改古本

这一类是修改古本的准古本。虽然不能看做真正的古本，但是保存一些古本的因素。比如沈璟所编的南九宫谱（♯111）系修改蒋孝的南九宫谱而成，更接近于明代后期的昆曲，属半旧半新的折中本。南音三籁本（♯112）、吴歈萃雅本（♯113）、词林逸响本（♯114）等都是明代后期出版的散出集，也具有半旧半新的因素。总之，这一类可以算是带有新本因素的折中古本。

♯111　《拜月亭记》散出，明沈璟辑《南曲谱》所收。[沈]

♯112　《拜月亭记》散出，明凌初成辑《南音三籁》所收。[籁]

♯113　《拜月亭记》散出，明梯月主人辑《吴歈萃雅》所收。[吴]

♯114　《拜月亭记》散出，明许宇辑《词林逸响》所收。[逸]

Ⅱ群　闽本

这一类是带有古本因素的坊刻通俗本，宾白很多，似乎是根据一些戏人在戏台上演出时用的剧本而编撰的。比如世德堂刻本（♯201）是带有许多通俗宾白的剧本，但是其歌词保留古本的因素，保存古本字句的程度有时甚至于超过ⅠB群诸本。明代福建建州出版这类通俗剧本，其他四大南戏剧本里也可以看得到这一类。我们把这类叫做闽本。世德堂本《拜月亭记》虽然出版于南京，但是其通俗性似乎继承闽本，亦可被列做闽本。凌延喜本（♯202）也带有这类因素的一部分，所以属于同一群。

♯201　《新刊重订出相附释标点拜月亭记》2卷，明世德堂刻本。《古本戏曲丛刊》初集所收。［世］

♯202　《幽闺怨佳人拜月亭记》4卷，明吴兴凌延喜校刻本。民国时期武进陶氏影印本，日本京都大学文学部藏。（卷首图10）［凌］

Ⅲ群　京本

这一类是明代后期成立的新本，经过文人修改，古本独有的朴素字句大多数改变为文雅的表现，宾白删去的多，因此有歌有白的古本改为一种以歌词为主的文雅曲本。这类似乎是文人官僚或大宗族宴会时在家堂里家班清唱用的高级演出本或文人爱读的曲本。容与堂刻本（♯301）是杭州出版的，可算是最文雅的剧本。汲古阁刻本（♯303）是常熟出版的，后来收入《六十种曲》，可以算是江南最流行的一种。暖红室本（♯302）是这一类的民国后期刻本，可以知道，民国时期文人社会仍尊重这类雅本。

♯301　《李卓吾先生批评幽闺记》2卷，明虎林容与堂刻本。《古本戏曲丛刊》初集所收。［容］

♯302　《注释拜月亭记》2卷，罗懋登注释，暖红室刻本。［暖］

♯303　《幽闺记》2卷，明虞山毛氏汲古阁刻本，《六十种曲》所收。［汲］

ⅣA群　徽本

这一类是安徽、江西、福建地区流行的徽调戏剧的散出集。歌词基本上属于古本，但是增补大量的宾白。可以算是下层社会演出的通俗剧本，大多数是在福建建安出版的。

♯401　《拜月亭记》散出，《词林一枝》所收，万历间闽建书林叶志元氏刻本。［词］

♯402　《拜月亭记》散出，《八能奏锦》所收，万历间蔡正河刻本。［八］

♯403　《拜月亭记》散出，《乐府菁华》所收，万历二十八年三槐堂王氏刻本。［菁］

♯404　《拜月亭记》散出，《玉谷新簧》所收，万历三十八年刘

次泉刻本。[玉]

♯405　《拜月亭记》散出，《摘锦奇音》所收，万历三十九年敦睦堂张氏刻本。[摘]

♯406　《拜月亭记》散出，《万曲明春》所收，万历间闽建书林金氏刻本。[明]

ⅣB群　弋阳腔本

这一类是徽本的简化本。徽本拥有的大量宾白，在这里删去了很多，结果比徽本文雅一些，文人也接受。跟徽本一样，大多数是在福建建安出版的。

♯411　《拜月亭记》散出，《乐府红珊》所收，万历间唐振吾刻本。[红]

♯412　《拜月亭记》散出，《尧天乐》所收，明末闽建书林熊氏刻本。[尧]

♯413　《拜月亭记》散出，《徽池雅调》所收，明末燕石居主人刻本。[徽]

♯414　《拜月亭记》散出《时调青昆》所收，明末四知官杨氏刻本。[青]

以上一共有六群剧本。不过，我们为了研讨上的方便，把讨论的步骤分为两个阶段。第一个阶段，首先分析昆曲系诸群之间的歌词系统，就是ⅠA、ⅠB、Ⅱ、Ⅲ各群之间的歌词演变问题。第二个阶段，接着分析徽本系诸本的宾白系统，就是Ⅱ群和ⅣA、ⅣB群之间的宾白继承问题。

第一节　古本到闽本、京本的变迁

关键的问题是朴素的明代初期古本通过怎么样的过程演变为文雅的京本呢？下面依靠具体的例子，拟分析古本演变为京本的过程。虽然进程有曲折，但是一言蔽之，演变是由闽本推进的。我们可以用例子来证明这个事实。

先介绍古本通过闽本演变为京本的例子，就是闽本保留古本字句，京本却采用新的文句。请看下列的表 4—1 的例 01~23。每个例子上摘出下划线部分的句子以表示各本异同，以汲古阁本为底本对照各本。

这 23 个例子里，可以看到，古本、准古本和闽本这三群剧本之间的字句差不多一致，可以算是明代前期的剧本。相反地，明代后期成立的京本的字句，跟这三群很不一样，是修改三群系统的字句而编撰为新本的。古本是明代前期出现的，京本是明代后期出现的，闽本是在两者之中间过渡的阶段。

这里又有一个值得注意的事实，就是说，两种闽本同样继承古本，但是其中的世德堂本比凌延喜本更接近于古本，更多保留古本的因素。相反地，凌本比世本更接近于京本，更多受到文人修改的影响。关于这个，请看下面开列的表 4—2。

这些例子里，我们可以知道：两种闽本同处古本至京本过渡的地位，凌本接近于京本系统，世本接近于古本系统。据此也似乎可以推测，古本演变为京本时，明代后期的文人很可能以世德堂本为基础，先把世本改为凌本，然后把凌本改为京本。世本始终处在关键的节点。那么文人在什么方针之下进行这种修改工作呢？这是最引人注意的问题。关于这个，我们在上文的对照表里可以看得出其回答之一端。下面研讨这个问题。

（1）古本或闽本句子里大量代词、称谓词或指示词，京本却删去以简化句子。

　　［例 A9］古本［正］，闽本［世］有代词"他"，京本删去。
　　［例 B4］古本［正］、准古本［沈］、闽本［世］有代词"我"，京本删去。
　　［例 B16］古本［正］、准古本［沈］、闽本［世］［凌］有代词"他"，京本除了［容］本之外，都删去。

（2）古本或闽本句子里大量的副词或助辞，京本删去以简化。

　　［例 A9］古本、闽本有表示推测的副词"多"或"多应"，京本删去，以动词"想"代替，简化句子。
　　［例 A18］古本、闽本都有表示强调的助辞"是"，京本却删去。

表 4—1

例文	例A1 第06出〔柳叶飞〕(丑)听我吟吖,一军人尽诛戮,诛戮,陀满兴福,兴福,遍将<u>文榜诸州挂</u>。	例A2 第07出〔好花儿〕(众)塑起地公塑在花园,许金钱,天……土地公塑在花园,许金钱,望指点。<u>歹人歹人哪里见</u>。	例A3 第07出〔好花儿〕前腔〕曲第02句连忙(众)寻不见忙向前。<u>搜索尽墙边院边</u>。	例A4 第07出〔山麻客〕(生)你去渡关津,怕有人盘问,<u>又设个官司文凭路引</u>。	例A5 第10出〔番鼓儿〕前腔(外)念老臣,念老臣,年登七十岁,<u>今又奉朝廷敕旨</u>。
Ⅲ京本	汲	遍将文榜×诸州挂	歹人歹人那里见,×××××××	搜索尽墙边院边	又设个官文凭路引	今又奉朝廷×××敕旨
	暖	○○○○×○○○	○○○○○○○,○○××○○○	○○○○○○○	○○○○○○○○	××○○○××○○
Ⅱ闽本	容	○○○○×○○○	○○○○○○○,○○××○○○	○○○○○○○	○○○○○○○○	××○○○××○○
	凌	○张○○行○×处	○恰是○○○,歹人×恰是那里见	○○院○墙○	○○○○○○○○	××○○○○宣行○○
	世	○张○○行○×处	反○恰是○○○,××××那里见	○○院○墙○	○○○○○○○○	××○○○○宣行○○
ⅠC修正古本	逸					
	吴					
	颍					
ⅠB准古本	沈	○张○○行○×处	○○×○○○○,××××那里见	(寻○院○墙○	○○○○○○○○脚	××○○○宣行○○
	蒋	○张○○行○×处		○○○○○○○	○○○○○○○○	××○○○宣行○○
ⅠA古本	正	○张○○行○×处		○○○○○○○	○○○○○○○○脚	××○○○宣行○命
	馆					

第四章 《拜月亭记》剧本的分化与流传   189

续表

例文	例 A6	例 A7	例 A8	例 A9	例 A10	例 A11
	第 10 出〔东风第一枝〕第 4 句,(旦)绣工停却金针,红炉画阁人闲。	同上第 5 句〔金珑璁〕(旦)金珑香袋,丽曲翻柑弓弯。	第 14 出〔人月圆前腔〕(小旦)他们赶着无轻纵,人似豺狼马似龙。	第 16 出〔望梅花〕(生)端连,叫得我不绝口……此间无处安身,想只在前头后头。	第 16 出〔满江红尾〕(小旦)我那哥哥,大喊一声过,唬得人獐狂鼠窜哪里去了	第 16 出〔满江红〕(小旦)怎生撇下丁我,教我无处安身,无门路可躲。
京本	汲暖容	绣工停却金针 ○○○○○○	金珑香袋 ○○○○	人似豺狼○○○马○○○○	××想○只在×前头××后头	第 16 出〔满江红尾〕下丁我,教我无处安身,无门路可躲。
			○○○○×××○○○○	×○×○○×○○○○	獐狂鼠窜哪里去了	教我无处○○○
闽本	凌世	○○闲○○○	○○炉○	×如虎般英雄○○○	多应×○○×○○○他	○○○○○
			×如虎般英雄○○○	多○×○○他○○××		○○○○○
					○○○○○○○也	此身○○○存
修正古本	逸吴					
			×如虎般英雄○○○			
古本	籁沈	○○闲○○○	○○炉○			
	蒋	○○闲○○○	○○炉○	多应是×○○×○××	○○○○○○○○也	此身○○○存
正馆	正	○○闲○○○	○○炉○	多×××○○他○○××	○○○○○○○○也	此身○○○存

续表

例文	例 A12	例 A13	例 A14	例 A15	例 A16	例 A17
	第17出〔金莲子〕第2句（旦）古今愁，古今愁，谁似我目下这样愁。	同上第5句（旦）听军马骤，军马骤，人乱语稠。向深林中逃难，恐有人搜。	第17出〔金莲子前腔〕（生）神天佑，神天佑这答儿是有亲骨肉，见了向前走。	第17出〔古轮台〕（旦）自惊疑，相呼唤厮相回，瑞兰曾相识。	第17出〔古轮台前腔〕（生）旷野间，见独自一个佳人，生得干娇百媚，况又无夫无婿，眼见得落便宜。	第18出〔普天乐〕（小旦）兄安在，妾是何如。真个是逆旅劳劳途。
汲（京本）	谁似我目下这样愁	向深林中逃难	见了××向前走	相呼厮唤两相回	况又×××无夫无婿	真个是逆旅劳劳途
暖	○○○○○○○	○○○○○○	○○×××○○○○	○○○○○○	○○×××他○○○○	○○○○○○○
容	○○○○○○○	○○○○躲避	○○××○○○○	○○○○○○	××他×○○○○	○所谓闲○○○
凌（闽本）	○○○○○○般忧	○○○○×避	○○寻路○○○	○○○○○三	喜得他×○○○○	○所谓闲○○○
世	○○○○○○○般忧	○○○○躲避	○○寻路○○○			
逸（修正）				○○○○○三	××他×○○○○	
吴						
顾（古本）	○○○○○○○忧	○○○○躲避	○○寻路○○○	○○○○○三		○所谓闲○○○
沈	○○○○○○○般忧	○○○○躲避	○○只得○○○	○○○○○三		○所谓闲○○○
蒋（正）	○○○○○○般忧	○○○○躲避	○○寻路○○○	○○○○○三	喜得他×○○○○	○所谓闲○○○
锦（古本）	○○○○○○○忧	○○○○躲避	○○寻路○○○	○○○○○三		○所谓闲○○○

第四章 《拜月亭记》剧本的分化与流传

续表

例文	例 A18	例 A19	例 A20	例 A21	例 A22	例 A23
	第18出〔水仙子〕(老旦)生来这苦何曾惯经。(小旦)眼见苦何错，十分定。(老旦)眼见苦何错，事无奈何，只得陪些下情。	第18出〔刮地风〕第2句(老旦)看他举止，与我孩儿也不怎撑。	同上第10句(小旦)谢深恩，感大恩数取奴一命。	第19出〔念佛子前腔〕(众)稍迟延，便教你身表须臾。	第19出〔念佛子前腔〕曲末句，(众)穷酸饿儒，模样须寻俗。	同上第6句(众)随行所有，疾忙分付。
汲						
京本 暖	眼见×错，十分定	×与我孩儿也不怎撑	谢深恩，感×大恩	便教你身表×须臾	×××穷酸饿儒	×随行所有
容	○○×○,○○○	○○○○○○○○○	○○○,○×○○	○○○○○○○	×××○○○○○	×○○○○
该	○○×○,○○○	○×○○×○×甚争	○○○,○×深○	○○×○死×○○	×××○○○○○	应○○○○
闽本 世	○○是○,○○○	○×○○×○×甚争	○○○,○谢深○	○×交×死×○○	敢斯侮○○○○	应○○○○
逸				○○○○死×○○	敢斯侮○○○○	应○○○○
修正 吴						
籁		举×○○×○×甚争	○○○,○×深○	○○×○死×○○	敢斯侮○○○○	应○○○○
古本 沈	○○是○,○○○					
蒋	○○是○,○○○	据×○○×○×甚争	○○○,○×深○	○○×○死×○○	敢斯侮○○○○	应○○○○
正						
古本 钮						

表 4—2

		例 B1	例 B2	例 B3	例 B4	例 B5	例 B6
例 文		第6出〔泣皮鞋〕第2句（丑）我是个巡警官，日夜差科千万端。	同上第3句（丑）俸钱些少儿曾关，怎得三年官债满。	第6出〔柳絮飞〕（丑）走了陀满兴福、兴福，遍将文榜诸州挂，都用心跟捉囚徒。	第7出〔好花儿〕（众）搜腔）〕（众）搜索尽前边院边，莫不是隐身法术似神仙，走如烟，眼寻穿。	第7出〔雁过南楼〕第3句（生）无物赠君，些少少银不嫌少，望留休哂。	同上第7句（生）你此去呵，莫辞辛苦，暮行朝隐更姓名。
Ⅲ京本	汲暖	日夜差科千万端	俸钱些少儿曾关	都用心跟捉囚徒	×走如烟眼寻穿	×些少々银不嫌少	暮行朝隐更姓名
	答	○○○○○○○	○○○○○○○	○○○○○○○○	×○○○○○○○	×○○○○○○○	○○○○○○○
	凌	○○○○○○○	○○○○○○○	○○○○○○○○	×○○○○○○○	×○○○○○○○	○○○○○○○
Ⅱ闽本	世	○○○使○○○	○○○甚○○	○多○○○○○○	×○○○○○○○	×○○○○莫○○	朝○暮○○○○
	逸						
	吴						
ⅠC 修正古本	籁	○○○○使○○般	○○○○甚○○宽	多○○根○○○	我○○○○○○○	×○○○○有○○	○○○○○○○
	沈	○○○○使○○般	○○○○甚○○宽	多○○捉拿○○○		有○○○○○○○	朝○暮○○○○
ⅠA 古本	蒋 正鹄	○○○使○○般	○○○○甚○○	多○○根○○○	我○○○○○○○	×○○○○休○○	朝○暮○○○○

第四章 《拜月亭记》剧本的分化与流传 193

续表

例文	例 B7	例 B8	例 B9	例 B10	例 B11	例 B12
	第 8 出〔锦缠道〕（旦）针指暂闲时，花朝月夕，丫鬟侍妾随。	第 10 出〔番鼓儿〕（外）念老臣，年登七十岁。	同上第 8 句（外）事属安危，恨不得肋生双翅，两头行五里十日,多只行五里十里。	第 10 出〔催拍〕（外）受君恩,身居从班,怎敢辞难。食君禄·怎敢辞难	第 2 出〔刷子序〕第 5 句，（小旦）勤勤事业,学成文武,掌王朝方展讨谟。	同上第 8 句（合）但有个抱艺怀才、那曾见沧海遗珠。
Ⅲ京本	丫鬟侍妾随	年登七十岁×××	谨只行五里十里	食君禄·怎敢辞难	掌王朝方展讨谟	那曾见×沧海遗珠
	○○○○○	○○○○○×××	○○○○○○○	○○○·○○○○	○○○○○○○	○○○×○○○○
Ⅱ闽本	○○○○○	○○○○○×××	○○○○○○○	○○○·○○○○	○○○○○○○	○○○×○○○○
	○○○婢	○○已○○七十岁	×○○三五○	○○○·○○避○	事皇○○○天都	○×得苍○○○○
ⅠC修正古本						
	○○○婢	○○○○七十岁	×○○三五○	○○○·○○避○	○皇○○○○○	○×得他○○○○
	○○○婢	噺○○○○七十岁	×○○三五○	○○○·○○避○	事皇○○○天都	○×得他○○○○
ⅠA古本	○○○婢	噺○○○○七十岁	×○○三五○	○○○·○○避○	事皇○○○天都	○×得他○○○○
正锦						

194　古典南戏研究

续表

例文	例 B13	例 B14	例 B15	例 B16	例 B17
	第17出〔金莲子〕第2句（旦）听军马骤，听军马骤，人乱语稠，向深林中逃难。	同上第6句（旦）向深林中逃难恐有人搜。	第17出〔古轮台〕（旦）幸因兵火急离乡故，母子随迁住往南避。	第17出〔扑灯蛾〕（生）我是个孤男，你是个寡女，厮赶着教人猜疑。	第19出〔梧桐叶〕（旦）想画阁兰堂那样安排，翻作了草舍茅檐，这境界，怎教人偿得尽凄惶债。
Ⅲ京本 汲	听军马骤人乱语稠	×恐×有人搜	母子随迁住往南避	怎教人偿得尽凄惶债
暖	○○○○○○○○	×○×○○○	○○○○○○○○	×○○○○	○○○○○○○○○
容	○○○○○○○○	×○×○○○	○○○○○○○○	×○○○○	○○○○○○○○○
凌	○○○○○闹○急	只×○○○	子母○○○○○○	○○○○	○交我还○○○○○
Ⅱ闽本 世		只×○怕○○○		○○×○儿	
逸					
吴	○○○○○闹○○		○○○○○○○○	○○○○	○○○还○○○○○
Ⅰ C 修正古本 沈	○○○○○闹○○	只○○怕○○○	子母○○○○○○	○○×○儿	○○○还○○○○○
蒋					
正	○○○○○闹○○	只○○怕○○○	子母○○○○○○	○○×○儿	○○○还○○○○○
Ⅰ A 古本 锦	○○○○○闹○○	只○○怕○○○	子母○○○○○○	○○×○儿	○○○还○○○○○

［例 A22］古本、闽本都有表示推测的副词"敢"，京本删去。
　　［例 A23］古本、闽本都有推辞"应"，京本删去。

（3）古本或闽本有俗语或口头语，京本改为雅语或文言。

　　［例 A3］准古本、闽本作"躲避"，"避身"，京本改作"逃难"。可说是文言化。
　　［例 A22］古本、准古本有"厮侮"一词，意为欺负，京本删去。
　　［例 B1］古本、准古本作"日夜差使千万般"，闽本改作"日夜差科千万端"。"差使"改为"差科"，"千万般"改为"千万端"，都是口语改成文言。
　　［例 B7］古本、闽本［世］作"侍婢"，闽本［凌］和京本改作"侍妾"，瑞兰的谦称更为文言化。
　　［例 B10］古本、闽本［世］作"避难"，闽本［凌］和京本改作"辞难"，文言化。
　　［例 B13］古本、准古本，闽本［世］作"人闹"，闽本［凌］和京本改作"人乱"，表达更为精确讲究。

（4）古本或闽本有些句子，虽然朴素，但是有些不周到。京本把这些句子修改为合理的或更为周到的表现。

　　［例 A8］古本和闽本作"如虎般英雄"，形容番军兵马的英雄似乎有过奖之嫌。京本改作"人似豹狼"，更为妥当。
　　［例 B6］古本和闽本［世］作"朝行暮隐"，表现逃难时必须提防别人觉察。但是白天走路晚上住宿，是普通行人的活动，没有什么特别慎重的意思。京本改为"暮行朝隐"，就是夜里走路，白天隐身，如此才表现出逃难人慎重活动的意思。京本的修改可说为妥当。

（5）古本，闽本有些露骨的字句，京本避开。

　　［例 A16］古本，闽本作"喜得他无夫无婿"，表现蒋世隆知道王瑞兰没有夫婿而欢喜，这显得世隆对瑞兰的男女欲望。世隆一见瑞

兰，立刻就有这句话，难免太露骨的印象。京本删去"喜得"两字以避开这句太没有礼貌的俗话。

（6）古本谦虚的字句，京本改为官气较强的字句。

［例 B11］古本、准古本、闽本［世］作"事皇朝方展天都"，京本改作"掌王朝方展讦谟"，表现出作官的得意。

（7）古本用的假借字，京本改为本字。

［例 A19］古本、准古本、闽本作"与我孩儿不甚争"，是表示王夫人对蒋瑞莲的看法，就是说"她跟自己女儿王瑞兰差不多"。但是这"争"字是假借字，本字是"撑"字，是美丽的意思。京本改为"撑"字，符合当时曲家的规矩。京本比古本更讲究辞藻和对偶。

［例 A7］古本、准古本、闽本作"金猊炉袅"，京本改作"金猊香袅"，文句更为优美而且意思更为通顺。

［例 B16］古本和闽本作"我是孤儿"，京本改为"孤男"，对于前句"你是个寡女"，构成对偶句。

由此观之，京本修改歌词的方针是很明显的，就是简化、合理化、优美化，反映文人爱好风雅的趣味。

第二节　闽本到徽本、弋阳腔的变迁

上面说过，古本演变为京本时，闽本起过媒介的作用。尤其是世德堂本一边继承古本的痕迹，一边开出一条走向京本的新路，徽本或弋阳腔本等明代后期出现的通俗剧本也是从闽本发展过来的。下面研讨这个问题。

先分析歌词的问题。最值得注意的是，闽本尤其是世德堂本的歌词常常一致于徽本或弋阳腔本的事实。请看对照表 4—3。

这里可以看到，徽本和弋阳腔本的歌词句子跟世德堂本完全一致，无一例外。那么我们可以推测，徽本和弋阳腔本的歌词继承世德堂本的句子

第四章 《拜月亭记》剧本的分化与流传 197

表 4—3

例文		例 C1	例 C2	例 C3	例 C4	例 C5
		第 17 出〔金莲子〕（旦）古今愁、古今愁，谁似我目下这样愁，听军马骤、人乱语稠。马骤、人乱语稠。	（接上）向深林中逃难。	第 17 出〔金莲子前腔〕（生）神天佑，神天佑。	（接上）这答儿是有亲骨肉。	（接上）见了向前走。
京本	汲	听军马骤人乱语稠	向深林中逃难	××××神天×佑神天×佑	×这答儿××是有××亲骨肉	见了××向前走
	暖	○○○○○○○	○○○○○○	××××○○○×○○	×○搭○○○×○○○	○○寻路○○○
	容	○○○○○○○	○○○○○○	×××○○○×○○○	×○搭○○○×○○○	○○寻路○○○
闽本	凌	○○○○○○○	○○○○×避	谢天谢地○○佗○×××	听×○应端的○○若见○○○	
	世	○○○○○闹○识	○○○○×避			
	逸					
	吴					
	籁					
准古本	沈	○○○○闹○○	○○○○躲避	谢××××○○××××	×○搭○○○×○○○○	○○只得○○○
	蒋	○○○○闹○○	○○○○躲避	谢××××○○××××	×○搭○○○×○○○○	○○寻路○○○
古本	正	○○○○闹○○	○○○○躲避	谢××××○○××××	×○○○○端的○○×××○	
	锦		○○○○躲避			

续表

		例 C1	例 C2	例 C3	例 C4	例 C5
徽本	词	○○○○○闹○急	○○○○×避	谢天谢地望○○默庇×××	×○○应端的○○·若见○○○	○○寻路○○○
	八					
	菁	○○○○○闹○急	○○○○×闵	谢天谢地谢天地庇○××××	×○○应端的○○·若见○○○	○○寻路○○○
	玉					
	摘	○○○○○闹○急	○○○○×避	××××○○庇○××××	×○○应×的○○·若见○○○	○○寻路○○○
	明	○○○○○闹○急	○○○○×闵	谢天谢地谢○○冗○××××	×○○应的○○·若见○○○	○○寻路○○○
七阳本	红	○○○○○闹○急	○○○○×避	谢天谢地谢天地冗○××××	×○○应端的○○·若见○○○	○○寻路○○○
	尧					
	徽					
	菁					

第四章 《拜月亭记》剧本的分化与流传

并在世德堂本的基础上发展过来的。同时可以知道,世德堂本虽然在南京出版而含有一些接近京本的因素,但其本身系统跟安徽、江西、福建地区流行的徽弋本有密切的关系,而且很可能推动了徽弋本的发展。

世德堂本对于徽本和弋本发展的贡献,在其宾白上更为明显。明清之间,徽本和弋阳腔本继承世德堂本的宾白而扩大其内容,似乎更符合下层观众的娱乐要求。如果把徽本或弋阳腔本的宾白和世德堂本的宾白比较,我们很容易觉察这个事实。而且更值得注意的是部分现代地方戏也继承了这个传统。下面用一个比较对照表来表示京本、世德堂本、徽本、弋阳本之间的宾白继承关系,而且提出现代浙江新昌县保存下来的调腔《拜月亭记》剧本的宾白以备参考。(《浙江戏曲传统剧目选编》第二辑,浙江省艺术研究所,杭州,1988年,第103—105页)请看表4—4。

表4—4　　　　　　　　　第十七出〔菊花新〕

汲	世	词	菁	红	调腔
(旦)将咱小名提,进前去问他端的。我只道是我母亲,原来是个秀才。(生)我只道是我妹子,原来是一位娘子。(旦)呀,你不是我母亲,如何叫我?(生)我自叫我妹子瑞莲,谁来叫你?	(旦)缘何小名提,进前去问他端的。呀,你不是我娘亲,如何叫我小名。(生)你不是我的妹子,<u>如何应我两三声</u>。	(旦)缘何咱小名提。近前去问取端的。呀,你不是我亲娘君子,原何叫我小名?(生)<u>你不是我妹子,缘何应着我?(生)心慌步急路难行,娘子原何不志诚,不是卑人亲妹子,如何应声两三声</u>。	(旦)原何咱小名提。近前去问取端的。呀,你不是我亲娘君子,如何叫我小名。(旦)是我差了。(生)你不是我妹子,缘何应着我。(诗)<u>心慌步急路难行,娘子原何不细听,非是卑人亲妹子,如何连应两三声</u>。	(旦)缘何咱小名提。近前去问取端的。呀,你不是我亲娘君子,原何叫我小名。(生)你不是我妹子,缘何应着我。(诗)<u>心慌步急路难行,娘子原何不志诚,不是卑人亲妹子,如何连应两三声</u>。	(王瑞兰)缘何将咱小名提(蒋世隆)向前问取端的。(王瑞兰)教人心下自惊疑。(蒋世隆)我那妹?(王瑞兰)我那母?我道是妹子,原来是一位小姐。小娘行心慌意乱步难行,缘何不细听,不是卑人亲妹子,因甚连应二三声。

上面开列过ⅣA群徽本六种和ⅣB群弋阳腔本四种,因篇幅有限,现以《词林一枝》、《乐府菁华》代表徽本,以《乐府红珊》代表弋阳腔本。由于其他的徽本和弋本字句跟上举的〔词〕〔菁〕〔红〕差不多,各

本歌词（黑体部分）差不多，应该注意的是宾白的异同。徽本［词］［菁］和弋本［红］的宾白，没有继承京本［汲］，直接继承闽本［世］的宾白，而且把其末句"如何应我两三声"这句话扩写成一篇七言诗，由蒋世隆吟诵，这是曲家所谓"滚调"。调腔本也继承这个滚调。这样我们可以知道，徽本和弋阳本在闽本世德堂本的基础上，有时继承其字句，有时扩大其字句，发展到富有宾白的通俗演出本。这些增补的宾白甚至影响到近代地方戏剧。在地方戏剧发展的历史上，应该重视闽本的理由就在这一点。

第三节　小结

从上面的研讨，可以得出结论，就是明代初期的《拜月亭记》古本风格朴素，但是明代中期出现闽本以后，剧本分歧为两种，一是由文人修改加以简化、合理化、优美化的雅本（京本），一是由市井戏子修改的宾白繁化、内容通俗化的俗本（徽本，弋阳腔本）。闽本是古本演变为京本的过渡性剧本，其中半雅半俗的世德堂本是特别值得注意的，它站在雅俗分叉的关键地位。下面用一张示意图来表示本章的结论。

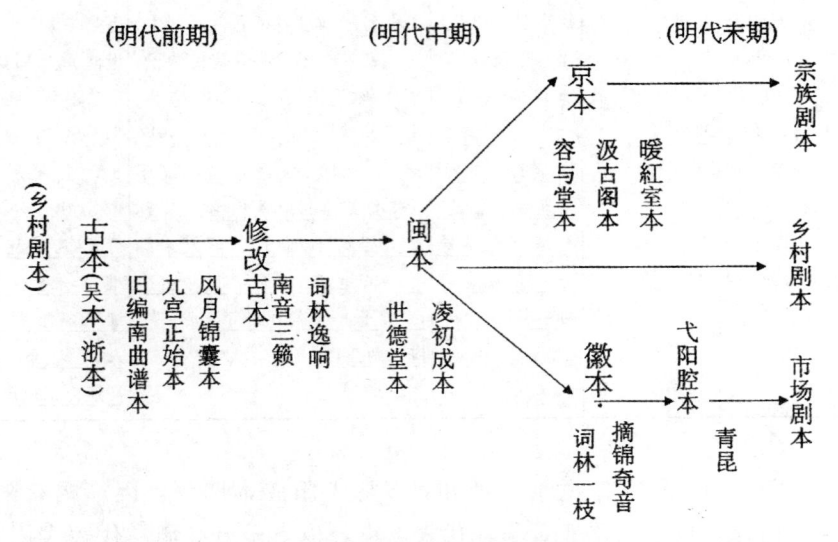

《拜月亭记》剧本分化过程图

（明代前期）　　（明代中期）　　（明代末期）

古本（吴本·浙本）→ 修改古本 → 闽本 → 京本（容与堂本·汲古阁本·暖红室本）→ 宗族剧本

闽本 → 乡村剧本

闽本 → 徽本（摘锦奇音·词林一枝）→ 弋阳腔本 → 青昆 → 市场剧本

（乡村剧本）古本：吴本·浙本、旧编南曲谱本、九宫正始本、风月锦囊本、南音三籁、词林逸响

修改古本

闽本：世德堂本、凌初成本

第五章

《杀狗记》剧本的分化与流传

引言 作品、上演记录、剧本等概述

一 作品梗概

明初徐仲由（浙江淳安人，明洪武中秀才）所撰《杀狗记》的故事如下。

东京的富豪孙华与妻子杨氏及弟弟孙荣，一家同住。孙华对弟弟孙荣怀有嫌恶之情，却尊重无赖柳龙卿、胡子传二人，跟他们结拜为义兄弟。妻子杨月贞和婢女迎春多次向夫劝告，应该断绝跟柳胡的交往而尊重胞弟孙荣，但孙华不听她们的话。柳胡二人向孙华诬告孙荣企图毒杀胞兄，孙华妄信其言，将孙荣赶走。孙荣流浪，最后住在破窑之中。冬天下雪的一日，孙华接待柳胡二人，喝醉归途倒于雪路之中，柳胡二人就在他身上偷取白玉环和纸锭而跑走。孙荣走遇胞兄倒在雪里，背着他送到他家。杨氏和迎春向孙荣感谢，给他饮食。但孙华醒过来，看到孙荣，发怒骂他，而且发现玉环和纸锭不见了，就怀疑孙荣偷取，更生气赶他走。仆人吴忠同情孙荣，访问他的破窑以送钱十贯。杨氏趁着丈夫读书的机会，提到古人弟兄和睦的故事以劝告孙华尊重胞弟，但孙华仍然不听。柳胡二人被巡夜的小官抓住，白玉环和纸锭被没收。他们访问孙荣于破窑，调唆他到衙门告胞兄独占家产之罪。孙荣拒绝。杨氏托付王老人劝告孙华。清明节，孙荣上坟，孙家下仆安童要打他，吴忠制止。孙华带柳胡二人也来上坟。柳假装孙华父亲孙豪降神于他，向孙华劝告要尊重柳胡二人。王老人向孙华提示描写田真三兄弟故事的画以劝谏他。孙华发怒而下，又命吴忠杀死孙荣。吴忠就关于救出孙荣的办法提出种种方案。杨氏心生一计，把狗尸穿上衣服，将它放在后门前，喝醉回家的孙华，被它绊倒，看作人尸，一定害怕被牵连做杀人犯，那时她劝告他拜托柳胡二人背它搬走以灭证。他们二人拒绝时，就暴露出他们俩对孙华的忠心程度。迎春从邻居王婆处购买黄狗，令人杀之，套上衣服，将它放在后门前。土地神上场，赞扬杨氏之贤，宣言要帮助她，让孙华将狗尸误认为人尸。当晚，孙华果然喝醉回家，被狗尸绊倒，误认作人尸，害怕被牵连为杀人之罪，急忙向杨氏求策。杨氏就劝告他向柳胡二人恳求将它搬到别处以灭证。孙华向二人拜托此事，但被拒绝了，再跟杨氏商量，杨氏就劝告拜托孙荣。夫妻二人访问孙荣于破窑，向他恳请将尸体背到别处以埋于土中，孙荣答应了。吴忠上来，孙华立刻取消了先前托付他杀弟弟的命令。孙荣将尸体背到城南土堆处，埋尸体于土中以灭证。孙华让孙荣同住在家里。柳胡二人来孙家。孙华向他们要求交还白玉环，斥责二人之忘恩负义，二人却向衙门状告孙华杀人之罪。开封府尹王修然上堂，孙华和孙荣都主张自己是正犯。王府尹迷惑之时，杨氏赶来，透露尸骸为狗尸的事实，王府尹派人去确认这个事实，遂将忘恩负义的柳胡二人处以重罚。通过王府尹的上奏，孙华、孙荣、杨氏获得官位和褒赏。

这是强调宗族的血缘伦理价值的作品，赞扬夫人杨氏的节义和理性的精神，剧中很少神秘性，老百姓大约认同戏剧的现实关怀。因此，代表明代戏台上流行的折子曲的诸家曲谱，比如《旧编南曲谱》、《南曲谱》、《南曲九宫正始》等，都采录许多《杀狗记》的散曲，可见明代前期其流行情况。但明代后期的曲选之中，几乎看不见歌词。可见明代后期《杀狗记》逐渐趋向于衰落。但其中演出无赖所作许多坏事，颇有提醒族人之处，一定是代表当时老百姓处理家庭关系的心态。

二　上演记录

（一）在乡村上演的记录

明代前期，福建莆田文人曾春窗有《春窗对联》（正德己卯 1519 年刊），这对联跟上引莆田曾楚卿《鳌头杂字》对联的内容上很有关系，也可以看作农村戏剧的对联。其中有《杀狗记》记录如下。

○证父攘羊非直子，劝夫杀犬是贤妻

这里排列《论语》的直躬和杀狗劝夫的杨氏，推赏家庭内儿子和妻子应行直道的态度，符合于乡村父老们的想法。
（二）在宗族中上演的记录
上引明代《醋葫芦》有云，"荆刘蔡杀"这四个适合家庭寿诞戏剧的剧目，《杀狗记》包括在内，家庭举行冠婚葬祭行事时，演出机会一定不少。
（三）在市场上演的记录
明吕坤《实政录》（万历二十六年刊）卷1（存恤茕独）有云如下。

时调新曲，百姓喜听，但邪语淫声，甚坏民俗。如有老师宿儒，词人诗客，能将近日时兴腔调翻成劝世良言，每一曲赏谷一斗。能将古人好事，如杀狗劝夫，埋儿孝母，管鲍分金，宋郊渡蚁，一切有关风化者，作为鼓板平话，弹唱说书，每书三十段以上一本，有司抄录送院，选中赏谷五石。

这里官方鼓励作者编纂像《杀狗记》一样宣扬劝世良言的时调新曲。当时所谓百姓喜听的"时调新曲"以邪语淫声为特色盛行于市场。《杀狗记》不大符合于这种市场的环境，等到此时（明代末期）恐怕已经不甚流行了。但从前（明代初期）可能流行过，如此官方才作为榜样着重提到。

三　剧本

古本是适用于乡村祭祀表演的剧本，京本是适用于文人宗族家堂表演的剧本，而且徽本或弋阳腔本是市场演剧所用剧本。闽本是从古本转变为京本或徽本的过渡期的剧本。

这个变化的类型性特色，上文通过对《琵琶记》、《荆钗记》、《白兔记》、《拜月亭记》的分析已加以证明。关于《杀狗记》，虽然资料不足够，仍可尝试分析一二。

目前所见的杀狗记剧本开列如下。[ ]内表示其略号。

ⅠA群　古本　元末明初以前成立的古本
歌词富有素朴通俗的文辞，可能是在江南乡村社会流行的。

♯101　《杀狗记》散出，《风月锦囊》所录，明嘉靖三十二年詹氏进贤堂刊本。王秋桂编《善本戏曲丛刊》所收。1993年台北学生书局影印本。[锦]

♯102　《杀狗记》散曲，《旧编南曲谱》所录，明蒋孝辑，明嘉靖年间刊本。[蒋]

♯103　《杀狗记》散曲，《南曲九宫正始》，明徐迎庆、钮少雅同辑，民国间用明末抄本影印。[正]

ⅠB群　准古本　将古本的素朴改为更文雅的文句，可能是在江南文人社会流行的。

♯201　《杀狗记》散曲，《南曲谱》所录，明沈璟辑，明万历年间刊本。[沈]

♯202　《杀狗记》散曲异文，《南曲谱》所录，明沈璟辑，明万历年间刊本。[沈2]

Ⅲ群　京本
将Ⅱ群修改为更文雅的雅本，可能是在江南宗族社会流行的。

♯301　《杀狗记》22卷，36出，明冯梦龙订，明天启年间毛氏汲古阁刊本。[汲]

♯302　《杀狗记》2卷，36出，民国年间刘氏暖红室刊本。[暖]

Ⅳ群　徽本
歌词是以古本为基础而构成的，但将大量的通俗说白插入歌词之中，是一种演出用的通俗剧本。可能是江南市场里流行的。

♯401　《杀狗记》散曲，《词林一枝》所录，明黄文华、郏绣甫同辑，明万历年间闽建书林叶志元刊本（卷首图11）。[词]

《杀狗记》只有这八种剧本流传到现在，为数比其他南戏《琵琶记》、

《荆钗记》、《白兔记》、《拜月亭记》少得多。其散出散曲，虽然在明代前期的散出集曲谱之中可以散见，然而明代后期的散出集（比如《吴歈萃雅》、《词林逸响》、《南音三籁》等）之中看不见《杀狗记》踪影。而且许多徽本散出集（比如《摘锦奇音》、《八能奏锦》、《万曲明春》等）之中，也几乎看不见。只有《词林一枝》一种录取其一二曲而已。由此可知，《杀狗记》虽然在明代前半期还在台上演出，但进入明代后半期以后逐渐淡出，明代末期就失演了，因此资料极少，不容易做详细的分析。但借鉴其他南戏古曲的例子，下面尝试分析。

第一节　从古本到闽本、京本的变迁

先用表5—1表示各种剧本的文字异同。举例方针如下。

《杀狗记》的各句之中，除了通行本（京本）之外，如果在两种以上的剧本之中可以看到异文的话，就将诸本之间的句子用对照的办法来表示。由于篇幅有限，只能将第1—12出的合要求例子共35个标出来。另外，为了将徽本跟诸本比较的方便，从第31出里抽出6个例子来表示（表5—2），其他都从略。

先讨论古本系诸本的特点以及其与京本系的风月锦囊本《杀狗记》〔锦〕的差异。

（1）风月锦囊本《杀狗记》〔锦〕。

由例A1，A2，A31，A35等可知，〔锦〕本句子大多数一致于〔蒋〕〔正〕，可以看作古本。但像A3、A33那样，部分句子有异于〔蒋〕〔正〕。而且从跟晚出的〔汲〕的距离来说，比〔蒋〕〔正〕更为疏远一些。由此可以断定，〔锦〕本是属于比〔蒋〕〔正〕更为古老的剧本。

（2）蒋孝曲谱《杀狗记》〔蒋〕。

这本是明嘉靖年间刊刻的蒋孝所编《旧编南曲谱》收录的，是昆曲系统的剧本，其中载录的《杀狗记》散曲为数极多，由此可知，明代前半期，《杀狗记》在戏台上演出的机会一定是极多的。从A08，A09，A10，A11，A12，A13，A30等例子来看，文字不一定一致于〔汲〕，但京本的祖本（比如〔沈〕）一定在这〔蒋〕的基础上改编过来的。〔正〕多一致于〔蒋〕，所以可以看作古本，但从A07、A17、A18、

表 5—1

例文		例 A1	例 A2
Ⅲ京本	汲	第 2 出〔挂真儿〕(生)传留下万卷诗书,性禀刚贞,胸怀仁义,更喜门庭豪贵。	第 2 出〔大圣乐〕(生)吾家累代缨绅,兄弟和顺,却与非亲义亲结嫡亲
	暖	传留下万卷诗书,性质刚贞,胸怀仁义,×××,×××,更喜门庭豪贵	吾家累代缨绅……×嫡亲×兄弟××
	沈	○○○○○○○,○○○○,○○○○,×××,×××,○○○○○○	○○○○○○……×○○×○○××
	沈2		
ⅠB准古本	蒋	鸡窗○勤读○○,学成文艺,性标格×,貌魁梧,福荫祖宗,福荫世传○富	○○○○簪缨……与○○生○○两个
ⅠA古本	正	鸡窗○勤读○○,学成文艺,×××× ,貌魁梧,福荫祖宗,福荫世传○富	
	錄	鸡窗○勤读○○,学成文艺,性标格×,貌魁梧,福荫祖宗,福荫世传○富	○○○○簪缨……与○○生○○两个
Ⅳ徽本	词		

第五章 《杀狗记》剧本的分化与流传　207

续表

例文		（接前）	例 A3	例 A4	例 A5
			第2出〔大圣乐〕（合）此事非容易，也算人生好恶，宿世缘分。	第3出〔丹风吟〕第3句（末）那一位解元传么？（净）可是胡子传么？（末）正是。（净）随着我来，兀的便是。	同上第4句（丑）甚人请吃嘴？（末），吃酒，怎么说吃嘴？（丑）没有吃酒。（末）还是吃酒。（丑）吃酒好欢喜
Ⅲ京本	汲	不和顺，却与亲结义亲	也算人生好恶	×随着我来，兀的便是	甚人请吃嘴……×吃酒好欢喜
ⅠB准古本	暖	○○○，○○○○○○○	○○○○○○	×○○○○，○○○○	○○○○……×○○○○○
	沈			×○○○○，○○○○	○○○○……×○○○○○
	沈2	○○○，○○○○○○○深	○论○○○○	他○后便○，○○○○	××○○酒……请○食×○○
ⅠA古本	蒋				
	正	○○○，○○○○○○○深	○○○情○○	他○后便○，○○○○	××○○酒……请○食×○○
	铜				
Ⅳ徽本	词				

续表

		例 A6	例 A7	例 A8	例 A9	例 A10
例文		第 3 出〔丹风吟〕第 8 句（丑净）怎不见孙兄来至？	同上第 11 句（丑净）去接取，去接取，迎着即便回。	同上第 12 句（丑净）说道我每来此出处。	同上第 13 句（丑净）悬悬望着员外至。	第 3 出〔解连环〕第 3,4 句（生）拼今朝共伊沉醉，同携手步月归去
Ⅲ京本	汲	怎不见孙兄×来至	迎着即便回	说道我第×××来此处	悬悬望着员外至	拼今朝共伊沉醉，同携手步月归去
	暖	○○○○○×○○	○○○○○	○○○○×××○○○	○○○○○○○	○○○○○○○，○○○○○○○
ⅠB准古本	沈	悄○○○○×○○	○○○○○	○○○○×××○○○	○○○○○○○	○宵○○○○○○，○○○○○○○
	沈2	○○○○员外○○	○○○○○归	○○○们两个都○至×	○○○○○不见	○宵○○○○○○○，○○○○○○○回归
ⅠA古本	蒋	○○○○员外○○	○○○○○归	○○○们两个都○至×	○○○○○不见	○宵○○○○○○○，○○○○○○○回归
	正					
	馆					
Ⅳ徽本	词					

第五章 《杀狗记》剧本的分化与流传　209

续表

例文	例 A11	例 A12	例 A13
	同上末句（生末）赛过关张管鲍的，切莫学割袍断义。	第 4 出〔新水令〕奴家年少多聪慧，伴娘行宴乐游戏。	同上第 4 句（贴）听箭前呼唤
Ⅲ京本 汲	赛过关张管鲍的，切莫学割袍断义〇〇〇〇〇〇〇〇	奴家年少多聪慧，伴娘行宴乐游戏	×听×箭前呼唤
暖	〇〇〇〇〇〇〇〇，〇〇〇〇〇〇〇	〇〇〇〇〇〇〇，〇〇〇〇〇〇〇	×〇×〇〇〇〇
ⅠB准古本 沈	〇〇〇〇〇〇〇〇，更〇〇〇〇〇〇〇		
沈 2			
蒋	〇〇同胞共乳〇，更〇〇〇〇〇〇	〇〇美貌〇〇慧，共〇〇每日〇〇	忽〇得娘行〇〇
ⅠA古本 正	〇〇同胞共乳〇，更〇〇〇〇〇〇	〇〇美貌〇〇慧，共〇〇每日〇〇	忽〇得娘行〇〇
锦			
Ⅳ徽本 词			

续表

例文	例 A14 同上末句〔贴〕不知有何言语。	例 A15 第 4 出〔琥珀猫儿坠〕末句〔旦贴〕难言，问甚日何时，得他心转。	例 A16 第 4 出〔琥珀猫儿坠前腔〕〔贴〕劝君不听，切莫三言，又恐官人生别见。
Ⅲ京本 汲	不知×有何言语	难言，问甚日何时，×得他心转	劝君不听，切莫再三言，又恐官人生别见
暖	○○×○○○○	○○，○○○○○○，×○○○○	○○○○，○○○○○○，○○○○○○
沈		○○，○○○○年，×○○○○	○他○○，○○○○○，怕我○○无远
ⅠB准古本 沈2			
蒋	○○道○○○○	○○，○○○○年，劝○○○○	○谏○○，○○○○○，怕我○○×倒○
ⅠA古本 正	○○道○○○○	○○，○○○○年，劝○○○○	○谏○○，○○○○○，怕我○○×倒○
锡			
Ⅳ徽本 词			

第五章 《杀狗记》剧本的分化与流传　211

续表

例文		例 A17	例 A18	例 A19
		第 7 出〔本宫赚〕第 2～4 句（末）哽咽垂双泪,直人画堂覆知,此事好伤悲	同上第 5,6 句（旦）试问取,未审何人亏负你?	同上第 7～9 句（旦）不知×怎地,你从头一一说与。
Ⅲ 京本	汲	×哽咽垂双泪,直人×画堂覆知,此事××好伤悲	试问取,未审何人亏负你	不知×怎地,你从头一一说与
Ⅰ B 准古本	暖	×○○○○○,○○×○○○○,○○×××○○○	○○○,○○○○○○○○	○×○○,○○○×××○○
	沈	×○○○○○,○○○○○○○○,○○说,○○××○○○	○○你,○○○○○○○○	○○×○○,○○○×××○○
	沈 2			
Ⅰ A 古本	蒋	×○○○○○,○米到○○伏说,○○教我○○○	○○你,○○○○○○○○	○○你的,×一一从头○○
	正	痛○○○○,○○×○○说,○○教我○○○	○○你,○○○○○○○○	○○你的,×××○○○○
Ⅳ 徽本	词			

续表

例 文		例 A20 第 7 出〔本宫赚前腔〕第 1～3 句(末)告且听启,…被东人急呼至,说着×几句	例 A21 同上第 4 句(末)百般打骂赶出去	例 A22 同上第 6 句(贴)奈我官人心性急	例 A23 同上第 8,9 句(贴)猜着就里,又敢是听人胡语
Ⅲ京本	汲	告且听启,…被东人急呼至,说着××××	百般打骂××赶出去	奈×我官人心性急	猜着×就里,又敢是听人胡语
ⅠB准古本	暖	○○○○,…○○○○○○,○○着×○○×	○○○○打骂××○○○	○×○○○○○○○	○○×○○,○○○○○○○
	沈	○○○○,…○○○○○○,○○着×○○×	○○○○××○○○	○×○○○○○○○	○○×○○,○○○○○○○
	沈2	○○○○,…○○○○○○,○○他○○	○○○○将他○○○	○何○○○○○○○	○○他○○,○○○○○言
ⅠA古本	蒋	试提起×,…○○○○○○,○○他○○	○○○○将他○○○	○何○○○○○○○	○○他○○,○○○○○言
	正				
Ⅳ徽本	锦词				

第五章 《杀狗记》剧本的分化与流传　213

续表

例文	例 A24	例 A25	例 A26	例 A27
	第7出〔竹马儿〕第3,4句，〔旦〕他效学昔日关张结义，不思量久后，有头无尾，岂知他是调谎的	同上第5句〔旦〕刁唆员外得如是	同上第6,7句〔贴〕我东人怎地多伶俐，落圈套总不知	同上第11,12句〔贴〕岂知同胞义，谩教人无语泪双垂
Ⅲ京本 汲	有头无尾，岂知他××是调谎的	刁唆员外得如是	我东人怎地多伶俐，落圈套总不知	岂知×同胞义
暖	○○○○，○○○○××○○○○	○○○○○○○	○○○○○×○○○灵利	○○×○○○
ⅠB准古本 沈		挑○○○○○○○	○○○○○○○○○○○	○○×○○○
沈2				
蒋	○○没○，○○○两个○○○○	挑○○○○○○○	○○○○自×○○，○套○○○	○念他○○○
ⅠA古本 正	○○○○，○○○×○○○○	挑○○○○○○○	○○○○○×○○，○套○○○	○念×○○○
锦				
Ⅳ徽本 词				

续表

例文	例 A28	例 A29	例 A30	例 A31
	同上第13句(贴)<u>说着后心碎。</u>	第7出〔清歌儿〕第2句(生)三杯酒万事和气,<u>又何妨每每日沉醉?</u>	同上第3~5句,(生)<u>思量孙二大无知,伊来害我,我又如何饶你?</u>	第7出〔前腔桂枝香〕(生)<u>拈针穿线,缲丝织绢,</u>兀的是妇女工夫。
ⅢB京本 汲	说着后×心碎	又何妨每每日沉醉	思量孙二大无知,伊来害我,我又如何饶你	拈针穿线,缲丝织绢
暖	○○○×○○	○○○○○○○	○○○○○○○,○○○○,○○○○○○○	○○○○,○○○○
ⅠB准古本 沈	○○○×○○	○○○○○○○	○○○○○○○,○○○○,○○○○○○○	
沈2	○○○○○○	○○○○○○○	○○○○○○○,○○○○,○○○○○○○	
蒋	○○○我○○	有○○○○○○○	颇耐○○○○○○,他○○○,我害他容易×	○○○○,机织丝○
ⅠA古本 正	○○○我○○	有○○○○○○○	回耐○○○○○○,他○○○,×害他容易×	○○○○,机织丝○
锦				
ⅣV徽本 词				

第五章 《杀狗记》剧本的分化与流传 215

续表

例文		例 A32	例 A33	例 A34	例 A35
		同上第 7~9 句（生）辄敢大胆，出言相劝，不识机变。	同上第 11 句（生）大丈夫男儿汉，终不听妇女言。	第 12 出（绣停针）第 4 句（小生）见一汉酒醉倒在街傍	同上第 5~6 句（小生）本待学刘伶人醉乡，好一似卧冰王祥。
Ⅲ 京本	汲	出言相劝，不识机变××××	终不听妇女言	酒醉倒在街傍	×本待学刘伶人醉乡，好一似卧冰王祥。
	暖	○○○○,○○○○,×××	○○○○○○	○○○○○○	×○○○○○○○○○,○○○○○○○
	沈				
ⅠB 準古本	沈2		×○○○○○		
	蒋	○○○○,○○○○,惹人嫌		○○○○○坊	你○○○○○○○○○,却番作○○○○
ⅠA 古本	锦	○○○○,○○○○,惹人嫌	×○○○○人○	○○○○○○	你○○○○○○○○○,却番作○○○○
Ⅳ 徽本	词				

A20 来看，其字句比［蒋］更接近于［汲］，如此可看作处于从古本到京本的过渡阶段。

（3）沈璟谱《杀狗记》［沈］，同异文［沈2］。

这本是万历年间昆曲专家沈璟继承［蒋］而改编的剧本，是代表更为昆曲化的剧本。从 A4，A5，A6，A7，A8，A21，A27，A28，A29，A30 等例子来看，其字句不一致于［蒋］［正］，却一致于［汲］，可知其接近于京本。但在 A10，A11，A15，A16，A17，A18，A25 等例子，保留［蒋］［正］的古本痕迹。而［沈2］更多保留古本痕迹。如此［沈］［沈2］是基本上属于京本，但含有古本的痕迹。

如此可以说，从古本到京本的转移，似乎沿着［锦］→［蒋］→［正］→［沈2］→［沈］→［汲］→［暖］的途径而进行的。更简单地说，可以推定，从Ⅰ群古本→Ⅱ群修正古本→Ⅲ群京本的顺次而进行下去的。下面更具体地分析其修改的情况。

（1）删去人称代词。

比如，在例 A4，A20，A23，A28，A30，A33，古本有的"我""他""你"等人称代词，在京本的句子里，都被删去。如此可以说，古本的口语被修改为简要的文言表现。

（2）删去介词。

比如，例 A17，A21 等，古本有的"教我——""将他——"等，在京本都删去，也是简化的趋向。

（3）删去副词。

比如，A08，A13，A22 等句子里，古本有的"都"字，"忽"字，"奈何"之"何"字等，在京本都被删去，是简化句子的办法。文人喜欢意简言赅。

（4）将通俗的表现改为文雅的表现。

比如，例 A13，古本作"娘行呼唤"，京本改作"帘前呼唤"，由此表现就雅化了。

（5）将自然的表现改为重视身份的表现。

比如，例 A12，古本作"奴家美貌聪慧"，京本将"美貌"改作"年少"。婢女自称"美貌"，文人认为不合身分。

（6）将坦白的说法改为婉转的表现。

比如，例 A16，古本之中，婢女迎春唱"怕我官人倒见"，［沈］将

"倒见"改作"远见",京本改作"别见",就是减化对于主人做批评的口气。又例 A30,古本作"我害他容易",京本作"我又如何饶你",也可以说,将坦白的表现婉转化。

(7) 将普通的叙述改为有典故的字句。

比如,例 A11,古本作"同胞共乳",京本改为"关张管鲍",可说是文人掉书袋的修改。

(8) 将情节的不合理修改为更合理。

比如,例 A1,孙华唱出几句话,"鸡窗下谨读诗书,学成文艺,性标格,貌魁梧,赖祖宗福荫,世传豪富",京本改为"传留下万卷诗书,性怀仁义,更喜门庭豪贵"。古本将孙华这个不懂弟兄情义的富家子弟表现为有学问的书生,京本认为不大符合于情节,因此将古本改为"虽然家有万卷书,但志不在于此,而在于义侠"。这样,让故事情节上下接合,这也是追求情节合理性的文人标准。

总之,京本是将古本的朴素改为文雅的文字而最终形成的。

第二节 从古本到徽本、弋阳腔本的变迁

徽本也从古本改编而来,但是其修改的方向跟京本的完全不一样。下面,通过表格 5—2 的例子来具体讨论。

(1) 徽本基本上保留古本歌词的原貌。

徽本继承古本的歌词,未作修改而保存其原貌,因此与修改歌词的京本比较,显出很大的差别。比如,例 B02,古本［蒋］有的"默默"两字,在京本被删去。而"声音"两字,在京本缩小为"声"一字,但是徽本将"默默"、"声音"都保存下来,保留古本歌词的原貌。而且例 B04,古本［蒋］作"见景生情",是属于自然的表现,然而京本将它改作"见情思景",有些勉强之嫌。徽本继承［蒋］的原貌。又在例 B05,古本［蒋］作"休得要",京本改它为文言"莫教",而徽本保存古本［蒋］的"休得要"。由此可见,徽本基本上保留古本歌词原貌。

(2) 徽本将古本部分有些曲折的表现改为更为易懂的自然口语的表现。

比如,例 B01,古本和京本都作"蓦听得甚人敲门,莫不是巡捕(夜的)军兵",徽本将"蓦"字改为"忽"字,将"敲门"改为"敲窑门",

表 5—2

例文		例 B01	例 B02	例 B03
		第31出〔红芍药〕第1句（小生）蓦听得甚人敲门，莫不是巡捕军兵？	（接上）（小生）仔细听来，却是妇人声。	（接上）（小生）你是何方兴妖鬼精？
Ⅲ京本	汲	蓦听得甚人敲×门，莫不是巡捕×军兵	×××仔细听来，却×是妇人声×	你是何方兴妖×鬼精
	暖			
ⅠB准古本	沈			
	沈2			
	蒋	○○○○○○×○·○○○○夜的○○	××默默○○○○·×○○○○○音	汝○○○○○×○○
ⅠA古本	正			
	钮			
Ⅳ徽本	词	忽○○○○○○奋○·○○○○○×官○	待我默默○○○○·原来○○○○音	○○○○○×魔○○

第五章 《杀狗记》剧本的分化与流传　219

续表

例文		例 B04	例 B05	例 B06
		第 31 出〔红芍药〕第 6、7 句（小生）因向夜扣门，莫非是见情思景？	同上第 8、9 句（小生）劝伊家及早回心，莫教恼乱春心。	第 31 出〔大影戏〕第 1 句（小生）嫂嫂，行不由径，我应是不开门。
Ⅲ京本	汲	因向夜扣门，莫非是见情思景	劝伊家及早回心，莫教乱×春心	嫂嫂×××行不由径，××××
	暖			
ⅠB准古本	沈			×○○×××○○○○，笑不露形
	沈 2			×○○×××○○○○，笑不露形
	蒋	○甚○○○，○不○○景生情	请○○早○○○，休得要○○我书生	×○○×××○○○○，××××
ⅠA古本	正			
	锦		○○○○×○○程，休得要○○○○	我○○在家庭行不动生，笑不露唇
Ⅳ徽本	词	××××，○不○○景生情		

续表

例 文		例 B07	例 B08
		同上第 3 句〔小生〕自来嫂叔不通问,休教说上梁不正。	第 31 出〔缕缕金〕(小生)平白地将咱赶出门,杀人来唤我去埋形,你今有些不干净,须要对证。
Ⅲ 京本	汲	休教×说×上梁不正	平白地将咱赶出门,××××××××,杀人来唤我×××去埋形,××有些不干净
	暖		
ⅠB 准古本	沈	○○×○得○○○○	
	沈2	○又×○得○○○○	
	蒋	○○人○×○○○○	
ⅠA 古本	正	○○人○×○○○○	○○○○○○○,××××××××,○○○叫○××○○殡,××与伊○○○
	锦		
Ⅳ 徽本	词	是嫂嫂做了○○○○○	无故的○○○○○,家私不与我均半分,伤○反教弟与你×尸殡,必定与你分干净

将"军民"改为"官民",都是将难懂的字改为易懂。又例B03,古本和京本都作"妖鬼情精",徽本却作"妖魔鬼精",也是将难听懂的字句改为易听懂。

(3)徽本将表达意思不充分的句子补充为易懂。

比如,在例B06,古本、京本都作"嫂嫂行不由径",用《论语》之语,徽本却用俗语作"我嫂嫂,在家庭,行不动尘,笑不露唇"(尘字与唇字属同韵)。修正古本继承这个徽本的字句,但稍改作"行不由径,笑不露形",这是为了押韵,将"唇"字改为"形"字了,结果令意思不明。徽本始终保持俗语的立场。

从这个例子来看,再结合其他南戏古曲的例子,我们可以说,徽本是市场演出用的通俗剧本。

第三节　小结

通过上述的分析,我们得出结论如下。

(1)《杀狗记》明代前半期受到观众的欢迎,流行于戏台上。蒋孝《旧编南曲曲谱》采录许多《杀狗记》的散曲,字句素朴,这古本可以看作当时乡村上演的剧本。

(2)《杀狗记》在明代中期以后,由文人修改为文雅的剧本。这类修改在沈璟《南曲谱》已经开始了。但等到明代末期的汲古阁本,修改才告完成。这类剧本可以看作江南富裕宗族的家演戏剧剧本,符合昆曲的音律。

(3)《杀狗记》在明代中期以后,另外有跟(2)相反的发展途径,就是徽本的途径。徽本以古本为基础,但将古本的字句修改为易懂的通俗表现。可以看作市场戏剧的剧本。江西安徽福建等地区流行弋阳腔,这类剧本符合于弋阳腔的音律。

总之,《杀狗记》剧本,明代初期只有一种产生于乡村戏剧的素朴的古本。但等到明代中期,分化为两种,一是符合宗族戏剧文雅审美的京本,一是符合市场戏剧通俗口味的徽本或弋阳腔本。可以说,古本两极分化为京本和徽本。这现象不但存在于《杀狗记》,而且其他南戏古戏(《琵琶记》、《荆钗记》、《白兔记》、《拜月亭记》)之中同样存在。剧本的分化可能反映出明代中期的社会变革。下面用示意图来表现这分化的过程，如下。

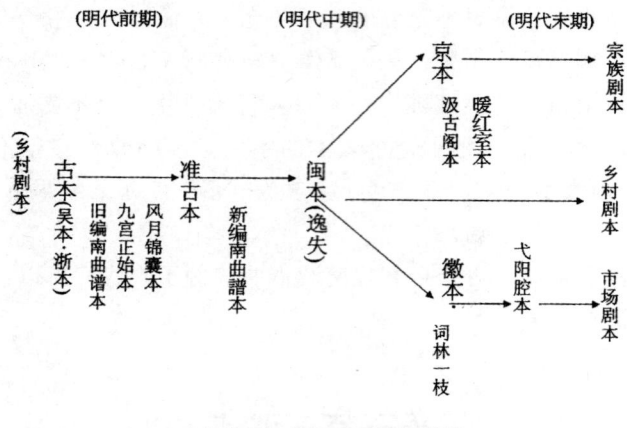

```
(明代前期)        (明代中期)         (明代末期)

                                  京本 ──→ 宗族剧本
                                    ↗  暖红室本
                                       汲古阁本
(乡村剧本) 古本(吴本·浙本) → 准古本 → 闽本(逸失) ──→ 乡村剧本
              风月锦囊本   新编南曲谱本
              九宫正始本                ↘
              旧编南曲谱本              徽本: ──→ 弋阳腔本 ──→ 市场剧本
                                       词林一枝
```

《杀狗记》剧本分化过程图

结　章

中国戏剧史的共时论

上面我们将乡村、宗族、市场这三种戏剧的变迁进行了梳理，我们发现，明代前期只有乡村戏剧，等到明代中期（嘉靖时期）以后，乡村戏剧分化为两种戏剧，就是宗族戏剧和市场戏剧。而五大南戏剧本也是沿着这一轨迹演化的。这是从历时论的观点而作的考察。

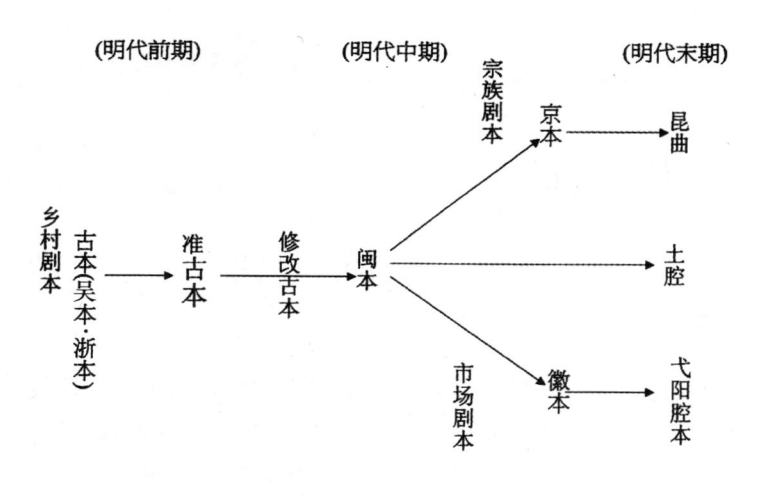

```
(明代前期)           (明代中期)              (明代末期)

                              宗族剧本
                                ↗  京本 ——→ 昆曲
乡村剧本  古本(吴本·浙本) → 准古本 → 修改古本 → 闽本 ——→ 土腔
                                ↘  徽本 ——→ 弋阳腔本
                              市场剧本
```

南戏分化过程图

为了补充上面的分析，可以援用社会学的观点，作一个共时论的分析，研讨乡村、宗族、市场各类戏剧之间的社会关系。戏剧在宗教祭祀的背景之下成长，而又在农村环境城市化的背景之下发展，我们应该从这双方因素的角度，宏观地观察戏剧发展的途径与过程。

一　宗族、乡村、市场、城市之祭祀空间

我们先将祭祀性的对立概念规定为欣赏性，又把农村性的对立概念规定为城市性，假定历史演变是从祭祀性走向欣赏性，从农村性逐渐走向城市性。X轴表示从祭祀性到欣赏性的变化，Y轴表示从农村性到城市性的变化。用绘图表示以上的概念之间相互的正向、负向关系，可以得到如图所示的4个象限。

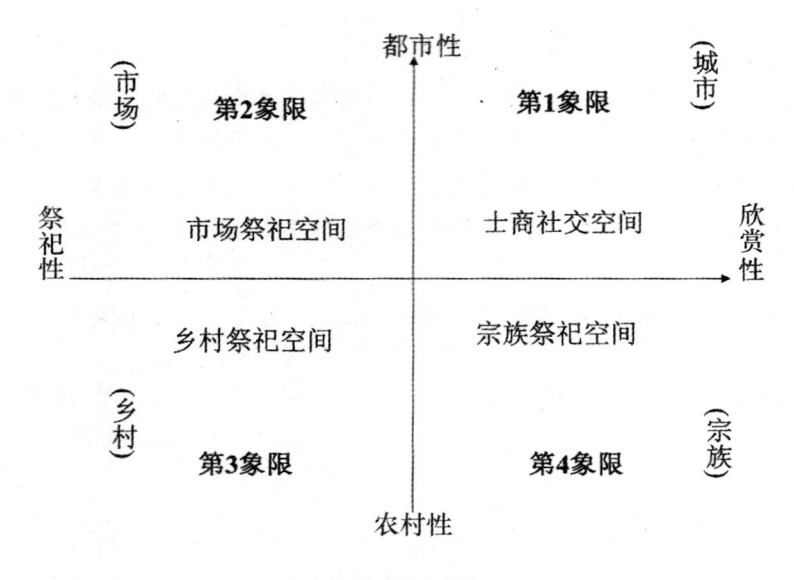

```
              都市性
              │
   (市场)     │      (城市)
   第2象限    │      第1象限
              │
   市场祭祀空间│  士商社交空间
 祭祀性───────┼───────欣赏性
   乡村祭祀空间│  宗族祭祀空间
              │
   (乡村)     │      (宗族)
   第3象限    │      第4象限
              │
              农村性
```

祭祀空间配置图

下面，就这个图中的四个象限，假设它们从农村性、祭祀性较强的象限向较弱的象限演进或推移（这一进程不会逆流），分别加以讨论。

首先，对各个象限的祭祀空间的特点，作总括性的讨论。

1. 第3象限：乡村戏剧和乡村文艺的空间。最具祭祀性、农村性的戏剧文艺在此可见。

在乡村，有巫师的颂神歌、为了驱邪逐疫由农民演出的傩戏、镇慰孤魂的巫歌，还有男女在野外唱的山歌等等。这些戏剧和巫歌大体上表演者和观众尚未分化，也不设戏台，直接在地面上一边表演一边前行，作为祭祀的一部分而存在。即使有时面对神殿而设舞台或戏台，观众也是可以自由进出的。主办者（乡村的父老）也不会管制观众，不会通过固定座位来

管理观众。表演者之间是平等的,即使技艺出众的明星出现,也不会得到特殊的待遇。他们演唱的词章也很少用文字记录下来,大多停留在口头传承的阶段。这些乡村文艺作为口头传承流传下来的例子不少,但作为文艺形式,其特点是不安定的、流动的。

2. 第2象限:市场戏剧和市场文艺的空间。

这里的戏剧、文艺,虽然保持了祭祀性的特点,但城市性也不断地增加。在市场之中,祭祀戏剧含有的欣赏性因素增强,表演由专业演员承担,演出者和观众开始分离,戏曲的戏棚之中,虽然当初未设观众席,但逐渐开始考虑到观众的舒适感,不久盖起屋顶,建起侧墙,给观众设置坐席,整体空间接近剧场。观众席由主办者管理,其中的一部分用作看戏的入场票开始出售。出色的演员由于有能力吸引更多的观众,作为明星享受到了特殊的待遇,于是演员之间的平等关系趋于崩坏,有序地呈现阶层分化。剧本方面,从仪礼性强的剧目转变为注重欣赏性强的剧目。随着对观众个人审美趣味的重视,演剧开始注重表现戏剧人物的心理,接近于把重点置于科白而非歌唱的话剧形式。

3. 第1象限:府县城内外商业戏园的戏剧文艺空间。

城市性最强,祭祀性最弱。府县城内外的商业地区,设有会馆或戏园。在这里,戏剧也好,歌谣也好,都商品化了,祭祀的因素随之消失。作为同乡商人组织的会馆里上演的祭祀戏剧,虽然也残留祭祀性,但极为淡薄。在这个基础上进一步发展,就出现了商业剧场。

4. 第4象限:农村宗族欣赏性较强的戏剧或文艺空间。

乡村祭祀虽然是集体活动,具有强制性,但以家族、宗族为单位而举行的冠婚葬祭等人生礼仪容易脱离集体强制力的控制,走向较为自由的个人化。例如庆祝祖先或长老的生诞、族人的升官等祭祀戏剧都是趋向于欣赏性强的戏剧,如此逐渐成为宗族文人的高级戏剧。

据此可知,本书讨论的三种戏剧各可以定位于这四个空间,如下。

(1) 乡村戏剧——第3象限
(2) 市场戏剧——第2象限
(3) 宗族戏剧——第4象限,部分进入第1象限(会馆)

三种戏剧彼此相持,属于第1象限的城市戏剧只是这3种戏剧进城之后才告成立的,始终处于被动的地位,缺乏独立性。如此中国的地方戏是基本上由乡村、市场、宗族这3种戏剧组成的,本书讨论过的五大南戏剧本可观察到这三类的现象，其后面实有祭祀空间结构的背景。

从大的框架来看，第3、第4象限的农村性文艺和第1、第2象限的城市性文艺是对立的。这里的所谓对立，集中表现在前者是农民本身充当演出者的文艺，后者是由专业艺人演出的文艺。第2、第3象限和第4、第1象限也对立。这个对立表现在前者是咒术性、集团性强的文艺，而后者是欣赏性、游戏性、个体性强的文艺。

二 祭祀戏剧从乡村到城市的流动

在一个地域社会之中，以农村性、祭祀性（咒术性）最强的第3象限乡村文艺为起点，戏剧开始流向其他象限。可用图表描绘如下。

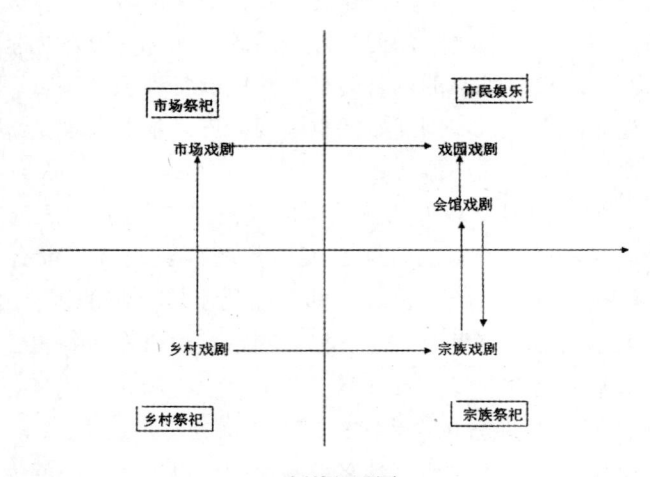

戏剧配置图

（1）第3象限→第2象限

由于农村被卷入了市场交易中，农村文艺一方面依然保持了祭祀性（咒术性），另一方面也出现城市性增强的变化。这是宗教祭祀走向世俗文艺的转变。

（2）第3象限→第4象限

农村文艺在农村内部欣赏性增强，向宗族文艺和个人文艺的方向转变。由于这是农村自身的内部缓慢变化，所以耗时较长，不同地域之间的差异也大。叙事诗向抒情诗的转变就发生在这个过程中。

（3）第 2 象限→第 1 象限

这是市场文艺流入城市的过程。城市处于诸多市镇之间的中心点，市镇的文艺容易流入到城市。宋代以来，这种流入加速了。

（4）第 4 象限→第 1 象限

这是农村观赏性文艺流入城市的过程。明清时代，城市工业产生，周边农民作为工人进入城市里来。农村的宗族文艺，比如宗族歌谣或宗族戏剧也随之进入城市，形成会馆或戏园戏剧等。

（5）第 1 象限→第 4 象限

城市文艺有时流入农村。从城市回到家乡农村的乡绅，在农村宗祠演出宗族戏剧。这是属于一种城市戏剧的逆流，算不上农民的文艺，仅仅只是城市文艺在农村的零星扩散。

以上归纳起来就形成这样的一种相对性关系，就是第 3→第 2→第 1 象限的流向和第 3→第 4→第 1 象限的流向，两大流向合流，最后归结于第 1 象限，形成城市性和欣赏性最强（反之也是农村性和祭祀性最弱）、高度脱离祭祀的城市文艺。其中偶尔会有第 1→第 4 象限的逆向流动。

由五大南戏所见，一方面，乡村剧本（古本）从第 3 象限转移到第 4 象限，变成宗族剧本（闽本、京本），最后进入第 1 象限的城市，而成为会馆戏剧。另一方面，乡村剧本（古本）从第 3 象限转移到第 2 象限，就变成为市场剧本（徽本、弋阳腔本），最后进入第 1 象限的城市，而变成戏园戏剧。会馆的戏剧和戏园的戏剧在城市的下层居民的影响之下，融合为城市商业戏剧。但这流向在各地并不是均质进行的，现在也有还停留在乡村、宗族、市场等城外乡镇地区、未进城而成熟到商业戏剧的，这一类的地方戏也算不少。本书通过五大南戏剧本的变迁，阐明了明代以来这 3 类戏剧鼎立的背景和转变的情况。

附 录

南戏化北《西厢记》剧本的分化与流传

引言　作品、上演记录、剧本等概述

一　作品梗概

元代王实甫所撰《西厢记》的故事如下。

唐代洛阳人张君瑞在去都城长安赶考途中,寄宿在蒲州普救寺。碰巧河北博陵崔宰相去世,夫人和女儿莺莺为守灵从长安赶往河北途中,也在蒲州普救寺逗留。两人于寺内相遇,张生对莺莺一见钟情。恰逢叛将孙飞虎围寺,逼娶莺莺。在这危机关头,崔母立下约定,许诺能退贼者可娶女儿。接受这一约定,张生给朋友杜确将军写了封信,杜确急行军到寺,退了贼兵。但是崔母却踌躇把女儿嫁给白衣书生,翻悔前言,不许莺莺和君瑞结婚,让二人结为兄妹。张生失望至极,卧病在床。莺莺的侍女红娘同情张,就鼓励他借琴声向莺莺传情。不久,红娘带来了莺莺约定幽会的信。张生大喜,月夜按照书信所示,翻墙赴约,却意外地受到莺莺的严辞拒绝和斥责,病情更加严重。莺莺被红娘斥责虚伪,就回心转意,夜里在红娘引导之下,来到张生的西厢房,两人终于结合在一起。后来每天晚上二人秘密约会。崔母察觉,拷问红娘,确认两人私通的事实。然而红娘也直斥夫人违约之非。崔母对红娘的抗辩无言以对,不得不同意二人的婚事。但作为结婚的条件,要求张生科举及第。张生留下莺莺赶考赴京。不久,张考中第三名(探花)。但莺莺的从前的订婚者郑恒出现闹事。此时张的友人杜确再度登场,推动张崔的婚事，两人终于得以团圆。

《西厢记》作为风情剧是极为闻名的，但故事之中，有些不自然之处。比如莺莺对张生的心态，始终没有表明，前半部分的情节一直停在未知其真意所在的模糊状态，张生一人闹场出丑。但二人相遇，是在寺庙烧香的，这还是男女在寺庙相会的俗套之内，老百姓也容易欣赏此剧。

二 上演记录

（一）在乡村上演的记录

上引《鳌头杂字》农村演戏对联之中，录有《西厢记》如下。

　　A　缺
　　B　片纸息干戈，扫百万贼兵，全凭白马；西厢深锁门，传风流心事，只藉红娘。

这里没提到张生莺莺，只提到白马将军和红娘，可说是关注故事结构的较为客观的描述。可见乡村父老不大愿意强调这一故事的风月方面。

（二）在宗族祭祀或应酬中上演的记录

　　○冯梦祯《快雪堂日记》卷59：万历壬寅十一月三十，晴，余同袭明遇屠园，近日袭明冲旸先生作主，家梨园演北《西厢记》，仪父鸣甫俱在坐，舟泊吴泾桥北。
　　○冯梦祯《快雪堂日记》卷61：万历甲辰正月初二日，诸姬唱游佛殿一套。
　　○冯梦祯《快雪堂日记》卷61：万历甲辰六月初六，阴，杨苏门与余十三辈请马湘君，治酒于包涵所宅，马氏三姊妹从涵所家优作戏，晚马氏姊妹演《北西厢》二出，颇可观。

由此可知，江南文人应酬时，由家优演出《北西厢》的机会不少，差不多是演员清唱。

（三）市场上演的记录

叶宪祖（1566—1641）所撰的杂剧《三义记》第1折描述女扮男装的

刘方带着婢女到河西舞台（北京管下的市场），看到《西厢记》的表演，两人对话如下。

　　[贴]我去年随着妈妈，<u>到集上看戏，恰好唱一本西厢</u>，二月十五日，张君瑞和那红娘闹道场，<u>勾上了手，后来到书房里，张君瑞叫她做亲娘</u>，又跪着她，好不有趣，这个书上有么？
　　[旦]这等淫秽的事，怎的出在书上。

这里可见，市场（集）上演出《西厢记》，但其表演接近于淫戏。
另外，《万卷星罗·劈破玉》歌曲之中的《西厢记》，也指市场表演而言。如下。

　　〇孙飞虎贪着莺莺俊，张君瑞一封书退了贼兵，夫人悔却成亲信，两下害相思，<u>叫母亲叫母亲</u>，递柬传情，哥！约定西厢寺。
　　〇张君瑞带病修书信，托红娘拜上我的莺莺，隔墙诗句无实信，夫人变了卦，小姐不至诚，害得我相思，亲！病儿重得紧。
　　〇张君瑞跳过月墙，崔莺莺问红娘，太湖石上站的是谁，红娘道"姐姐，是张君瑞"，黉夜入人家，非奸即是贼，兄妹们相交，情！岂是这道理。
　　〇老人说谎天来大，着张生莺莺做妹妹，可怜惹下相思债，待月西厢下，迎风户半开，伫立闲阶，天！闷杀读书客。
　　〇老夫人指定红娘，崔莺莺是个女孩儿家，如何引在花园去耍，月下联诗句，张生调戏她，直直供招，贱人！免受这项打。

这里描绘的演出之中，也可见张生叫红娘为亲娘这类猥亵的情节，呈现市场演剧的特点。
上引李玉《永团圆·会崒》南京抬阁戏剧人物之中，也可见《西厢记》如下。

　　12 <u>小红娘真的波俏，法聪僧风魔了</u>。

这是在"佛殿奇逢"一场戏中红娘跟法聪开玩笑的情节，现在浙江余姚《调腔北西厢》"游寺"一出，有张生、法聪、红娘之间的谐谑对话，这类演出是市场观众最喜欢的。

上引山西临汾《迎神赛社礼节传簿》之中，也有《西厢记》如下。

○东方青龙七宿，第3宿"氐"，第四盏，<u>张生戏红娘</u>①
○北方玄武七宿，第11宿"虚"，第四盏，<u>戏莺莺</u>②
○南方朱雀七宿，第27宿"翼"，第五盏，<u>佛殿奇逢</u>③

这里也有张生戏红娘的情节，可知市场老百姓喜欢这场面。

二 剧本

《西厢记》是元代北方的杂剧，属于北曲，跟南戏不相关。但是作品进入明代，流行于南方，而且全剧1本4折，一共有5本20折，接近于长编南戏的体例，流行南方之时，"折"或"本"这类北曲式的名称变为"出"或"卷"的南戏式名称，其剧本就编为21出，分为2卷（上下），体例上完全变为南戏了。所以，《西厢记》剧本的变迁也跟上述五大南戏一样，有乡村、宗族、市场这3类分化。通过其剧本分化的过程，也可以确认上述讨论的剧本分化路径的普遍性。而且，《西厢记》的剧本比五大南戏更丰富，目前可见30多种全本，远远超过《琵琶记》。我们据此可以追寻明代南戏剧本变迁的详细模式。我们研讨《琵琶记》时，依靠槃薖硕人本以判断剧本的闽本、京本等地方性，幸而《西厢记》也有槃薖硕人本，依靠此本的批语可以讨论各种地方剧本。下面，讨论《西厢记》版本系统分化为乡村、宗族、市场的问题。先将目前笔者所见的《西厢记》版本依着槃薖硕人的分类项目（闽本、京本、徽本等）开列如下④。

---

① 《迎神赛社礼节传簿四十曲宫调》，《中华戏曲》第3辑，第78页。
② 同上书，第87页。
③ 同上书，第104页。
④ 关于将《西厢记》诸版本分类，笔者参阅传田章《明刊元杂剧西厢记目录》一书（东京大学东洋文化研究所文献研究中心，1970）。获益良多。尤其是继志斋本、三槐堂本、游敬泉本、无穷会本等日藏闽本系统的《西厢记》诸版本，都是传田教授向学术界第一次介绍的。其先驱性研究至今仍有极大的学术价值。

ⅠA 群　古本

嘉靖以前出版或抄录的剧本。是保存元代《西厢记》原貌的古本。

♯101《西厢记残》，存卷一第四折卷二第一折首，明成化中刊本，北京中国书店藏《文献通考》纸背零叶四片，1973 年中国社会科学院文学研究所吴晓铃教授给笔者惠赠其影印件（卷首图 12a，12b）。［成］

♯102《新刊大字魁本全相参增奇妙注释西厢记》五卷首二卷，1955 年上海商务印书馆用明弘治十一年金台岳家刊本影印。［弘］

♯103《西厢记曲文 21 套》，《雍熙乐府》所录，明郭勋辑，嘉靖十九年刊本。［雍］

♯104《新刊摘准奇妙戏式全家锦囊北西厢记》4 卷，《风月锦囊》所录，嘉靖三十二年詹氏进贤堂刊。王秋桂编《善本戏曲丛刊》所收。1993 年台北学生书局影印本。［锦］

♯105《西厢记》散套，存一本一折二本二折共 2 折，《荔镜记戏文》所录，1976 年林氏定静堂用嘉靖四十五年刊本影印。［荔］

♯106《北西厢记曲文》，《词林白雪》所录，嘉靖间刊本，日本东京大学东洋文化研究所仓石文库藏，王国维旧藏。［雪］

ⅠB 群　准古本

虽然是嘉靖以后出版而南戏化，但保存古本系剧本的特征，可以看作ⅠA 群古本的后裔。

♯111《重刻原本题评音释西厢记》2 卷，明余泸东校正，万历二十年熊氏忠正堂刊本，日本内阁文库藏。（卷首图 14）［余］

♯112《西厢记五本》，明凌初成校注，天启中乌程凌氏刊朱墨套印本，日本内阁文库藏。［凌］

ⅠC 群　修改古本

槃薖硕人认定为《碧筠斋本》或《徐文长本》的剧本。它们保存一些ⅠA 古本或ⅠB 准古本的古老文字，但部分字句由文人恣意改变。槃薖硕人有时看作京本，就是正统雅本。

＃121《重刻订正元本批点画意北西厢》5卷，明末刊本（北平图书馆旧藏），台北"中央图书馆"现藏。［画］

＃122《三先生合评元本北西厢》五卷，明汤显祖、李贽、徐渭合评，崇祯中固陵孔氏汇锦堂刊本，台北"中央图书馆"藏。［合］

＃123《徐文长批评北西厢》五卷，明山阴延阁主人订正，崇祯三年序刊本，上海图书馆藏。［延］

＃124《万壑清音》所录《北西厢记》二本一折四本三折，用天启五年序刊本抄录，日本京都大学人文科学研究所藏。［万］

＃125《新校注古本西厢记》5卷，明王骥德校注，万历四十二年山阴朱氏香雪居刊本，日本内阁文库藏。［王］

Ⅱ群　闽本

橐蘬硕人认定为闽本的剧本，大致出版于福建建州，是纸质、印刻、装订都粗劣的下级剧本。虽然南戏化，但保存有古本的痕迹。

＃201《重校北西厢记》二卷，万历中三槐堂刊本，日本天理图书馆藏，盐谷温旧藏。［三］

＃202《重校北西厢记》2卷，万历中刊本，日本无穷会藏。［无］

＃203《李卓吾批评合像北西厢记》2卷，明李贽评，万历中书林游敬泉刊本，日本天理图书馆藏，盐谷温旧藏。［游］

＃204《重校北西厢记》2卷，万历中金陵继志斋刊本，日本内阁文库藏（卷首图13）。［继］

ⅢA群　京本

橐蘬硕人认定为"京本"的剧本。大致出版于南京、苏州或杭州一带。纸质、印刷、装订皆精美的高级剧本，文字极为南戏化。

＃301《元本出相北西厢记》2卷，明王世贞李贽合评，万历三十八年曹氏起凤馆刊本，日本天理图书馆藏，盐谷温旧藏。［起］

＃302《李卓吾先生批评北西厢记》2卷，明李贽评，万历三十

八年虎林容与堂刊本，日本宫内厅书陵部藏。［容］

♯303《李卓吾先生批评北西厢记真本》2卷，明李贽评，崇祯十三年天章阁刊本，日本天理图书馆藏，盐谷温旧藏。［天］

♯304《北西厢记》2卷，明何璧校，1961年上海古籍书店用万历四十年刊本影印。［何］

♯305《鼎镌陈眉公先生批评西厢记》2卷，明陈继儒评，宣统三年上海国学扶轮社用万历中肖氏师俭堂刊本石印。［陈］

♯306《北西厢记》2卷，崇祯中常熟毛氏汲古阁刊本，《六十种曲》所收。［汲］

ⅢB群　修改京本（北曲京本）

ⅢA京本和ⅠC修订古本的混合本。槃薖硕人有时将这群认定为"京本"。可说是"北曲京本"。

♯311《张深之先生北西厢秘本》5卷，明张深之校，1954年北京古本戏曲丛刊，编刊委员会用崇祯十二年序刊本影印。［张］

♯312《西厢会真传》5卷，明汤显祖评，沈璟订，1974年香港中文大学用天启崇祯间乌程闵氏刊本影印，日本佐伯文库旧藏本。［会］

♯313《西厢记》四本，《续西厢记》一本，明闵齐伋校注，用崇祯十三年刊本手抄，日本天理图书馆藏，盐谷温旧藏。［闵］

♯314《词坛清玩西厢记》2卷，明槃薖硕人增改定，天启元年刊本，影印本。［槃］

♯315《北西厢曲文》，明沈宠绥辑，《弦索辨讹》所录，据顺治六年松陵桂森斋刊本排印，《中国古典戏曲论著集成》所收。［弦］

♯316《新镌增定古本北西厢弦索谱》2卷，明袁晋撰，明末清初刊本，日本京都大学文学部藏。［袁］

ⅣA群　徽本

槃薖硕人认定为徽本的剧本，出版于江西、安徽、福建等地，多有插白，是戏台上用的演出本。

♯401《北西厢记》散套，存第四本三折共一折，《词林一枝》所录，明黄文华、郝绣甫同辑，万历中闽建林叶志元刊本，日本内阁文库藏。[词]

♯402《北西厢记》散套，存第四本一折共1折，《八能奏锦》所录，明黄文华辑，万历中蔡正河刊本，日本内阁文库藏。[八]

♯403《北西厢记》散套，存第三本四折共1折，《乐府菁华》所录，刘君锡辑，万历二十八年王氏三槐堂刊本，英国牛津大学藏。[菁]

♯404《北西厢记》散套，存一本一折三本二折四本三折五本一折共4折，《乐府红珊》所录，明秦淮墨客辑，嘉庆五年积秀堂用万历三十年唐氏刊本覆刊，英国大英博物馆藏。[红]

♯405《北西厢记》散套，存第三本四折四本二折三折共3折，《玉谷新簧》所录，明八景居士辑，万历三十八年刘次泉刊本，日本内阁文库藏。[玉]

♯406《北西厢记》散套，存第一本二折三本三折共2折，《摘锦奇音》所录，明龚正我辑，万历三十九年张氏敦睦堂刊本，日本内阁文库藏。[摘]

♯407《北西厢记》散套，存第一本三折三本一折共2折，《万曲明春》所录，万历中闽建书林金氏刊本，日本尊经阁文库藏。[明]

ⅣB群　弋阳腔本

在徽本之中，删去其插白中的俗语，而将它改为可通用全国的剧本，兼有雅俗两方面的特征。

♯411《北西厢记》散套，存四本三折五本一折共2折，《尧天乐》所录，明殷启圣辑，明闽建书林熊氏刊本。[尧]

♯412《北西厢记》散套，存二本二折四折三本三折四本三折共3折，《时调青昆》所录，明黄儒卿辑，四知馆刊本，日本山口大学藏，德山藩栖息堂文库旧藏。[青]

以上，一共有38种，其中有完本25种，散出13种。其他有以金圣叹本为主的清代版本几十种。下面就上列的明代版本讨论问题。

第一节　乡村剧本(古本)的性质

先对上列的ⅠA、ⅠB、ⅠC等3种古本加以分析。

一　古本和准古本系统的剧本

这一类的剧本在明代末期似乎已经没有流传于世，当时目睹许多版本的槃薖硕人也没有提到这类剧本。先将ⅠA、ⅠB群剧本共有最为古老的证据用例子来提示。请参阅下面附—1的6个例子。

在这些例子之中，ⅠA群，ⅠB群的字句一致，而且ⅠC群的字句也一致于此。据此可以认定这2群共属于古本。下面，逐一分析其详。

[例A1]张生对于莺莺加以评论的言辞。ⅠA古本群［弘］［雍］作"德行容貌"，此句据《礼记·昏义》所云"德言容功"，另外有"德容言功"、"德言工貌"、"德言工义"等俗语。古本"德行容貌"，张生关注容貌，忽略"工"或"功"这类品德。Ⅱ闽本群、ⅢA京本群、ⅢB修订京本群等，嘉靖以后的剧本几乎都将"容"字改为"工"字，让字句符合《礼记》。古本系统的内部，ⅠB准古本群［余］作"德言容貌"，虽然接近《礼记》，但保存"容"字，［凌］改为合于原典的文字。ⅠC修订古本避开"工"字，采取原典的"功"字。ⅢB修订古本含有ⅢA京本和ⅠC修订古本双方的因素，可见其折中性。京本等明代后期的版本（近本）站在订正古本之误以复原先古代真本的考证学的立场。与此相对，古本企图表现沉迷于美女的男人心态，这里可见古本面目。

[例A2]贼军围住普救寺时，莺莺说出的言辞。ⅠA古本群之中，［弘］作"半霎儿"，［雍］作"片霎儿"，都用俗语表现"转眼"的意思。ⅠB准古本群［余］［凌］也跟［弘］相同作"半霎儿"。与此相对，近本系诸本把"半"字改为"一"字。比如，Ⅱ闽本群、ⅢA京本群作"一霎儿"，ⅠC修订古本群、将古本的"半"字保留下来，作"半合儿"，减少俗语的难懂处。ⅢB修订京本群含有ⅢA京本群系"一霎儿"和ⅠC修订古本群系"半合儿"双方字句，是与前

附录　南戏化北《西厢记》剧本的分化与流传　237

表 附—1

本文		例 A1 一本二折〔四煞〕（生）他有德言工貌。小生有恭俭温良。他有德言工貌〇〇〇〇	例 A2 二本一折〔六幺序〕（日）兀的不送了三百个僧人，半万贼兵，二婆儿敢剪草除根。一婆儿敢剪草除根	例 A3 二本二折〔醉春风〕（红）受用些宝鼎香浓，绣帏春风细，绿窗人静。受用些宝鼎香浓	例 A4 三本二折〔上小楼〕（红娘）……争些儿把红娘拖犯。把红娘拖犯	例 A5 三本三折〔沉醉东风〕（红）便做道楼得慌呵，你也素飘咱，多管是饿得你个穷酸眼花。饿得个穷酸眼花	例 A6 五本二折〔迎仙客〕（生）想他写时节，多管是泪如丝。多管是泪如丝
ⅢB修改京本	衮	〇〇〇〇	×××〇〇〇〇〇	〇〇〇〇	〇〇〇〇	〇〇〇〇神〇〇	×××情〇〇〇
	弦	〇〇〇〇功〇	〇〇〇〇〇〇	〇〇〇〇	你〇〇〇	〇〇××神〇〇	〇〇××〇〇〇
	闵	〇〇〇〇功〇	〇〇〇〇〇〇	足〇〇〇〇	你〇〇〇	〇〇×〇神〇〇	〇〇×〇〇〇〇
	会	〇〇〇〇〇〇	半合〇〇〇〇	足〇〇〇〇	〇×〇〇〇	〇〇××神〇〇	×〇×〇情〇〇〇
	张	〇〇〇〇〇〇	〇〇〇〇〇〇	〇〇〇〇	〇〇〇〇	〇〇××〇〇〇	〇〇××〇〇〇
	汲	〇〇〇〇〇〇	时〇〇〇〇〇	〇〇〇〇	〇〇〇〇	〇〇××〇〇〇	〇〇××〇〇〇
ⅢA京本	陈	〇〇〇〇〇〇	〇〇〇〇〇〇	〇〇〇〇	〇〇〇〇	〇〇××〇〇〇	〇〇××〇〇〇
	何	〇〇〇〇〇〇	〇〇〇〇〇〇	〇〇〇〇	〇〇〇〇	〇〇××〇〇〇	〇〇××〇〇〇
	天	〇〇〇〇〇〇	时〇〇〇〇〇	〇〇〇〇	〇〇〇〇	〇〇××〇〇〇	〇〇××〇〇〇
	容	〇〇〇〇〇〇	时〇〇〇〇〇	〇〇〇〇	〇〇〇〇	〇〇××〇〇〇	〇〇××〇〇〇
	起	〇〇〇〇〇〇	〇〇〇〇〇〇	〇〇〇〇	〇〇〇〇	〇〇××〇〇〇	〇〇××〇〇〇
	继	〇〇〇〇〇〇	时〇〇〇〇〇	〇〇〇〇	〇〇〇〇	〇〇××〇〇〇	〇〇××〇〇〇
	游	〇〇〇〇〇〇	〇〇时〇〇〇〇〇	〇〇〇〇	〇〇〇〇	〇〇××〇〇〇	〇〇××〇〇〇
Ⅱ闽本	无	〇〇〇〇〇〇	〇〇时〇〇〇〇〇	〇〇〇〇	〇〇〇〇	〇〇××〇〇〇	〇〇××〇〇〇
	三	〇〇〇〇〇〇	时〇〇〇〇〇	〇〇〇〇	〇〇〇〇	〇〇××〇〇〇	〇〇××〇〇〇

续表

ⅠC修改古本	王	○○○○功○	半合○○○○○○○	○○足○○○○	○你○○○	○的×○○○○○	×○×情○○○
	延	○○○○功○	半合○○○○○○○	○○足○○○○	○你○○○	○的×○○○○○	×○×情○○○
	万						
	合						
	画						
ⅠB准古本	凌	○○○○功○	半○○○○○○○	○○足○○○○	○你○○○	○○○○神○○	×○×情○○○
	余	○○○○答○	半○○○○○○○	○○足○○○○	○你○○○	○○○○神○○	×○×情○○○
	雪						
	锦						
ⅠA古本	雍	○○○行答○	片○○○○○○○○	○○足○○○○	○哨○○○	○○○○○○○	×××雨○○○
	弘	○○○行答○	半○○○○○○○○	○○足○○○○	○你○○○	○○○○神○○	×○×情○○○
	成			○○足○○○○			
	荔						
	词						
ⅣA徽本	八						
	菁						
	红						
	玉						
	摘						
ⅣB弋阳本	明						
	尧						
	青						

例相同。可见，这里古本系统的"半霎儿"这一夸张的俗语，经过近代诸本的修改，逐渐改为易懂的表现。

［例A3］这是红娘推测张生和莺莺的媾会而说的言辞。属于古本系统的ⅠA、ⅠB、ⅠC等3群都作"受用足"。与此相对，属于近本系统的Ⅱ群、ⅢA群等，将"受用足"改为"受用些"。近本大致认为，"受用足"太露骨，将它改为程度稍弱的"受用些"。ⅢB群兼具双方表现，现出其折中性，与上例相同。

［例A4］这是红娘将张生的一封信向莺莺提交而被斥责，回来向张生汇报时，说出的言辞。古本系统之中，ⅠA群［弘］和ⅠB群［余］［凌］作"争些儿把你娘拖犯"。这里红娘自说"你娘"，是把张生贬低为自己的儿子，是属于骂语。ⅠA群［雍］将"你娘"改为"咱"。近本Ⅱ群、ⅢA群将"你娘"改为"红娘"，都避开骂语，保持礼貌，是文人的雅化。

［例A5］这是张生为了与莺莺幽会而跳墙，焦急之余，抱住红娘时，红娘骂张而说出的言辞。古本系统之中，ⅠA群［弘］和ⅠB群［余］［凌］等作"多管是饿得你穷神眼花"。与此相对，近本Ⅱ群、ⅢA群将"穷神"改作"穷酸"。穷神是指一辈子不能发迹的人而言。穷酸是指书生而言，是常用语。古本"穷神"的骂言，在近本中改为"穷酸"，缓和其语气之激烈。ⅢB群兼有双方表现，在此也可见。

［例A6］这是张生读到莺莺寄来的信，推测她的境遇而说的言辞。在古本系统之中，ⅠA群［弘］、ⅠB群［余］［凌］、ⅠC群作"管情泪如丝"，"管情"是元剧常见的措辞，又作"管情取"。ⅠA群［雍］将"管情"改为"雨"，这一句改为"雨泪如丝"，用这本的明代官廷戏人不懂这词而妄改如此。近本Ⅱ群、ⅢA群将"管情"改作"多管是"，也是避开元剧的俗语。ⅢB群作为折中性剧本，部分保留这类古老的词语。

从上述6个例子的分析，我们暂时可以引出下面的总结。
（1）古本ⅠA群。
这一类是嘉靖以前出版的剧本，跟万历以后出版的近本比较起来，其字句带有素朴的风格，而且保留元杂剧独特的俗语或方言。不过，只有

［雍］作为宫廷戏人用的剧本，有时恣意改动古本的词语。

（2）准古本ⅠB群虽然是万历以后出现的后起剧本，但继承古本ⅠA的字句的例子较多。不过，［凌］有时并不照抄古老的字句。［余］是特殊的古本，古本一般继承元剧《西厢记》五本形式而采取五卷的形式，但只有［余］采取南戏式的上下两卷的形式。在此一点，［余］可以说是南戏化的剧本，但是保存古本的古老字句却不少，而且多保存古本独特的说白，因此我们将其定位于准古本ⅠB群。

（3）修订古本ⅠC群。

这一类基本上保留古本ⅠA群的古貌，但有时将字句依靠原典修改。它们出现在万历年以后，但可以推断它继承了嘉靖中的碧筠斋本，具体情况见表附—2。

在这些例子之中，可以证实硕人校语所指出的碧筠斋本的文字一致于ⅠC群诸本。据此推测这类剧本虽然经过文人的批改，还是有些继承了古本的痕迹。要之，ⅠA群、ⅠB群、ⅠC群等古本系统的剧本，接近元代原本《西厢记》。这是关于古本的大体判断。

第二节 宗族剧本（闽本、京本）的性质

如果说Ⅰ群系剧本是属于古本的话，与此对立的Ⅱ、Ⅲ群剧本可以说是属于修改古本的较为晚起的新本，就是"近本"。那么，从古本到近本的过程，是怎样演化的呢？

这里有两个阶段。先由Ⅰ群系改为Ⅱ群系，其次由Ⅱ群系改为Ⅲ群系。下面讨论其过程。

一 从古本（Ⅰ群系）到闽本（Ⅱ群系）的修改过程

在上节的讨论之中，已经指出古本被修改的方向，重点大致在于下面3个方向：①让字句符合于原典的文辞，②让文字更为平实，③让文字更为易懂。这类修改，实际上在Ⅱ群剧本之中，也有体现。比如，上列的A1～06、B1～11大多数的例子是Ⅲ群系继承Ⅱ群系的修改部分；但在为数极少的例子之中，比如A02、B05，Ⅲ群系呈现跟Ⅱ群不同的修改。这里等到第2阶段才出现Ⅲ群系独特的修改。不过，这类例子极少，大部分

表 附—2

		例 B1	例 B2	例 B3	例 B4	例 B5
本文		一本三折〔调笑令〕(末)比着那月殿嫦娥也不怎般撑。	一本三折〔拙鲁速〕第5句(末)灯儿又不明,梦儿又不成。	一四折〔沉醉东风〕(末)夫人休焦,大儿休恶。	三本一折〔混江龙〕(红)将婚姻打灭,以兄妹为之。	三本一折(村里迓鼓)(红)你若不闷死,多应是害死。
批语		诸本俱"不怎般常"。解稍平。独筠本"不怎嫦都不争"。言与嫦娥殆不怎争也。	筠本作"灯儿又不灭"。不如诸本作"不明"。	诸本俱"崔家的"。依碧筠斋本增之。	碧筠斋本无"将"字,觉气之不舒。今依筠本增之。	三本"闷死","害死"。诸本俱"闷死","害死"。今依碧筠斋本。先说病而后说闷,病记言,闷说此。
汲	袁	嫦娥也不怎般撑	灯儿又不明	×××○○○○	将×婚姻打灭	你若×不闷死,多应是死害
ⅢB修改京本	弦	○○○○○○○	○○○○○	×××○○○○	○这○○○○	○是○○○,○○○○○
	闷	○○○○○○○	○○○○○	×××○○○○	○×○○○○	○×○○○○,○○○○○
	会	○○○也○○○争	○○○○○	×××○○○○	○×○○○○	○×○○○○,○○○○○
	张	○○○○○○○	○○○○○	×××○○○○	○×○○○○	○×○○○○,○○○○○
	汲	○○○○○○○	○○○○○	×××○○○○	○×○○○○	○病○○○,○○○○○
	陈	○○○○○○○	○○○○○	×××○○○○	○×○○○○	○×○○○○,○○○○○
ⅢA京本	何	○○○○○○○	○○○○○	×××○○○○	○×○○○○	○×○○○○,○○○○○
	天	○○○○○○○	○○○○○	×××○○○○	○×○○○○	○×○○○○,○○○○○
	容	○○○○○○○	○○○○○	×××○○○○	○×○○○○	○×○○○○,○○○○○
	起	○○○○○○○	○○○○○	×××○○○○	○×○○○○	○×○○○○,○○○○○

续表

		例 B1	例 B2	例 B3	例 B4	例 B5
II 闽本	继	○○○○○○○	○○○○○	×××○○○○	○×○○○○	○○×○○○,○○○○○
	游	○○○○○○○	○○○○○	×××○○○○	○×○○○○	○○×○○○,○○○○○
	无	○○○○○○○	○○○○○	×××○○○○	○×○○○○	○○×○○○,○○○○○
	三	○○○○○○○	○○○○○	×××○○○○	×××○○○	○○×○○○,○○○○○
	王	○○○○○○○	○○○○灭	×××○○○○	×××○○○	○○×病○,○○○○○
IC 修改古本	延	○○○○○○争	○○○○灭	崔家的○○○○	×××○○○	○○×病○,○○○○○
	万	○○○○○○争	○○○○灭	崔家的○○○○	××○○○○	○○×病○,○○○○○
IB 准古本	合	○○○○○○○	○○○○○	×××○○○○	○×○○○○	○○○○○,○○○○○
	画	○○○○○○○				
	凌					
	书					
IA 古本	雪					
	荔					
	锦	○○○○○○○	○○○○○	×××○○○○		○○○○○,○○○○○
	雍	○○○○○○○	○○○○○	×××○○○○	○×○○○○	○○○○○,○○○○○
	弘	○○○○○○	○○○○○	×××○○○○	○×○○○○	○○○○○,○○○○○
	成					

附录　南戏化北《西厢记》剧本的分化与流传　243

续表

	例 B6	例 B7	例 B8	例 B9	例 B10	例 B11
本文	三本一折〔寄生草〕(红)休教那淫词儿污了龙蛇字。	三本二折〔小梁州幺篇〕(红)似这等辰勾空把佳期盼。	三本二折〔上小楼〕(红)那简帖儿到做了你的招状。	三本二折〔三煞〕我回头儿看,看你个离魂倩女。	三本二折〔二煞〕(红)隔墙花又低。	三本四折〔紫花儿序〕(红)怒时节把一个书生来迭歇。
批语	"污了"筠本作"误"(王)	闽本"勾辰月"乃连世英感月精事。今从碧筠斋本"去月字"。	碧筠斋高本作"招伏"。不通。〔会〕	碧筠斋本作"为头看"。不通。〔会〕	筠本作"隔花阶又低"。一本"拂花墙又低"	筠本作"迭者"。"迭者"不见于他词,必字形相似之误。书生来迭歇
汲 袁	○○○×○○○○	○○××○○○○○	○×○○○○伏	○○○×○	○○○×○○	○○○○○○
弦	○○○×○○○○	○○××○○○○○	○○○○○伏	○○○×○为	○○○×○○	○○○○○○
闵	○○○×○○○○	○○×月×○○○○	○○○○○伏	○○○×○为	拂○○○×○○	○○○○○○
会	○○○×○○○○	○○××月○○○○	○○○○○伏	×○○×○为	○○○×○○	○○○○○○
张	○○○×○○○○	○○×××○○○○	○○○○○伏	○○○○○	拂○○○×○○	○○○○○○
Ⅲ B 修改京本 汲	○○○×○○○○	○○×××○○○○	○○○○○伏	○○○○○为	○○○×○○	○○○○○○
陈	○○○×○○○○	○○×××○○○○	○○○○○伏	○○○○○为	○○○×○○	○○○○○○
何	○○○×○○○○	○○×××○○○○	○○○○○伏	○○○○○为	○○○×○○	○○○○○○
Ⅲ A 京本 天	○○○×○○○○	○○×××○○○○	○○○○○伏	○○○○○为	○○○×○○	○○○○○○
容	○○○×○○○○	○○×××○○○○	○○○○○伏	○○○○○为	○○○×○○	○○○○○○
起	○○○×○○○○	○○×××○○○○	○○○○○伏	○○○○○为	○○○×○○	○○○○○○

续表

		例 B6	例 B7	例 B8	例 B9	例 B10	例 B11
II闽本	继	○○○×○○○○	○○月×○○○○○	○○○○○伏	○○○○○	○○○×○○	○○○○○
	游	○○○×○○○○	○○月×○○○○○	○○○○○伏	○○○○○	○○○×○○	○○○○○
	无	○○○×○○○○	○○月×○○○○○	○○○○○伏	○○○○○	○○○×○○	○○○○○
	三	○○○×○○○○	○○月×○○○○○	○○○○○伏	×为○×○	○×○阶○○	○○○○○管
IC修改古本	王	○○○×○○○○	○○×常○○○○	○○○○○伏	×为○×○	○×○阶○○	○○○○○管
	延						
	万	○○○×○○○○○	○○×常○○○○	○○○○○伏	×为○×○	拂×○阶○○	○○○×○管
IB准古本	合	○○○×误○○○○	○○×般○○○○	○○○○○伏	○为○○○	○○○×○○	○○○○○管
	画	○○○×○○○○	○○月○○○○○		○○○○○		
	凌	○○○×○○○○	○○×○○○○○				
	余						
IA古本	雪	○○○×○○○○	○○×○○○○○				
	荔						
	锦	○○○展○○○○	○○×常○○○○	是×○○○服	○为○○○	○○○×○○	○○○×敞
	雍						
	弘	○○○×○○○○	○○×常○○○○	是×○○○服	○为○○○	○○○×○○	○○○○○
	成						

附录　南戏化北《西厢记》剧本的分化与流传　245

表 附—3

		例 C1	例 C2	例 C3	例 C4	例 C5	例 C6
本文		二本一折〔六幺序〕（旦）征云冉冉,吐雨纷纷。	三本二折〔耍孩儿〕（红）几曾见寄书的瞒着鱼雁？小则小、心肠转关。	四本一折〔油葫芦〕（末）人有过、必自责,勿惮改。	四本一折〔紫花儿序〕（红）猜那猜那劳酸做了新婿,猜俺小姐做了新妻,只小贱人做了牵头。	四本二折〔啭郎儿〕幺〕（红）大恩人怎肯做敌头？启白马将军故友？斩飞虎叛贼草寇。	四本三折〔满庭芳〕幺〕（旦）合着俺共桌而食、眼底风流共枕而眠,寻思起就里意。
批语		闽本作"吐雨",京本"土雨"。俱不可解。		闽本在"必自责"下有"漫糊涂"三字,觉赘。文长本删之,宜令从之。			"风流留意","徽本作"空留意"。上下文意不贯。
汲		吐雨纷纷	寄书的××瞒着鱼雁	×××勿惮改	只小贱人做了牵头	启白马将军故友	眼底空留意
ⅢB修改京本	衰	土〇〇〇	〇〇〇颠倒〇〇〇〇	×××〇〇〇〇	×〇〇〇〇〇〇〇〇	〇〇〇〇〇〇〇〇	〇〇〇〇
	弦	土〇〇〇	〇〇〇颠倒〇〇〇〇	×××〇〇〇〇	×〇〇〇〇〇〇〇〇	〇〇〇〇〇〇〇〇	〇〇〇〇
	闵	土〇〇〇	〇〇〇颠倒〇〇〇〇	×××〇〇〇〇	×〇〇〇〇〇〇〇〇	〇〇〇〇〇〇〇〇	〇〇〇〇
	会	〇〇〇〇	〇〇〇颠倒×〇〇〇	×××〇〇〇〇	这×〇〇〇〇〇〇〇	〇〇〇〇〇〇〇〇	〇〇〇〇
	张	〇〇〇〇	〇〇〇××〇〇〇〇	×××〇〇〇〇	〇〇〇〇〇〇〇〇〇	〇〇〇〇〇〇〇〇	〇风流〇
	汲	〇〇〇〇	〇〇〇××〇〇〇〇	×××〇〇〇〇	〇〇〇〇〇〇〇〇〇	〇〇〇〇〇〇〇〇	〇风流〇
	陈	土〇〇〇	〇〇〇××〇〇〇〇	×××〇〇〇〇	饶〇〇〇〇〇〇〇〇	〇〇〇〇〇〇〇〇	〇〇风流〇
ⅢA京本	何	〇〇〇〇	〇〇〇××〇〇〇〇	×××〇〇〇〇	饶〇〇〇〇〇〇〇〇	〇〇〇〇〇〇〇〇	〇〇风流〇
	天	〇〇〇〇	〇〇〇××〇〇〇〇	×××〇〇〇〇	〇〇〇〇〇〇〇〇〇	〇〇〇〇〇〇〇〇	〇〇风流〇
	容	〇〇〇〇	〇〇〇××〇〇〇〇	×××〇〇〇〇	〇〇〇〇〇〇〇〇〇	〇〇〇〇〇〇〇〇	〇〇风流〇
	起	〇〇〇〇	〇〇〇××〇〇〇〇	×××〇〇〇〇	〇〇〇〇〇〇〇〇〇	〇〇〇〇〇〇〇〇	〇〇风流〇

续表

		例 C1	例 C2	例 C3	例 C4	例 C5	例 C6
Ⅱ闽本	继	○○○○	○○○××○○○○	×××○○○	○○○○○○○	○○○○○○○	○○风流○
	游	○○○○	○○○××○○○○	×××○○○	○○○○○○○	○○○○○○○	○○风流○
	无	○○○○	○○○××○○○○	×××○○○	○○○○○○○	○○○○○○○	○○风流○
	三	○○○○	○○○××○○○○	×××○○○	○○○○○○○	○○○○○○○	○○风流○
ⅠC修改古本	王	±○○○	○○○颠倒○○○○	×××○○○	那×○○○○○饶○	起○○○○○○○	○○○○○
	延	±○○○	○○○颠倒○○○○	×××○○○	那×○○○○○饶○	起○○○○○○○	○○○○○
	万						
	合	±○○○	○○○颠倒○○○○	×××○○○	那×○○○○○饶○	起○○○○○○○	○○○○○
	画	±○○○	○○○颠倒○○○○	×××○○○	那×○○○○○饶○	起○○○○○○○	○○○○○
ⅠB准古本	凌	○○○○	○○○颠倒○○○○	×××○○○	这○○○○○○○	起○○○○○○○	○○○○○
	余	±○○○	○○○颠倒○○○○	谩糊涂○○○	这○○○○○○○	起○○○○○○○	○○○○○
	雪						
	锦						
ⅠA古本	雍	±○○○	○○○×倒○○○○	×××○○○	这○○○○○○○○	起○○○○○○○	○○下○情
	弘	±○○○		×××○○○	这○○○○○○○○	起○○○○○○○	○○○○○
	成						
	茘						

附录　南戏化北《西厢记》剧本的分化与流传　247

续表

	例C1	例C2	例C3	例C4	例C5	例C6
ⅣA 徽本	词					
	八		谩糊涂○○○			
	菁					○○○○○
	红					
	玉		谩糊涂○○○			
	摘					
ⅣB 七 阳本	明					○○风流○
	尧					
	菁					○○○○○

的修改出现于Ⅱ群系之中。那么，这第 1 阶段的修改，出现了什么趋向呢？下面，从曲文和插句方面也加以特别注意，以研讨其修改的方向。用表附—3 来提示有关例子。

　　［例 C1］形容贼军袭来的情况。古本系作"土雨纷纷"，描写战马疾驱，尘土遮天，如下黑雨的战况。Ⅱ群系不懂其意，妄改作"吐雨"。此词闻所未闻，盖Ⅱ群系编者妄揣文意而作这类修改。
　　［例 C2］莺莺托付红娘将信件向张生提交，红娘推测其为绝交之信，但得知其实是幽约之信，对莺莺发怒而说出这句话。古本系作"寄书的颠倒瞒着鱼雁"，Ⅱ群系删去"颠倒"二字，以缓解其语气。编者大致考虑，作为婢女不应该向主人说这类责难的话。
　　［例 C3］这是张生对于迷恋莺莺的自己，加以反思而自责的言辞。古本系［余］作"谩糊涂勿悍改"，Ⅱ群系删去"谩糊涂"。Ⅱ群系编者不大喜欢这类夸张的表现，而改为平实的表现。
　　［例 C4］张莺私通的事情被老夫人看破，夫人斥责红娘，这是红娘向老夫人自白而说的言辞。古本系作"这小贱人做了牵头"。Ⅱ群系将"这小贱人"改作"只小贱人"，缓解红娘抵抗辩解的语气。
　　［例 C5］这是红娘为了与郑恒拉近关系而说的言辞。古本系作"起白马将军故友"，Ⅱ群系将它改为"启白马将军故友"，Ⅱ群系编者考虑婢女身份不可以说"起用"之"起"而改为"拜启"的"启"字。
　　［例 C6］告别宴会时，莺莺不能跟张生彼此说话，这是描写她心中苦恼的言辞。古本系作"眼底空留意"。Ⅱ群系改作"眼底风流意"。Ⅱ群系编者有意呼应下文的"寻思起就里"，就先铺垫两人相爱之情。可说编者关注文意上下的关系，是一种合理性修改，结果减少了古本要描写的临别男女的心理紧迫感。

　　如此可知，Ⅱ群系将古本的素朴甚至有时夸张逾越礼节的文字，改为更为平实、符合身份关系或道德观念的文辞。

二 从闽本（Ⅱ群系）到京本（ⅢA 群系）的修改

　　将闽本到京本的第 2 阶段修改过程，用下面表附—4 来提示有关例子。

附录　南戏化北《西厢记》剧本的分化与流传　249

表附—4

		例 D1	例 D2	例 D3	例 D4	例 D5	例 D6
本 文		一本二折〔醉春风〕（末）往常时见傅粉的委实羞。画眉的敢是流。今日呵，寨情人一见了有情娘。	一本二折〔四煞〕（末）夫人入戏忒过，小生岂妄想，郎才女貌合相仿。	一本三折〔圣药王〕（末）那语句儿清，<u>音律儿轻</u>。	一本四折〔甜水令〕（末）没颠没倒，胜似闲无酒，可意他家。怕人知道，看时节泪眼儿偷瞧。	二本二折〔快活三〕（红）世间草木本无情，……<u>犹有相肩并</u>。	四本三折〔上小楼幺〕（旦）但得一个并头莲，煞强似状元及第。
汲〔陈〕		今日呵寨情人一见了有情娘	小生岂妄想	音律儿轻	可意他家怕人知道	抗有相肩并	煞强似状元及第
ⅢB修改京本	袁	○○里×××○○○○○○	○○空○○	○○○清	○○兔○○○○○	○○○兼并	×胜○○○○○
	弦	○○×多×××○○○○○○	○○○○	○○×○	○○兔○○○○○	○○○兼并	索○○○○○○
	闵	○○○多○○○○○○○○	○○○○	○○×○	××○○○○○○	○○○○○	煞○如○○○○
	会	×××○○○○○○○○○	○○空○○	○○×○	○○兔○○○○○	○○○○○	煞○○○○○○
张	○○○×××○○○○○○	○○空○○	○○×正	××○○○○○○	○○○○○	索○○○○○○
汲	○○○×××○○○○○○	○○空○○	○○×正	××○○○○○○	○○○○○	索○○○○○○
ⅢA京本	陈	○○○×××○○○○○○	○○○○○	○○×正	××○○○○○○	○○○○○	索○○○○○○
	何	○○○×××○○○○○○	○○○○○	○○×正	××○○○○○○	○○○○○	煞○○○○○○
	天	○○○×××○○○○○○	○○○○○	○○×正	××○○○○○○	○○○○○	×○○○○○○
	客	○○○×××○○○○○○	○○○○○	○○×正	××○○○○○○	○○○○○	×○○○○○○
	起	○○○×××○○○○○○	○○○○○	○○×正	××○○○○○○	○○○○○	×○○○○○○

250　古典南戏研究

续表

		例 D1	例 D2	例 D3	例 D4	例 D5	例 D6
II闽本	继	×××多○○○○○○○○	○○○空○○	○○×○	○○冤○○○○○	○○○兼并	繁○○○○○
	游	×××多○○○○○○○○	○○空○○	○○×○	○○冤○○○○	○○○兼并	繁○○○○○
	无	×××多○○○○○○○○	○○空○○	○○×○	○○冤○○○○	○○○兼并	繁○○○○○
	三	○○×多○○○○○○○○	○○空○○	○○×○	○○冤○○○○	○○○兼并	繁○如○○○○
	王	○○×多○○○○○○○○	○○空○○	○○×○	○○○○○○○	又○○兼并	索○如○○○○
IC修改古本	延						
	万						
	合	○○×多○○○○○○○	○○空○○	○○×○	○○○○○○○	又○○兼并	索○如○○○○
	画	○○×多○○○○○○○	○○空○○	○○×○	○○○○○○○	又○○兼并	索○○○○○
IB准古本	凌	×××多○○○○○○○			○○○○○○○	○○○兼并	繁○○○○○
	画	×××多○○○○○○○			○○○○○○○		繁○○○○○
	雪						
IA古本	锦						
	雍	×××多○○○○○○○	○○空○○	○○×○	××○×○○○○	○○○兼并	×○如○○○○
	弘	×××多○○○○○○○	○○空○○	○○×○	××○○○○○	○○○兼并	×○如○○○○
	成						
	荔						

［例D1］这是张生对于莺莺一见钟情而说出的言辞。Ⅰ群古本系和Ⅱ群闽本系都作"多情人一见了有情娘"。ⅢA群京本系改作"寡情人一见了有情娘"。这是因为《西厢记》的蓝本《会真记》把张生形象描述为不苟女色的人物，所以将"多情人"改为"寡情人"。可见Ⅲ群京本系编者重视典故，离开戏台表演的具体情况。可以说，Ⅲ群京本系的改变是站在文人的立场上进行的。

［例D2］这是被夫人拒绝婚姻的张生的自言自语。Ⅰ群古本系和Ⅱ群闽本作"小生空妄想郎才女貌合相仿"。ⅢA群京本改作"小生岂妄想，郎才女貌合相仿"。古本表现出张生绝望的心态，与此相对，京本呈现出张生对夫人的抵抗态度，这是对应京本把张生定型为寡情人的看法。京本在此将张生塑造成强硬的人物形象，可以说出于文人的立场。

［例D3］这是张生赞扬莺莺声音的嘤嘤动听而说出的言辞。Ⅰ群古本和Ⅱ群闽本作"音律儿轻"，Ⅲ群京本作"音律儿正"。这里也可见京本ⅢA群的编者较为正经的文人心态。

［例D4］张生在法事之中从远方望见莺莺而说出的言辞。Ⅰ群古本与Ⅱ群闽本作"可意冤家怕人知道"，Ⅲ群京本改作"可意他家怕人知道"。编者大致认为，两人还没有合意为情人，张生将莺莺叫做冤家，不太妥当，也是属于文人独特的追求合理性想法。

［例D5］这是红娘盼望两人结婚而说出的言辞。Ⅰ群古本与Ⅱ群闽本作"犹有相兼并"。ⅢA群京本改作"犹有相肩并"，似乎尊重修辞上的讲究，呈现出文人的审美感。

［例D6］这是莺莺听到张生及第的好消息后说出的言辞。Ⅰ群古本系与Ⅱ群闽本作"（但得一个并头莲）煞强如状元及第"。ⅢA群京本将"煞"字改为"索"字，是婉约的表现，也可说是文人的挑选。

如此，ⅢA群京本对于Ⅱ群闽本从Ⅰ群古本继承的素朴文辞，加以更为彻底的修改而呈现最为文雅的剧本，京本是站在这一系列文人化修改的最高点。

第三节　拟古本到折中京本的变迁

　　上节所述那样，槃薖硕人所谓"京本"的特征可以在ⅢA 群之中看到，如此似乎可以说所谓京本是指ⅢA 群而言的。不过，问题不是那么简单。其实槃薖硕人所称京本的特征不符合于ⅢA 群，却符合于ⅢB 群的例子也有不少。从例子的数量来说，符合于ⅢA 群的例子为 14 例，符合于ⅢB 群的例子，达到 41 例之多。现在，抽出其中 13 例，用表附—5 来提示如下。

　　在这些例子里，槃薖硕人所谓京本的特征只在ⅠC 群中可见，在其他群（ⅠA、ⅠB、Ⅱ、ⅢA、ⅢB）之中不可见。只有ⅢB 群的［张］较多符合于槃薖硕人所谓京本的条件，其理由待后面论述。ⅠC 群古本是以徐文长校订本为祖本的剧本，据说是起源于碧筠斋本，属于文人爱读的案头剧本，这一点跟其他古本、闽本等演出本不一样，可以说是离开场上表演的一种书斋文本。槃薖硕人把它看作京本（即高级剧本），那么这类文本有什么特征呢？下面用表附—5 提示的例子来研讨这个问题。

　　［例 E1］这是张生远望莺莺，怀有爱慕之心而说出的言辞。Ⅰ、Ⅱ、Ⅲ各群诸本都作"恰待要安排心事传幽客，我只怕春光漏泄与乃堂"。这句话描写张生的心态。"我"是指张生自己而言，"幽客"是指莺莺而言。全文就是说，我张生希望把恋情传到莺莺，但害怕被夫人知道。ⅠC 群却将它改作"恰待要安排心事传游客，早只怕……"这样就删去"我"字，描写莺莺的心态。"游客"是指张生而言。全文就是说，"那莺莺一定希望把恋情传到我游客，但害怕被母亲知道"。ⅠC 群编者大致认为，当时张生还没获悉莺莺家内情，不可以说"我只怕春光漏泄与乃堂"，因此这句话应该解释作表现莺莺的立场。故删去"我"字，"幽客"改为"游客"，全文解释为张生推测莺莺的心态。追求合理性，但有陷入过份求解之嫌。

　　［例 E2］这是承担替张生向杜确寄书的恶僧惠明夸张自己武功本领的言辞。诸本都作"铁棒上没半星儿土渍（或暗）尘缄"。只有ⅠC 群将"缄"字改为"含"字或"衔"字。大致因为"尘缄"不常

附录 南戏化北《西厢记》剧本的分化与流传 253

表 附—5

	例E1	例E2	例E3	例E4	例E5	例E6
本文	一本二折〔耍孩儿〕(张)本待要安排心事传幽客。	二本一折〔滚绣球〕(惠)铁棒上敲半星儿土暗尘缄。	三本二折〔石榴花〕(红)那一片一片听琴心，清露月明间。	三本四折〔小桃红〕(红)桂花遥影夜沉沉……面靠着湖山，背阴里管。	三本四折〔锦搭絮〕幺)(红)你口儿里慢沉吟，梦儿里若追寻。	三本四折〔煞尾〕(红)既然将门禁晓夜是老夫人，好共歹须教你称心。
批语	闽本作"幽客"。京本作"游客"。今从之。	京本作"尘含"亦好。	闽本作"一遍"，不通。今依闽本"一片"。	闽本"面靠"，不若京本"紧靠"更好。	京本"再追寻"亦有味。	闽本"好共歹"，不若京本"早共晚"。好共歹须教你早晚
	安排心事传幽客	土暗尘缄	那一片听琴心	面靠着湖山	梦儿里若寻	好共歹须教你称心
ⅢB修改京本 袁	○○○○○○○	○○○○	○○○○○○	○○○○	○○○○○○	○○○○○○○
玆	○○○○○○○	○○○○	○○○○○○	○○○○	○○○○○○	○○○○○○○
闵	○○○○○○○	○衔	○○○○○○	○○○○	○○○○○○	○○○○○○○
会	○○○○○○○	○○含	○○○○○○	○○○○	○○○○○○	○○○○○○○
张	○○○○○○○	○○渍○	○○渍○○	○○○○	○○○○○○	○○○○○○○
汲	○○○○○○○	○○○○	○○○○○○	紧○○○	○○○再○○	○○○○○○○
陈	○○○○○○○	○○○○	○○○○○○	○○○○	○○○○○○	○○○○○○○
ⅢA京本 何	○○○○○○○	○○○○	○○○○○○	○○○○	○○○○○○	○○○○○○○
天	○○○○○○○	○○○○	○○○○○○	○○○○	○○○○○○	早○晚○
各	○○○○○○○	○○○○	○○○○○○	○○○○	○○○○○○	○○○○○○○
起	○○○○○○○	○○○○	○○○○○○	○○○○	○○○○○○	○○○○○○○

续表

		例 E1	例 E2	例 E3	例 E4	例 E5	例 E6
II 闽本	继	○○○○○○	○○○○	○○○○	○○○○	○○○○	○○○○
	游	○○○○○○	○○○○	○○○○	○○○○	○○○○	○○○○
	无	○○○○○○	○○○○	○○○○	○○○○	○○○○	○○○○
	三	○○○○○○	○○○○	○○○○	○○○○	○○○○	○○○○
	王	○○○○○游○	○溃○衔	遍○○时	紧○○○○	○○○○	早○晚○○○○○
I C 修改古本	延	○○○○○游○	○溃○衔	遍○○时	紧○○○○	○○○○	早○晚○○○○○
	万						
	合	○○○○○游○	○溃○合	○○○○时	紧○○○○	再○○	早○晚○○○○○
	画	○○○○○游○	○溃○合	○○○○时	紧○○○○	再○○	早○晚○○○○○
I B 准古本	凌	○○○○○○	○溃○○	○○○○时	○○○○	再○○	○○○○○○○
	余	○○○○○○	○溃○○	○○○○	○○○○	再○○	○○○○○○○
	雪						
	茹						
	锦						
I A 古本	雅	○○○○○○	○溃○○	○○○○	○○○○	○○○○	○○○○○○○
	弘	○○○○○○	○○○○	○○○○	○○○○	○○○○	○○○○○○○
	成						

续表

	例 E1	例 E2	例 E3	例 E4	例 E5	例 E6
ⅣA 徽本	词					
	八					
	菁					
	红					
	玉					
	摘 ○○○○○○ ○○○○○○ ○○					
ⅣB 七阳本	明					
	尧					
	菁					

续表

		例 E7	例 E8	例 E9	例 E11	例 E12	例 E13
本文		二本一折〔叨叨令〕(惠)浮沙羹，宽片粉。	三本一折〔后庭花〕(红)谁想你染霜毫不构思，先写下儿句寒温序。	四本一折〔端正好〕(红)姐姐王精神花模样，因倒断晓夜思量，无夜着一片志诚心，谩天诳。	四本三折〔上小楼〕(莺)前夜私情，昨暮成亲，今日别离，我恰知那几日相思滋味，却原来此别离情更增十倍。	五本一折〔梧叶儿〕(莺)他若是和衣卧，便是和我一处宿，但贴着他皮肉，不信不想我温柔。	五本四折〔得胜令〕(莺)我将贼子诛，那不识亲疏，啜赚良人妇。
批语		京本作"浮沙羹"，今依闽本。	诸本俱"不构思"，京本"不构"更通，从之。	闽本无"今夜"二字，觉不明。着一片办办办，今从京本。	闽本作"我诊知"亦通，今从京本"恰知"。	闽本作"粘着"，亦通。今从京本"贴字"。	京本"不识"上有"那厮"二字，亦明。
	汲	浮沙羹宽片粉	染霜毫不构思	×××××办〇〇〇〇〇〇	诊知那几日相思滋味	但粘着他皮肉	他×不识亲疏
ⅢB修改京本	衮	〇〇〇〇〇〇	〇〇〇〇〇〇	×××××〇〇〇〇〇〇	〇〇〇〇〇〇〇〇〇	×〇〇〇〇〇	〇×〇〇〇〇
	弦	〇〇〇〇〇〇	〇〇〇〇〇〇	×××〇××〇〇〇〇〇	〇〇〇〇〇〇〇〇〇	〇巾〇〇〇〇	〇×〇〇〇〇
	闵	〇〇〇〇〇〇	〇〇〇〇〇〇	××××〇×〇〇〇至〇〇	〇〇〇〇〇〇〇〇〇	〇〇〇〇〇〇	〇×〇〇〇〇
	会	〇烟〇〇〇〇	〇〇〇〇〇〇	今夜×个〇〇至〇〇	〇〇〇〇〇〇〇〇〇	〇〇〇〇〇〇	〇×〇〇〇〇
	张	〇〇〇〇〇〇	〇〇〇〇构〇	×××××〇〇〇至〇〇	〇〇〇〇〇〇〇〇〇	〇〇〇〇〇〇	〇×〇〇〇〇
	汲	〇〇〇〇〇〇	〇〇〇〇〇〇	×××××〇〇〇〇〇〇	〇〇〇〇〇〇〇〇〇	〇〇〇〇〇〇	〇×〇〇〇〇
ⅢA京本	陈	〇〇〇〇〇〇	〇〇〇〇〇〇	×××××〇〇〇〇〇〇	〇〇〇〇〇〇〇〇〇	〇〇〇〇〇〇	〇×〇〇〇〇
	何	〇〇〇〇〇〇	〇〇〇〇〇〇	×××××〇〇〇〇〇〇	〇〇〇〇〇〇〇〇〇	〇〇〇〇〇〇	〇×〇〇〇〇
	天	〇〇〇〇〇〇	〇〇〇〇〇〇	×××××〇〇〇〇〇〇	〇〇〇〇〇〇〇〇〇	〇〇〇〇〇〇	〇×〇〇〇〇
	容	〇〇〇〇〇〇	〇〇〇〇〇〇	×××××〇〇〇〇〇〇	〇〇〇〇〇〇〇〇〇	〇〇〇〇〇〇	〇×〇〇〇〇
	起	〇〇〇〇〇〇	〇〇〇〇〇〇	×××××〇〇〇〇〇〇	〇〇〇〇〇〇〇〇〇	〇〇〇〇〇〇	〇×〇〇〇〇

附录　南戏化北《西厢记》剧本的分化与流传　257

续表

		例 E7	例 E8	例 E9	例 E11	例 E12	例 E13
Ⅱ闽本	继	○○○○○○	○○○○○	××○×○至○○	○○○○○○○○	○○○○○	○×○○○○
	游	○○○○○○	○○○○○	××○×○至○○○	○○○○○○○○	○○○○○	○×○○○○
	无	○○○○○○	○○○○○	××○×○至○○	○○○○○○○○	○○○○○	○×○○○○
	三	○○○○○○	○○○○○	××○×○至○○	○○○○○○○○	○○○○○	○×○○○○
ⅠC修改古本	王	○烦○○○○	举○○○构○	今夜○个×○至○○	恰○○○○○○○	×贴○○○○	那厮○○○○
	延	○烦○○○○	举○○○构○	今夜○个×○至○○	恰○○○○○○○○	×贴○○○○	那厮○○○○
	万	○烦○○粉片	○○○○构○	今夜○个×○○○○	恰○○○○○○○○	×贴○○○○	那厮○○○○
	合	○烦○○粉片	○○○○构○	今夜○个×○○○○	恰○○○○○○○○	×贴○○○○	那厮○○○○
ⅠB准古本	画	○○○○○○	○○○○○	××○×○○○○○	○○○○○○○○	○○○○○	○×○○○○
	凌	○○○○○○	○○○○○	××○×○○○○○	○○○○○○○○	○○○○○	○×○○○○
	徐	○○○○○○	○○○○○	×××××××××	○○○○○○○○	○○○○○	
	雪						
	锦						
ⅠA古本	雍	○○○○○○	○○○○○		○○○○○○○○	○○○○○	○×○○○○
	弘	○○○○○○	○○○○○	××○×○○○○○	○○○○○○○○	○○○○○	○×○○○○
	成						
	荔						

见，所以将它改为常见的"尘舍（衔）"。还是可见编者改善文辞之企图。

［例E3］这是红娘讽刺莺莺的言辞。诸本作"那一片听琴心，清露月明间，向晚不怕春寒"，ⅠC群作"那一遍听琴时"，是讽刺莺莺平常怕冷，但要听张生弹琴时，却不怕冷，就是强调特别的时间，跟平常时间对照而将它突出。重视文章的对偶表现，而让文意易通，是文人用意之所在。与其说是上演者的观点，宁可说是读曲者的观点。

［例E4］这是红娘描写张生赴约等待莺莺情况的言辞。诸本都作"面靠着湖山，背阴里窨"、ⅠC群作"紧靠着湖山"。大致编者认为面靠不能看远，因此改为如此。虽然合理，但削弱张生的紧张心态。

［例E5］这是红娘讽刺张生焦急盼望媾会的言辞。诸本作"你口儿里慢沉吟，梦儿里苦追寻"，ⅠC群改作"再追寻"。重视表现时间的推移而改，可见读曲者的看法。

［例E6］在跟上例相同的场面，红娘鼓励张生的言辞。诸本作"虽然是老夫人晓夜将门禁，好共歹须教称心"。ⅠC群将"好共歹"改作"早共晚"。也可以说，编者重视表现时间的推移而改，却减少了表演者的紧张感，可见读曲者的观点。

上面只是举出6个例子，槃薖硕人所谓"京本"的字句一致于ⅠC群的例子较多，例E7～13也一样，包括其他未举的例子，总共达到36例之多。所谓"京本"是指ⅠC群而言，就是以碧筠斋本—徐文长本等文人案头剧本为主的，这是不可否认的。上节规定为"京本"的ⅢA群是继承古本、闽本等而南戏化的演出本。可以称为"南曲京本"。与此相对，从碧徐两本演化而来的这类ⅠC群剧本，可以称为"北曲京本"。京本有南北两种，这是跟上述五大南戏不相同之处，是值得注意的。编撰"北曲京本"的碧筠斋与徐文长本都是嘉靖以前的人，因此，"北曲京本"应该是比"南曲京本"更早成立。但是这ⅠC群之中，［合］［画］较多符合于"北曲京本"，［王］［延］较少符合。因此可说，后者比前者晚起。这里，我们碰上一个困难的问题。现在可以见到的《西厢记》版本之中，与槃薖硕人所云"京本"完全一致的或大部分一致的版本，我们还没有找到。有些版本只一致于南曲京本，有些版本只一致于北曲京本。如果说有满足双方条件的版本，那就是以北曲京本为主而部分南戏化的折中型剧本。目前我们找不到这类版本。但是我们有类似的版本，就是ⅢB群诸本。这群剧本是ⅠC群和ⅢA群的折中本，大致南戏的因素较强，接近于ⅢA群（南曲京本），但是［会］［张］两本较多ⅠC群因素，尤其是［张］一致于ⅠC群字句最多。如此，目前最为接近于槃薖硕人所谓"京本"的剧本是［张］本。［张］本出现的崇祯时期，产生出许多南北折中型剧本，其中会有槃薖硕人所谓"京本"。

这里有一个重要的问题。南曲京本既然是演出本，那么，在江南地域的方言区内，它不会出现北曲化。与此相对，北曲京本虽然是案头书本，没有演出，但在江南出版界，一定会被南戏化。如此，北曲京本越来越呈现南戏化，槃薖硕人看到的京本一定是这一类剧本。

总而言之，北曲京本是案头剧本，是宗族文人爱读的。南曲京本是宗族在祠堂演出时常用的剧本。闽本是将乡村剧本古本改善为京本的过渡性剧本。

第四节　市场剧本（徽本、弋阳腔本）的性质

上节讨论过京本所产生的过程，其中把歌词朴素的古本或闽本看作乡村用的下层演出本，把歌词文雅的京本看作宗族或文人用的上层剧本。除了歌词之雅俗之外，还有宾白的问题。就是说，古本闽本等虽然歌词朴素，但富有宾白。与此相对，京本虽然歌词文雅，宾白却很少。闽本与京本呈现明显的对立。值得注意的是除了这类古本、闽本、京本之外，还有一种歌词朴素、宾白极多的剧本，就是ⅣA群徽本及ⅣB群弋阳腔本。拥有比古闽本更多宾白的这类剧本，可以推测为用在比乡村更为繁华的市场里演出的剧本，即市场剧本。那么，这一类市场剧本经过怎么样的过程而出现的呢？

我们应该注意剧本带有极多宾白的现实意义。戏人除了演唱固定的歌词之外，通过将即兴性宾白插进歌词之间而推动戏剧的情节。歌词虽然固定而不能随意改动，但宾白可以随便增减以符合于剧情。如此，宾白较多的剧本可以推测为多次用在表演的场上剧本。现在可见的《西厢记》剧本

之中，宾白最多的是ⅠB群［余］本，其中有很多其他版本所看不到的长篇宾白。这类宾白，我们称为"插白"。这类插白在ⅣA群徽本、ⅣB群弋阳腔本之中，到处可以看见。

在［余］本之中，京本（ⅢA群）所没有的宾白插进在歌词之间，现将其插白超过3种（包括［余］本在内）以上的例子，用表附一6来提示。如下。

依靠这11个例子，归纳插白分布的类型如下。

（1）［余］本的插白也在ⅠB群之中可以看到的类型。

这类例子极少，但有稀少的例子。如例F09的［凌］本。

（2）［余］本的插白也在ⅠA群之中可以看到的类型。

这类例子极少，但有些例子，如例F09的［弘］本［雍］本符合。

（3）［余］本的插白也在ⅠC群之中可以看到的类型。

符合的例子极多。尤其是［画］，除了例F06之外，其他所有的例子都符合。例F01、F08的插白字句跟［余］有些差异。［合］也跟［画］差不多的程度，含有很多插白，但有些例子没附带应有的插白，如例F05。

与此相对，同属于ⅠC群的［延］［王］未含有这类插白，呈现明显的对比，其背景后面论述。

（4）［余］本的插白也在Ⅱ群闽本之中可以看到的类型。

符合的例子相当多。11例之中有5个。如例F01、F02、F03、F06、F07。但包括［继］［游］含有插白的闽本，只有1个合乎要求，即例F01。

其他只有［三］［无］带有插白。［继］［游］却没有带。两个小群之间，应该有起源上的差别。

（5）［余］本的插白在ⅢA群京本之中可以看到的类型。

符合的例子，一个也没有。从全体来看也一样。可以说，京本不会带有插白。

（6）［余］本的插白也在ⅢB群修订京本可以看到的类型。

符合的例子相当多，11个例子之中有5个。如例F01、F02、F03、F08、F10，其中符合程度最高的是［张］，在4个例子之中皆有插白。ⅢB群修订京本在歌词上继承ⅠC群，这个事实已经提过，在此又得知它们将插白也继承下来，而且插白本身跟ⅠC群相同。

附录 南戏化北《西厢记》剧本的分化与流传 261

表附—6

		例 F01	例 F02	例 F03
本文		二本四折（莺白）你团圆了呵却是生，欢娱正在红烛促，愁极番嫌玉漏长，	二本四折（莺白）正明，被云遮了，风月天边有，人间好事无，我想天上姮娥敢也是人间闷怨，（红）正是泪随明月下，愁逐漏声长，直个好伤感人也（小桃红）人间看波……	二本四折（小桃红）（当）人间看波……围住广寒宫，（莺）这甚么响，我且猜他一猜，（红）姐姐，你猜么
余	袁	欢娱正在红轮促，愁极番嫌玉漏长	（莺）我想天上姮娥敢也是人间闷怨，（红）正是泪随明月下，愁逐漏声长，真个好伤感人也	（莺白）且猜他一猜，（红）姐姐，你猜么
	弦			
	闵	自来只很○○○，今夜方知○○○	（莺）○○○○ 嫦 ○○○ 似 ○○○○，（红）○○○○○○○，○○○○○，○○○○○○○	
Ⅲ B 修改京本	会	自来只很○○○，今夜方知○○○		
	张	自来只很○○○，今夜方知○○○		（莺）×××××××，（红）○○，○○×
	汲			
Ⅲ A 京本	陈			
	何			
	天			
	容			
	起			

续表

		例 F01	例 F02	例 F03
II 闽本	继	自来只根○○定,今夜方知○○○。		
	游	自来只根○○定,今夜方知○○○。		
	无	自来只根○○定,今夜方知○○○。	(莺)○○○○ 媱 ○○○○○○○○,(红)○○○○○○○,○○○○○,××○○○○○○	(莺)××××××,(红)○○,○○一猜是甚么
	三	自来只根○○定,今夜方知○○○。	(莺)○○○○ 媱 ○○○○○○○○,(红)○○○○○○○,○○○○○,××○○○○○○	(莺)××××××,(红)○○,××一猜是甚么
	王			
	延			
	万			
IC修改古本	合	自来只根○○○,今夜方知○○○。	(莺)○○○○ 媱 ○○○○○○○○,(红)○○○○○○○,○○○○○,××○○○○○○	(莺)○○○○○○○○,(红)○○,○○着
	画	自来只根○○○,今夜方知○○○。	(莺)○○○○ 媱 ○○○○○○○○,(红)○○○○○○○,○○○○○,××○○○○○○	(莺)○○○○○○○○,(红)○○,○○着
	凌			
IB准古本	余	底本	底本	底本

附录　南戏化北《西厢记》剧本的分化与流传　263

续表

		例 F01	例 F02	例 F03
ⅠA 古本	雪			
	荔			
	锦			
	雍			
	弘			
	成			
	词			
	八			
ⅣA 徽本	菁	○○○○○○○，○○ 偏 ○○○○	(莺)○○○○嫦○○○○○○○○，(红)○○○○ 夜○○。○○○○，××○○○○○	(莺)×××××××，(红)○○。○○○○，是甚么子响
	红			
	玉	○○○○○○，○○ 偏 ○○○○	(莺)○○○○嫦○○○○○○○○，(红)○○○○ 夜○○。○○○○，××○○○○○	(莺)×××××××，(红)○○。○试一猜，是甚么子响
	摘			
ⅣB 七阳本	明			
	尧			
	菁			

续表

		例 F04	例 F05	例 F06	例 F07
本文		二本四折〔莺〕〔调笑令〕莫不是梵王宫夜撞钟……元来是近西厢理结丝桐。(红白)姐姐,这音好凄惨也,	二本四折〔东原乐〕姐相怜,何不寻空出来一会无明拼女工。(张白)既蒙小娘无夜无明拼女工。	三本一折〔红〕〔混江龙〕一个泪流湿脸上胭脂,一个糊涂胸中锦绣,张生病和俺姐姐的病,他两个都一般样害,	三本二折〔红〕〔粉蝶儿〕先揭起这梅红罗软帘偷看,(白)姐姐缘何这般模样?
余		姐姐,××××,这音好凄惨人也	(张)既蒙蒙小姐相怜,何不寻空出来一会,(莺)××××××	(红)我想张生病和俺姐姐的病,他两个都一般样	姐姐缘何这般模样
Ⅲ B 修改京本	袁				
	弘				
	闵				
	会				
	汲				
Ⅲ A 京本	陈				
	何				
	天				
	容				
	起				

附录 南戏化北《西厢记》剧本的分化与流传 265

续表

		例 F04	例 F05	例 F06	例 F07
II闽本	继 游 无 三 王 延 万			（红）○○○○○，○○○○○○的 （红）○○○○○，○○○○○○的	○○○○○○○ ○○○○○○
IC修改古本	合 画	○○，××××××，○○○○○○○ ○○，××××××，○○○○○○	（张）○○○○○○，○○○○○○○○。 （莺）○○×××××××		○○○○○○○ ○○○○○○
IB准古本	凌 余	底本 底本	底本 底本	底本 底本	底本

续表

	例 F04	例 F05	例 F06	例 F07
ⅠA 古本	雪			
	荔			
	锦			
	雍			
	弘			
	成			
	词			
	八			
ⅣA 徽本	菁	○○，今番猜着了，○○○○○○○。	（张）○○○○○○。○○○○○（鸾）先生你哪里知道，		
	红	○○，今番猜着了，○○○○○○○。	（张）○○○○○○。○○○○○（鸾）先生你哪里知道，	（红）○○○○○○，与我小○○○，○○○○○症候。	
	玉				
	摘				
	明				
ⅣB 弋阳本	尧				
	青				

续表

	例F08	例F09	例F10	例F11
本文	三本三折（红）〔甜水令〕他是个女孩儿家……休猜做败柳残花，（张白）小生理会得，俺自有偷花手里，	四本一折（张）〔油葫芦幺〕……（张白）谢小姐千金之躯，一旦去之，此身皆托手足下，勿以他日见弃。	四本二折（红）〔斗鹌鹑〕老夫人心教多……将没乱做有，（莺白）俺娘猜疑我来	四本三折（莺）〔一煞〕……来时甚急，去后何迟，（莺白）眇眇凌长道，遥遥行远之，（红白）回车背京邑，挥手从此辞。
余	（张白）小生理会得，俺自有偷花手里	（莺白）……去之，此身皆……	（莺白）俺娘猜疑我来	（莺白）眇眇凌长道，遥遥行远之，（红白）回车背京邑，挥手从此辞
ⅢB修改京本	袁			
	弦			
	闵 （张白）〇〇〇〇〇，〇〇〇〇香〇〇			
	会			
	张 （张白）〇〇〇〇〇，××××、××××		（莺白）夫人〇〇〇〇	
ⅢA京本	汲			
	陈			
	何			
	天			
	容			
	起			

续表

		例 F08	例 F09	例 F10	例 F11
Ⅱ闽本	继				
	游				
	无				
	三		(莺白)弃○.○○×		
	王		(莺白)弃○.○○×		
	延				
Ⅰ C 修订古本	万				
	合	(张白)○○○○○,○○○○香○○	(莺白)○○.○○×	(莺白)○○○○○○○	(莺白)○○○○○,○○○○○(红白)○○○○○,○○○○○
	画	(张白)○○○○○,○○○○香○○	(莺白)○○.○○○	(莺白)○○○○○○○	(莺白)○○○○○,○○○○○(红白)○○○○○,○○○○○
ⅠB 准古本	凌	底本	(莺白)○○.○○○	底本	底本
	余		底本		
	雪				
ⅠA 古本	荔				
	锦		(莺白)○○.○○○		
	雍		(莺白)○○.○○○		
	弘				
	成				

附录　南戏化北《西厢记》剧本的分化与流传　269

续表

		例 F08	例 F09	例 F10	例 F11
	词				
	人	（张白）○○○○○,○○○○ ○○○	（莺白）○○,○○○	（莺白）○○○○○○○	
	菁				
IV A 徽本	红		（莺白）○○,○○○		（莺白）○○○○○,○○○○○（红白） ○○○○○,○○○○○
	王				
	摘	（张）这般时候,你姐姐还搽一脸粉。（红）相国人家小姐不搽粉自然娇,这是生成自白。（张）生成自白的,这是张珙有福的。			
	明				
IV B 七 阳本	尧				
	菁				

(7)［余］本的插白在ⅣA群徽本之中可以看到的类型。

上列的所有［余］本插白的例子都被徽本继承下来。只在例F07，徽本没有符合余本插白，原因是找不到现存徽本所录此折的散出，没办法做对校。要之，［余］本的插白无不含在徽本之中，而且徽本的插白比［余］本的插白更为详细而讲究。如例F03、F04、F05、F06。比如，F08［摘］的插白呈现超过［余］本插白的饶舌。

以上列举的插白皆不见于王实甫本《西厢记》，进入明代，大致在演出时由戏人插进去。带有插白的剧本，如《余泸东本》、《词林一枝》、《八能奏锦》、《乐府菁华》等，都是江西饶州、安徽池州、福建建州等出版。鉴于这个事实，这类插白大概是在安徽江西等徽调、弋阳腔流行的地区产生的。关于其出现的时期，可以参考《批点画意北西厢》卷首载有的徐文长序文所云：

> 余所改抹，悉依碧筠斋本真正古本，亦微有记忆未明之处。然真者十九，白亦差讹不甚通者，却都碧筠斋本白也，因改正也。

据此可知，《批点画意北西厢》含有的插白是从碧筠斋本继承下来的。碧筠斋是徐文长的前辈，嘉靖以前在世。那么，这类插白一定是嘉靖以前已经存在的。

明初成立的徽本插白，其大部分被江西饶州所刊的余泸东本继承下来，闽本［三］［无］也继承了余泸东本插白的一部分，但闽本新层［继］［游］没有继承，因此南曲京本（ⅢA群）无法袭用其中的插白。与此相对，碧筠斋本（ⅠC群北曲京本的祖本）从徽本直接继承插白，之后，等到明末，修订京本（ⅢB群）在ⅠC群的基础上吸收南曲京本（ⅢA群）的因素而成立（此为北曲京本的南戏化），并继承ⅠC群原有的插白，这也反映在北曲京本（ⅢB群）的插白上。

如此可说，徽本插白出现于明代初期，但之后有极大的发展。比如，成立初期的插白比较短，跟余泸东本插白差不多。但进入明代后期万历以后，逐渐被增补壮大，大致是市场经济的发达导致的。比如F08［摘］饶舌的插白之中，可以看到这种市镇戏剧审美趣味的影响。下面补充一个例子。第3本第3折"乘夜跳墙"，徽本［摘］之中，红娘唱〔折桂令〕曲，张生插嘴，两人之间展开很长的对话。下面，将古本（ⅠB群）的弘治本，余泸东本，摘锦奇音并列而示。

在表附—7的三种〔折桂令〕之间，在动词语助方面，比如〔打叠起〕〔收拾起〕等，可以看到《摘锦奇音》的字句比弘治本，更接近于余泸东本。但呈现在宾白之中［摘］本的特点如下。

（1）曲中挑白。

在弘治本、余泸东本之中，歌曲之间没有插白，但［摘］本的每曲之中有张生的挑白，就是说，令歌曲起到跟会话相同的作用而使其意思更为明显。

（2）曲中长白。

在古本、闽本、京本等歌曲之间，一句话都没有宾白的地方，《摘锦奇音》插进令人惊讶的长白。这里有什么背景呢？

《西厢记》原来是比较缺乏起伏或曲折的戏曲。其中最大的起伏，是第3本第3折，莺莺向张生寄书而邀请他来，但对跳墙来的张生又当面斥责，这不但对于张生，而且对于观众来也是一个令人觉得莫名其妙的转变，其中含有女人动摇的心态。张生因此陷入重病了。作为全剧一个高潮，戏人也集中在花园这个折子戏里费心演出。《摘锦奇音》在歌曲之间插进大量的插白而扩大演出效果的理由也在此。首先红娘挑动张生，让他过份兴奋，呈现出他的焦急和盼望，意在放大张生受到莺莺斥责以后的害羞及失望的落差。

这样的演出，只用歌曲不容易表现，非插白不可的。文人读曲，能够依靠想像力去了解剧中人物心态起伏。但老百姓不解歌词，戏人必须依靠插白敷衍歌词的意义，这里反映市场观众的追求娱乐的要求。插白之中，可见"有"、"所在"等福建方言，令人推测其流行于江西福建的弋阳腔地区。红娘张生之间的会话过于狎弄，接近猥亵，这也可以算是市场戏剧的特色。

第五节　小结

上面讨论古本、闽本、京本等版本分化的原委。下面用图表示其要。

表 附—7

[弘]	[余]	[摘]
〔折桂令〕(红)	〔折桂令〕(红)	〔折桂令〕(红)
他是个娇滴滴美玉无瑕，	他是个娇滴滴美玉无瑕，	他是个娇滴滴美玉无瑕，
粉脸生春，云鬓堆鸦。	粉脸生春，云鬓堆鸦。	粉脸生春，云鬓堆鸦。
		(红)张先生，就是你家妻子，这般时候也不等你了
(生)红娘姐，你就当我妻子罢		
怎的般受怕耽惊，	怎的般受怕耽惊，	(红)的般受怕耽惊。
		(生)红娘，明日谢你。
又不图甚浪酒闲茶。	又不图甚浪酒闲茶。	(红)又不图甚浪酒闲茶。
		(生)红娘此回未知果得成就否？
		(红)你如今好了，
则你那夹被儿时当奋发，	则你那夹被儿时当奋发，	张先生，我想军围普救之时，你下工夫，笔尖下写着那封书，也则费力来，争奈夫人嫌你，小姐却留你，我想你只把指头招算，巴不得有今日阿，
指头儿告了消乏。	指头儿告了消乏。	你指头儿告了消乏。
		(生)远事休提，且顾眼下者，
		(红)张先生，你如今却好也。
打叠起嗟呀，	打叠起嗟呀，	打叠起嗟呀，
毕罢了牵挂。	毕罢了牵挂。	毕罢了牵挂。

附录　南戏化北《西厢记》剧本的分化与流传　273

续表

[弘]	[余]	[摘]
收拾了忧愁，	收拾了忧愁，	收拾了忧愁，
准备着撑挞。	准备着撑挞。	准备着撑挞。
（红）且慢，我回去，看夫人来没有。		（生进，红推介）
		我和你作个暗号，若是夫人来，我便高喊了一声，你就走了。
		（青云）谁家哪有这等现成的？
		今晚他两个到来瞒我，
		我偏要打散他，则说夫人来的。
		（假叫介）（叫）红娘，有哇。
		（生走，红闭门介）
		（生走）好个红娘，若是夫人撞见，怎了？
		（生敲门介）
		（红）是谁？
		（生）是我。
		（红）是鸭？
		（生）是张。
		（红）是李？
		（生）是张琪。
		（红）张先生，你来了

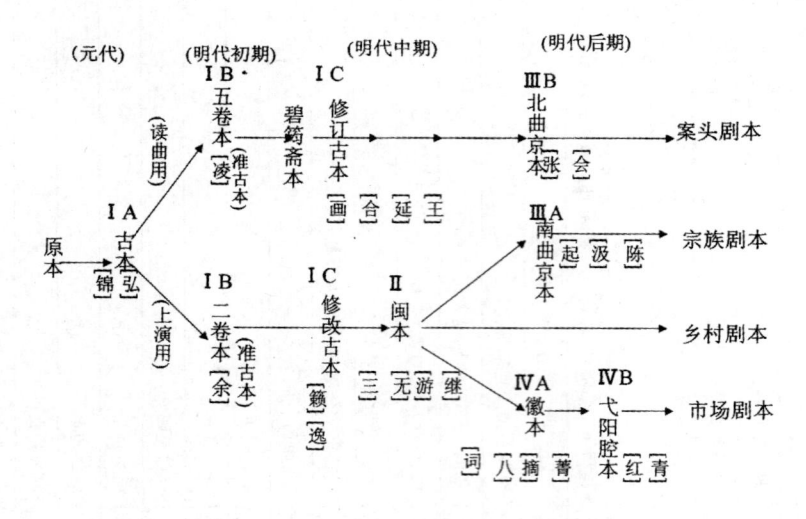

```
(元代)      (明代初期)    (明代中期)        (明代后期)
              ⅠB·        ⅠC             ⅢB
              五卷本      修订            北曲京本
              碧筠斋本    古本            [会]
         (读曲用) [凌]    [画][合][延][王]
    ⅠA
原本─古本─弘                              ⅢA
       锦                                南曲京本 ──→ 宗族剧本
                                        [起][汲][陈]
         (上演用)  ⅠB       ⅠC      Ⅱ
                  二卷本    修改     闽本                ──→ 乡村剧本
                  [准古本]  古本
                  [余]      [藜逸]  [三][无][游][继]
                                           ⅣA    ⅣB
                                           徽本   弋阳腔本  ──→ 市场剧本
                                           [词][八][摘][菁]  [红][青]
```

《西厢记》剧本分化过程图

下面，据此总结明代北《西厢记》剧本的分化过程。

《北西厢记》原本进入明代，已经逸失不能知其详。但其每本4折一共5本的北曲体例，被明代出版的5卷本继承下来。北曲系统（ⅠA群）从弘治本开始，经过凌初成本（ⅠB群），发展为修订古本（ⅠC群）诸本，但这类剧本，在明代不一定在戏台上演出，只在案头上由文人解读。

与此同时，明代初期以来，在乡村戏台上演出的《西厢记》就开始南戏化，据此明初早就出现取消5本划分而将折子合并为21出的2卷本，形成南戏型古本余泸东本（ⅠB群）。这类2卷本发展为闽本（Ⅱ群），从这闽本分化为两种。一是歌词文雅、宾白简化的京本（ⅢA群），一是歌词素朴、宾白繁多的徽本（ⅣA群、ⅣB群）。古本→闽本→京本或者徽本的这类演进方式是跟五大南戏的演进方式完全相同的。南戏型古本和闽本是乡村剧本，南曲京本是宗族剧本，徽本或弋阳本则是市场剧本。这3种分工模式也一致于五大南戏的3种分工模式。

与此相对，保持北曲体例的5卷本北《西厢记》剧本（ⅠC群），在南方也是被文人尊重，由于他们追求原本文字风格，既然是案头读曲，不会受到南方戏台演出的影响，但等到明末，文人也难免受到南戏的影响，其实5卷本也开始吸收2卷本的因素，如此形成了南北折中本（ⅢB群，北曲京本)。这类 5 卷剧本原来停留在案头的范围，不会出现于戏台上。但部分南戏化的折中本（ⅢB 群）未尝没有上台演出的机会。如此，北《西厢记》剧本分为 4 种，即案头剧本，宗族剧本，乡村剧本，以及市场剧本。这是目前所得的结论。

后　记

　　明代末期槃薖硕人（徐奋鹏）经手的增改定本有两种，一是《词坛清玩琵琶记》，一是《词坛清玩西厢记》，两者组成双璧。作者在眉批之中加注，比如"某字，古本作某字"，"某字，闽本作某字"，"某字，京本作某字"，"某字，徽本作某字"等。我们据此得知，明末有吴本、闽本、京本、徽本等地方剧本。那么，这类吴本、闽本、京本、徽本等是指哪一种系统的剧本而言呢？为了探讨这个问题，笔者就开始尽可能搜集多种版本，结果获得《琵琶记》十几种，《西厢记》二十多种。通过对照这些剧本，能够推定闽本、京本、徽本各自是属于什么系统的剧本。然后，我将这类地方性剧本的差异结合到其社会背景的差异，据此产生一个设想，就是说，古本是适用于乡村戏剧，京本适用于宗族戏剧，闽本处于从乡村到宗族的过渡阶段，而徽本适用于市场戏剧。

　　1975年，我就在拙文《15、16世纪之间，江南地方戏剧的变质(5)》一文之中，初次发表这一见解。这个设想是完全依靠槃薖硕人的增改定本《词坛清玩琵琶记》一书而得以产生证明的。这本书的刻本原来东京大学中文系曾藏有一本，但战后原本逸失，幸亏有一本抄写本，是战前东京大学中文系系主任盐谷温教授命学生手抄的。（见卷首图1）这类抄本之一种，大阪大学怀德堂文库也藏有一本，大致是京都大学西村天囚教授让别人抄写的。当时（20世纪60年代）中国虽然出版了槃薖硕人的《词坛清玩西厢记》，但其双璧之一《词坛清玩琵琶记》没有出版。我得以目睹这一抄本，可以说是好运之极。当时我就拍摄怀德堂所藏本而用之。

　　在对照诸多剧本的工作之中，最为关键的是推定在古本和京本（近本）之间而起到过渡性媒介作用的闽本。当时在日本，可以看到有些中国出版的古本（重印本），而且在公私机关藏有为数不少的京本可以参阅，但闽本极少，不容易找到。在这方面，我又幸运地找到下面的3种闽本。

＃1　重校琵琶记，继志斋万历间刻本，日本内阁文库藏。
＃2　重校琵琶记，集义堂万历间刻本，日本蓬左堂文库藏。
＃3　三订琵琶记，余会泉万历间刻本，日本德山藩栖息堂藏，日本山口大学现藏。

在文本比较工作之中，这3种闽本给我启发是极大的。尤其是＃3余会泉本提供给我至为宝贵的信息。这本是20世纪50年代山口大学村上幸次教授整理栖息堂文库时辨认而记录的。20世纪70年代我通过岩城秀夫教授的介绍，赴奈良大学访问村上教授，借来这本书拍摄并用于版本对照（本书封面图与卷首书影2即来自于此）。岩城教授和村上教授的慷慨帮助之恩，令我难忘。

作好《琵琶记》的分析以后，笔者就依靠相同的设想来探讨《西厢记》的问题。这次对照工作较为顺利。槃薖硕人增改定本《词坛清玩西厢记》已经在中国出版，可供利用。搜集版本方面，畏友传田章教授已完成他关于《明刊杂剧西厢记目录》的研究，其间他搜集过来的闽本的复印简装本也藏在东京大学中文系，我能够利用他所收集的资料。另外，1980年，中国社会科学院文学所的吴晓铃教授来访东京大学东洋文化研究所，赐下当时新发现的元刻《西厢记》零片两页（中国书店藏卷首图12a、12b）。这对于笔者拟定古本文字的工作提供极为重要的基础。但《西厢记》的问题比《琵琶记》更为复杂，其论证不容易，1975年提出的结论，我不甚满意，三十多年间经过好几次曲折，这次才得到暂时认可的结论。

这一系列研究可以说是属于清代考证学校雠学的传统学问办法之内，但目的和方向与传统学术完全是相反的。校雠学的目的在于通过考察诸多版本来恢复被后代蒙蔽的原本文字，我这类研究的目的在于通过考察诸多版本来阐明后代的文字与原本乖离的社会背景之间的关系。方法相同，然研究目的不同。

完成《琵琶记》和《西厢记》的分析以后，我就猜测"荆刘拜杀"等所谓"四大南戏"剧本的发展途径也会跟《琵琶记》、《西厢记》相同。虽然没有像槃薖硕人那样的古代资料遗存，但如果可以搜集为数较多的版本而依靠古本、闽本、京本或徽本等分析模式去整理版本的话，一定也可以发现相同的路径。

但这里也有另外的困难。《荆刘拜杀》虽然有名，但其版本之数就远远不如《琵琶记》、《西厢记》的多，每个作品至多有三四种而已。尤其是，最为重要的古本和闽本之类特别少，不能作古近版本比较。缺乏古本，只有近本，没办法窥见其间的推移或变化。但这里有一条活路，就是利用古老的南戏曲谱。比如，蒋孝《旧篇南曲谱》是嘉靖以前出版的，其中录有许多四大南戏的散句，可以利用它跟近本字句进行对照工作。这是取范于钱南扬教授考证学辑逸的办法。

如此，我就着手这类工作。不过，速度较慢，先在日本，逐一用日文发表相关研究。然后有机会时，用中文或英文发表。下面开列中文和英文发表的情况。

1. "A Study on Pi—Pa chi in Huichou—Drama Formation of Local Plays in Ming and Ching Eras and Hsin—an Merchants"，*Acta Asiatica*，Vol. 32，pp. 34—72，The Toho Gakkai，1977。

2.《潮州出土明本琵琶记考》，《潮州学国际研讨会论文集》，暨南大学出版社 1994 年版，第 322—338 页。

3.《西厢记碧筠斋本考》，中山大学世纪之交中国戏曲国际研讨会，会议论文，1999 年（未刊）。

4.《南戏拜月亭记剧本的分化以及其流传》，温州市文化局编：《南戏国际学术研讨会论文集》，中华书局 2001 年版，第 192—210 页。

5.《明清之间白兔记剧本的分化以及其流传》，《第三届国际汉学会论文集：文学、文化与世变》，台北中研院，2000 年，第 303—324 页。

6.《南戏荆钗记古剧本的阶层分化以及其近代以后的传播方式》，《人文中国学报》第 16 期，上海古籍出版社 2010 年版，第 1—38 页。

7.《南戏杀狗记剧本的分化以及其流传》，南京大学南戏学术研讨会，会议论文，2009 年（未刊）。

开始这类研究以来，一直承蒙前辈学者的学恩，尤其是受京都大学田中谦二教授（已故）的启发良多。先生对于大家称为最早古本的弘治本《西厢记》，曾指出其字句已经南戏化，不必看作最古善本。判定古本，关键在于文字的古老性，出版时期的前后不会影响到其价值。田中教授将明末出版的凌初成本认为最接近于原本《北西厢记》的善本，中山大学王季思教授也认同凌本的古老性，在名著《校注西厢记》里将凌本采取为底本。两位学者考证的意见不期而一致，这给我极大的启发。就是说，对于某版本加以评价而将它定位于戏剧史时，出版时期的前后，不一定对应于成书时间，所以应该依靠其字句的新旧而决定其戏剧史位置。本书也一直遵守这一立场。

20世纪70年代初期开始这类研究以来，已经过了35年有余了。这一系列研究，过分集中于字句的细节，专门性太强，在日本出版界极少知音，我认为不会有机会成书出版，长久将稿子搁置于高阁而不顾。等到2009年1月，跟南京大学俞为民教授会晤，他作为南戏专家认同稿子的价值而鼓励我整理稿子准备出版。那时虽然未知是否可能出版，但我考虑自己年龄已高，不可徒然空费日子，开始集中整理稿子的工作，重新补写导读和结章以提出有些研究方法上的思考。虽然如此，这次却出现另外的问题。组成本书的中文论文，都是我自己撰写而冒昧向中国会议提出的文章，短文还可以，但将它们组合成为专著还需要许多修订工作。这毕竟是外国人的中文，没有经过中国学人的批改，当然难免多有生硬、不自然以及不正确的表现。所以，拜托南开大学文学院副教授吴真博士（东京大学博士后研究员）全面校改文章。经过吴博士的批改，旧文至此焕然一新了。如此过了一年半，才将书稿完成。

2011年8月，正在东京大学访问研究的中国社会科学院施爱东博士听到我的书稿完成，慷慨地把稿子介绍到朝戈金教授主编的中国社会科学院民俗学研究书系。出乎意料之外，问题就一举解决了，目前稿子幸以出世了。此书作为中国社会科学院民俗研究书系之一种，又能够出世，其实，其设想跟民俗学有许多牵涉之处，但其研究方法始终离不开文献考证学。鉴于此，笔者又有望蜀之愿，就通过曾讲学于东京大学的李简教授，向笔者向来景仰其学风的北京师范大学李修生教授，胆敢恳求序文，幸李教授俯许而赐下序文，这是笔者最为荣幸的事。回顾这35年的时光，起稿之时，精力旺盛，完稿之时，桑榆暮景，难免有"艺术长、人生短"之叹矣。

兹向推动稿子成书出版的俞为民教授、吴真博士、施爱东博士、朝戈金教授，特意给此书赐下序文的李修生教授，封底推荐此书的旧友中国社会科学院世界宗教研究所叶涛教授暨中山大学中文系康保成教授，以及中国社会科学出版社编辑张林女士表示衷心的感谢。

2012 年 5 月 8 日
田仲一成识于东京汤岛之陋室